Mircea Eliade

Hochzeit im Himmel

W0219272

HERDER / SPEKTRUM

Band 4056

Das Buch

„Ich träumte von einem Liebesroman, der ganz anders sein sollte als alles, was bis dahin geschrieben worden war – eine vollkommene Liebe, wäre da nicht ein mythisches Element dazwischengetreten, der Wunsch nämlich, diese Liebe fruchtbar zu machen“: so umschreibt Eliade die Thematik dieses Romans, der als „Hymnus auf die große Liebe“ gefeiert wurde. In einer Jagdhütte in den Karpaten sitzen zwei Männer zusammen, rauchen und erzählen sich – eine lange Nacht hindurch – von der großen Liebe ihres Lebens. Beide Männer scheitern, begreifen nichts, als es noch Zeit ist, verlieren die Frau, die sie eigentlich lieben. Einer der beiden, Mavrodin, schreibt einen ganzen Roman, nur um sie wiederzugewinnen, und nennt ihn – „Hochzeit im Himmel“: „Ich hoffe, daß die Geschichte unserer Liebe, falls ihr das Buch unter die Augen käme, sie endlich zur Rückkehr bewegen würde. Es bleibt uns noch so vieles zu erleben übrig! Genau das hätte ich Ilena gerne gesagt ...“
„Ein hinreißender Roman. Wer einmal eine große Liebe gehabt hat, wird das Buch fast wie eine selbst erlebte Geschichte lesen. Und wer noch nie geliebt hat, wird nach der Lektüre halb sehnsüchtig, halb schaudernd ahnen, was bislang an ihm vorübergegangen ist“ (Die Welt).

Der Autor

Mircea Eliade, 1907–1986, hat diesen Roman im Alter von 31 Jahren geschrieben. Der weltberühmte Religionswissenschaftler (am bekanntesten seine mehrbändige „Geschichte der religiösen Ideen“) erlangte literarischen Ruhm durch seine phantastischen Erzählungen und durch zahlreiche Romane. Bei Herder erschienen: Der Versucher und die Schlange. In Herder/Spektrum erscheinen 1992 als Taschenbuch: Schamanen, Götter und Mysterien. Die Welt der Griechen (Band 4108), sowie: Schmiede und Alchemisten.

Mircea Eliade

Hochzeit im Himmel

Roman

Aus dem Rumänischen
von Marianne Sora

Herder
Freiburg · Basel · Wien

2. Auflage

Alle Rechte vorbehalten – Printed in Germany
© Verlag Herder Freiburg im Breisgau 1989
Herstellung: Freiburger Graphische Betriebe 1994
Umschlaggestaltung: Joseph Pölzelbauer
Umschlagmotiv: ‚Angel affair' 1986 original stone lithograph
© Copyright 1989 Michael Parkes / Galerie Steltman, Amsterdam
Holland.
ISBN 3-451-04056-5

»Wir sehen jetzt durch einen Spiegel
in einem dunkeln Wort;
dann aber von Angesicht zu Angesicht.
Jetzt erkenne ich es stückweise;
dann aber werde ich es erkennen,
gleichwie ich erkannt bin«
(1 Korinther 13, 12).

I

»Als ich noch sehr jung war, kam es oft vor, daß ich einem Unbekannten plötzlich ins Gesicht starrte und mich fragte: Wie wär's, wenn das mein Vater wäre? Ich brauchte meine Phantasie nicht besonders anzustrengen, um mir ein Bild von ihm zu machen. Er hieß bestimmt Andrei oder Sever, Namen, die ich für einen Vater geeignet fand. Dagegen hieß meiner einfach Ioan, für seine Freunde: Jenica. Mir gefiel auch nicht, daß meine Mutter ihn bei dem gebräuchlichen Kosenamen Nelu rief ... Der fremde Mann vor mir hätte sehr wohl ein richtiger Vater für mich sein können, so wie ich ihn erträumt oder in Romanen gefunden hatte; ein Mann mit ergrauten Schläfen, diskret nach Kölnisch Wasser duftend, mit strenger Miene und sanften Augen, sportlich, ironisch, elegant und ein bewanderter Leser der französischen Moralisten. Das war freilich nur eine meiner Vorstellungen von der idealen Vaterfigur.

Mitunter wünschte ich, mein Vater wäre ein berühmter Arzt oder Schiffskapitän oder Großindustrieller. Meine Mutter stellte ich mir einfacher vor, als Ärztin oder Künstlerin, besonders Malerin wäre mir lieb gewesen. Wie schön, sie im weißen Kittel, mit aufgekrempelten Ärmeln in der Wohnung umhergehen zu sehen ... Als Halbwüchsiger hatte ich jahrelang den Wunschtraum, Mutter wäre Italienerin und Vater Engländer. Das ist aber eine andere Geschichte ... Was ich Ihnen sagen wollte, ist etwas, was mir heute noch passiert, wenn auch immer seltener, was mich aber als Kind und in den Flegeljahren sehr beunruhigt hat. Sobald ein älterer Herr sich in der Straßenbahn neben mich setzte, begann ich, ihn mir als Vater vorzustellen. Er sah meist ganz anders aus als in meinen Träumen. Immerhin war es ein anderer als mein eigener Vater, und ich hätte sein

Sohn *sein können.* Dann hätte ich eine andere Mutter, andere Geschwister gehabt, ich hätte in einem anderen Haus, einer anderen Stadt gelebt. Alles hätte anders sein können. Schon immer hat mich der Gedanke verfolgt, daß alles anders sein, ja vielleicht überhaupt nicht sein könnte; daß alles auf der Welt zufällig ist und ohne jegliche Notwendigkeit besteht, ohne Sinn und Zweck ... Wenn ich in irgendeinem Vorort zwischen altmodischen Einfamilienhäusern mit Bretterzäunen um die von Malven und Winden überwucherten Gärten durch die Straßen schlenderte, stellte ich mir vor, dort geboren zu sein, und sah mich mit anderen barfüßigen Kindern zur Schule laufen oder in einem rosa getünchten Zimmer beim Licht einer Petroleumlampe lesen. Kam ich in eine verschlafene Provinzstadt, so war eines der patriarchalischen, von alten, schmiedeeisernen Gitterzäunen umgebenen Häuser mit Gartenzwergen und einem Brunnenbecken aus Zement im Vorgarten mein vermeintliches Heim ... Von meinen Streifzügen durch unbekannte Vorstädte kam ich stets verunsichert und niedergeschlagen nach Hause zurück.

All das hat allerdings kaum etwas damit zu tun, was ich Ihnen sagen will«, fuhr Mavrodin fort. »Aber ich habe es ja nicht eilig. Jedenfalls ist irgendwo unter diesen Erinnerungen, so glaube ich, die Lösung meiner späteren rätselhaften Erlebnisse verborgen. Vielleicht wurde mir damals ein Zeichen gegeben, vielleicht erhielt ich einen Fingerzeig ... Es wäre entsetzlich, glauben zu müssen, daß in diesem ganzen so harmonischen, vollkommenen und sich selbst immer gleichbleibenden Kosmos nur die menschliche Existenz ein Spiel des Zufalls und nur das Schicksal des Menschen völlig sinnlos sei. Ich frage mich zum Beispiel, ob an dem Tag, an dem ich mich verliebte, in meiner nächsten Umgebung nicht irgend etwas geschah, das ich nicht bemerkte und nicht begriff, und ob diese Unkenntnis nicht vielleicht schuld daran war, daß ich mich so blind, so unverantwortlich von dem Geschehen treiben ließ. Man merkt plötzlich, daß man ein anderer geworden ist, ohne zu wissen, wann diese Veränderung ihren Anfang genommen hat.

Als der erste unter meinen Freunden beschloß zu heiraten,

verbrachte ich eine ganze Nacht im Gespräch mit ihm und versuchte herauszubekommen, was eigentlich geschehen war, warum er diese Entscheidung getroffen hatte, was für Prinzipien oder Leidenschaften ihn bewogen hatten, diesen Schritt zu tun. Von seinen Erklärungen habe ich so gut wie nichts verstanden, muß ich gestehen ...«

»Das sind Dinge, die niemand versteht«, unterbrach ihn Hasnas, und seine Stimme klang anders als sonst, überraschend nüchtern und doch fast feierlich. Seine in die Ferne gerichteten Augen schimmerten feucht in der Dunkelheit.

»Niemand«, wiederholte er leise. »Es passiert eben, man weiß nicht wie, es wird einem nicht bewußt. Liebe, Geld, Interesse – lauter albernes Zeug. Kein Mann opfert sich für eine Liebschaft oder für Geld. Was man auch immer über Männer sagen mag, wie einfältig die meisten auch sind, so einfach ist es nicht zu erklären. Es spielt da so etwas wie ein Zauber mit, und der kommt nicht von der Liebe oder der Leidenschaft, er gehört zu einem ganz sonderbaren Wahn, der uns um jeden Preis demütigen will.«

So plötzlich, wie er begonnen hatte, hielt er nun inne. Er schien bemüht, nach einem Detail oder dem richtigen Wort zu suchen. Mavrodin wartete eine Weile, dann sprach er weiter:

»Sie beurteilen diese Dinge ungefähr so wie ich. Nur eben mit mehr Erfahrung auf diesem Gebiet ...«

»Darin sind wir uns alle einig, lieber Freund«, sagte Hasnas bedächtig. »Die Frauen ärgern uns oft mit dem Vorwurf, wir wollten immer Solidarität untereinander zeigen, in Wahrheit empfinden wir aber diesbezüglich alle das gleiche, auch die, die es nur grob auszudrücken vermögen.«

»Das ist natürlich Schicksal«, fiel ihm Mavrodin etwas ungeduldig ins Wort, als befürchtete er, den Faden seiner Erzählung zu verlieren. »Schicksal für die einen, bei den anderen läuft es anders. Es gibt ja vielerlei Schicksale. Oft versuche ich, sie mir vorzustellen, besonders die unbekannten, ruhmlosen, die ohne unser Wissen, gleichsam in unserer Abwesenheit entscheidend einschlagen, und dann fürs ganze Leben. Als ich in sie verliebt war, fragte ich mich manchmal, ob ich vor unserer ersten Begegnung etwas Dramatisches geträumt hatte oder ob mir bei dieser Begegnung etwas Besonderes aufgefallen war ... An eine Einzelheit erinnere ich mich genau: Als sie in Hut und Mantel zum Heimgehen bereit dastand, trug sie einen locker herabfallenden, sehr aufreizenden schwarzen Schleier, und ihr Pelzmantel war leicht mit Ambre antique parfürmiert. Das war aber bereits einige Stunden, nachdem ich mich, ohne es zu merken, verliebt hatte. Wir haben uns bei einem meiner Freunde kennengelernt, einem reichen Architekten, der die Feste gerne feiert, wie sie fallen. Es war ein düsterer Winternachmittag, an dem ich ebensogut etwas anderes hätte anfangen können, zu einer Zeit, zu der ich meist zu Hause sitze. An das Datum erinnere ich mich genau: Es war der 8. Januar. Nachdem die Feiertage endlich absolviert waren, fühlte ich mich gelangweilt, und die Gesellschaftsabende hatte ich gründlich satt. Müde und schlecht aufgelegt, wie ich war, war schon der bloße Gedanke, zu meinem Freund gehen zu müssen, eine Qual. Aber ich hatte es versprochen. Ich hätte jetzt die Einladung nur schwer ablehnen können und nahm mir vor, höchstens eine Stunde bei ihm zu verbringen.

Nachher im Frühjahr, als ich sie so sehr liebte und nahe daran war, wegen ihr zu sterben, habe ich mich mehrmals bemüht, die Erinnerung an diesen 8. Januar Stunde um Stunde wachzurufen. Ich hätte gern gewußt, welchen Anzug ich morgens angezogen und welches Buch ich aus dem Regal genommen hatte, ob ich die Zeitung gelesen habe, ob ich noch einen anderen Anruf bekommen hatte als den von Alexander, der mich an die abendliche Einladung erinnern wollte. Hätte ich die Zeitung etwas aufmerksamer durchgesehen, wäre mir vielleicht die Reklame für irgendeinen vielgelobten Film ins Auge gefallen, und ich wäre ins Kino gegangen, bevor ich mein Versprechen einlöste. Ileana wäre bestimmt nicht bis in den späten Abend geblieben, wenn ich nicht dagewesen wäre. Möglicherweise wäre sie vor meinem Eintreffen gegangen und unsere Begegnung hätte gar nicht stattgefunden; oder wir hätten uns ein anderes Mal getroffen, aber dann wäre nicht die Magie jenes Abends gewesen.

Vielleicht wäre sie ein anderes Mal nicht frei gewesen und ich auch nicht. Es hätte so vieles geschehen können ... Manchmal, vor allem wenn ich mit dem Zug fahre, betrachte ich aufmerksam das Gesicht einer im selben Abteil sitzenden Frau und sage mir: Hätte ich mich an einem bestimmten Tag, an einem bestimmten Ort, in einer bestimmten Stadt befunden, so wäre diese Frau jetzt vielleicht meine Frau oder, wie man so sagt, die große Liebe meines Lebens. Dann frage ich mich erschrocken: Wie wären wir miteinander ausgekommen? Dabei denke ich nicht an die körperlichen Beziehungen; es ist so leicht, einen Körper kennenzulernen und wieder zu vergessen. Ich denke hauptsächlich an die Ausstrahlung ihrer Person, an ihren geheimen Zauber. Einen Tag, hundert Tage, zehn Jahre mit diesem schönen oder weniger schönen Geschöpf, blond, hochgewachsen oder wie immer, unter einem Dach immerfort beisammen zu sein, Tag für Tag, Nacht für Nacht! Wie würde ihre Magie auf mich wirken? Wie hätte mir ihre Gegenwart zugesetzt? Jede Frau, die ich liebe, erdrückt und erstickt mich, sie zerfasert mich, ohne es zu wollen, und zermürbt mich bis zur endgültigen Auflösung. Kein Mann entgeht diesem Schicksal ... Mich quälte aber auch eine andere Frage: Wie hätte dieses süße Leid für mich fruchtbar sein können? Auf welche Art und Weise wäre ich für diese Welt gestorben? Eher erbärmlich, durch einen langsamen Selbstmord oder durch großartige Selbstaufopferung?«

Mavrodin hielt inne und holte fast keuchend Atem. Er zündete sich eine Zigarette an und sah zu, wie die Flamme das Streichholz verzehrte, bis es ihm fast auf den Nägeln brannte. Dann warf er es zerstreut fort. Seine Gedanken jagten sich.

»Von dem, was sich an jenem Tag abgespielt hat, habe ich so gut wie nichts behalten. Außer daß Alexanders Frau mich an der Tür empfangen und geschimpft hat, weil ich so spät kam. Als die Leute im Salon meinen Namen hörten, drehten sich ein paar Köpfe zur Tür um. Vor wenigen Wochen war eines meiner meistgelesenen Bücher erschienen: *Magdalenas Jugend.* Offen gestanden, ist es mir unangenehm, wenn sich jemand bemüßigt fühlt, mit mir über meine Bücher zu reden. Schließlich bin ich noch immer ein junger Mann und setze meinen Stolz in andere Dinge, als Künstler es tun. Noch weniger mag ich es, bewundert zu werden. Zugegeben, Bewunderung ist ein wahres, aufrichtiges Gefühl. Auch ich empfinde es für manche Menschen, besonders für Künstler und Schriftsteller. Wenn es aber mich betrifft, so ziehe ich vor, davon nichts zu wissen, nichts zu erfahren.

Ich betrat den Salon ziemlich mißmutig. Wahrscheinlich würde die Rede auf mein Buch kommen. Die Gastgeberin würde sich verpflichtet fühlen, das Gespräch auf Literatur zu lenken, um einige Neuerscheinungen und dann natürlich auch mein Buch zu erwähnen. Ich hatte bereits eine Menge Briefe und Anrufe erhalten, auch aus vielen anderen Gesprächen ging hervor, daß *Magdalena* die Modeheldin war. Natürlich war ich geschmeichelt, es gefiel mir aber nur aus der Distanz. Mitten unter den Lesern, insbesondere den Leserinnen, war es mir peinlich. Weil sie mein Buch gelesen haben, glauben diese Leute, einiges über mich zu wissen. Sie sind sicher überzeugt, daß gewisse Dinge, die ich darin erzähle, sich wirklich so zugetragen haben, und warten nun darauf, dies bestätigt zu finden, mich einzuschätzen, mich zu beurteilen.

Daran also dachte ich, als ich eintrat, und ich holte mein Zigarettenetui hervor, um etwas Bestimmtes zu tun und meine Gebärden um einen konkreten Vorgang zu ordnen ... Es war ein langer, nicht sehr hoher Raum, ein großer schwarzer Flügel stand geöffnet vor dem Fenster. Es war schon fast dunkel, aber dem Geschmack der Hausherrin entsprechend brannte nur eine kleine Tischlampe in einer Ecke. Im Hintergrund ragte noch der Weihnachtsbaum mit angezündeten Kerzen in die Höhe. Dieses Bild hat sich mir sehr genau eingeprägt. Und inmitten dieser Details, Profile, Lichter, Bewegungen und Stimmen erblickte ich plötzlich eine Hand, die sich von all dem abhob, Ileanas bleiche Hand mit den langen, fast durchsichtigen Fingern. Diese Hand sah ich, ehe ich ihr Gesicht, ihre Augen erkennen konnte. Wahrscheinlich hatte ihr Arm auf dem Piano geruht; sie hob ihn, als ich eintrat, mit einer anmutig trägen Bewegung. Die Finger schienen mir außerordentlich beseelt, als wären sie das einzig Lebendige unter all diesen im Salon zusammengedrängten Bruchstücken von Leben. Es war noch etwas, ein Detail, das mich nachher lange nicht losließ: Die Hand schien nackt zu sein. Diese bleichen, nervösen Finger waren wie eigens dafür geschaffen, einen Ring zu tragen, und dieser Ring fehlte. Es war eine unvermählte, reine, klösterliche Hand.

Ich konnte sie nicht sofort eingehend betrachten. Es waren da junge Damen, die mich unbedingt über ich weiß nicht mehr was befragen wollten. Im nächsten Augenblick hatte ich die so lebendige Hand, die weich über dem Flügel geschwebt hatte, fast vergessen. Als ich Ileana vorgestellt wurde, frappierte mich rein gar nichts, keine Vorahnung durchzuckte mich. Ich fand sie nicht besonders schön, vielleicht weil sie kaum geschminkt war und die spärliche Beleuchtung, das matte Kerzenlicht alles nur trüb und verschwommen erkennen ließ. Ich erinnere mich – und habe es ihr später oft gesagt –, daß mich eine gewisse Müdigkeit in ihrem Blick beeindruckt hatte. Es war weder die Erschöpfung nach einem anstrengenden Tag noch die Niedergeschlagenheit, die nach einer langen Krankheit oder einer Reihe von Ausschweifungen zurückbleibt. Es war jene sozusagen ironische Mattigkeit, die die Intelligenz bei Frauen mit der Zeit den Gesichtszügen aufprägt. Wie gesagt, ich fand sie nicht besonders schön, doch als ich links von ihr einige Schritte weiterging, um mich vor einer älteren Dame zu verbeugen, merkte ich sofort, daß ich sie nicht richtig gesehen, nicht aufmerksam angeschaut hatte, und konnte mich nur mit Mühe zurückhalten, den Kopf nach ihr umzudrehen, um sie eingehend zu betrachten. Das tat ich dann einige Minuten später, und zum Glück blieb es unbemerkt. Sie sprach mit einer Bekannten und hielt den Blick gesenkt. Ich sah, daß sie eine hohe Stirn und leicht geschwungene Schläfen hatte, daß aber ihre Haarfarbe, ein mattes Kastanienbraun, ihrem Gesicht ein etwas sprödes Aussehen gab. Und dann begriff ich, was mich verleitet hatte, mich nach ihr umzudrehen: die ungewöhnlich großen, verschwommenen Augen, der breite, überwältigende Mund. Das ganze Gesicht schien von den zwei Quellen des Blicks und dem Karmesinrot des Mundes durchfurcht.

Ich hörte, wie eine Freundin sie beim Namen rief: Ileana. Zuvor hatte ich den Namen nicht behalten. Sie hieß also Ileana, dabei kleidete sie sich so, wie es zu einem anderen Namen gepaßt hätte, zu einer Maria oder Lucia. Sie trug eine schwarzweiß gemusterte Bluse mit kleinem weißem Kragen und engen Ärmeln. Und wieder fiel mein Blick auf ihre Hand. Sicher liebt sie nicht und wird nicht geliebt, sagte ich mir. Einem Mann, wer immer er auch sei, kann nicht entgehen, daß solche Finger mit einem einzigen Ring zur Vollkommenheit gelangen würden. Auch ihre Hand war nicht die einer Frau namens Ileana. Und doch hatte ich richtig gehört, es war ihr Name. Ich sah sie aufstehen und ins Nebenzimmer gehen. Mein Blick folgte ihr, aber nicht um sie abzuschätzen; nie schaue ich einer Frau auf diese Weise nach. Im Gegenteil, in meinem Blick liegt immer Wohlwollen, und ich warte erst ab, was sie mir zeigen will oder zu zeigen hat. Wir Männer sind nicht schuld daran, daß die meisten Frauen uns so deutlich zeigen wollen, was an ihrem Körper obszön oder abgelebt und verfallen ist. Eine Frau, die ihre erregenden Konturen herausstreicht, kann man nur mit obszönen Blicken betrachten. Meistens deutet uns das Objekt selbst an, wie es betrachtet und beurteilt werden will. Einen Mann, der den Körper einer Hure mit lüsternen Blikken mißt, kann man nicht der Indiskretion beschuldigen. Die Frau fordert uns immer heraus, sie so zu sehen, wie sie es will.

Dann gewann ich noch einen weiteren Eindruck: daß diese Frau nicht allein stehen könne. Irgendwo in der Nähe oder in der Ferne mußte es einen Gatten, einen zu ihr passenden Mann geben. Ich weiß nicht, warum es mir so schien, als sei sie dazu geschaffen, jemandes Gefährtin zu sein. Merkwürdig ...«

Er schwieg wieder eine Weile und lächelte. Dann wandte er sich mit einer raschen Bewegung seinem Freund zu:

»Selbstverständlich habe ich in meinem Buch nichts von all dem erwähnt. Vor dem weißen Blatt gelingt es einem selten, wirklichkeitsgetreu zu bleiben, ganz aufrichtig zu sein …

Es ist aber merkwürdig: Dieses Mädchen war für die Ehe, für die Zweisamkeit geschaffen. Wie alt sie sein mochte, wußte ich nicht zu schätzen. Jedenfalls hatte sie die erste Jugend hinter sich, sie mochte an die Dreißig sein oder einige Jahre darüber.

Nun hatte ich sie lange genug betrachtet, vielleicht zu lange, und das ärgerte mich, denn ich wollte auf keinen Fall den Anschein erwecken, ich sei zu einem neuen Abenteuer aufgelegt. Übrigens haben mich leichte Erfolge nie gelockt, der Ausgehungerte, der die Erstbeste zu akzeptieren bereit ist, bin ich nie gewesen. Wie unangenehm, wenn jemand meinen prüfenden Blick bemerkt hatte! Der junge Romancier, gerade dabei, eine Unbekannte mit gierigen Augen zu verschlingen … peinlich! Jede freundlich zuvorkommende Geste wäre übrigens an jenem Abend fehl am Platz, ja sogar flegelhaft gewesen. So wie ich in diesem Hause aufzutreten hatte, nämlich als ein Gefeierter, kurz nach dem Erscheinen seines letzten Buches, war vorauszusetzen, daß niemand mir etwas verweigern würde, besonders eine Unbekannte nicht. Alle Anwesenden benahmen sich, als seien sie mir etwas schuldig, als sei eine Weisung ergangen, daß mich niemand auch nur mit einem Blick belästigen solle – so wie man Minister oder Vorgesetzte nicht behelligen darf, wenn sie irgendwo zu Gast sind –, es wäre also meinerseits unsagbar gemein gewesen, die Situation auszunützen … Da ich Ihnen nun einmal all dies gestehe, will ich noch weiter gehen. Es sind Dinge, von denen niemand spricht, für mich hat aber die Existenz des Schriftstellers einige durchaus peinliche Aspekte. Wie es in anderen Ländern zugeht, weiß ich nicht; bei uns ist es so, daß die Leute noch nicht gelernt haben, wie sie mit einem Schriftsteller umgehen, wie sie sich ihm gegenüber verhalten sollen. Sie verwechseln ihn ständig mit dem Autor seiner Bücher, sie belästigen ihn mit Schmeicheleien oder damit, daß sie ihn dauernd daran erinnern, *er* habe diesen oder jenen Roman geschrieben, diese oder jene Frauengestalt geschaffen oder den Aphorismus soundso formuliert. Das finde ich einfach fürchterlich. So als ob man in Gegenwart eines Chirurgen verpflichtet wäre, ausschließlich von Operationen zu reden und ihn ständig daran zu erinnern, daß er Fräulein Soundso dem Tode entrissen hat. Oder wie man einen Tenor zu Tisch bittet und fortwährend von Opern spricht und beim Nachtisch auch noch verlangt, daß er seine Lieblingsarien singt, ihm sogar die Melodien vorpfeift, um seinem Gedächtnis nachzuhelfen!

Ich ging in ein anderes Zimmer, um an einem Gespräch teilzunehmen, das offensichtlich vor meiner Ankunft begonnen hatte. Jemand, ein Major in Zivil, sprach von den Skimeisterschaften, ich weiß es noch genau. Als ich ins Zimmer trat, drückte sich ein junger Mann an die Wand, um mir Platz zu machen. Das verstimmte mich, und ich warf einen verzweifelten Blick in die Runde, um eine weniger verkrampfte Miene zu entdecken. Es waren lauter brave Leute, die sich über Wintersport unterhielten. Der einzige, mit dem ich mich sicher gut verstanden hätte, war eben dieser an die Wand gepreßte Jüngling, nur war er wie gelähmt, weil der Autor von Büchern, die er gelesen und wahrscheinlich gemocht hatte, wie durch ein Wunder neben ihm stand, eine Zigarette im Mund, mit einer korrekt gebundenen Krawatte, frisch rasiert und anscheinend jederzeit zu einer leichten Plauderei aufgelegt. Ich versuchte, mit ihm ins Gespräch zu kommen, aber er war beklommen, prüfte seine Antworten sorgfältig, ganz angespannt, damit der große Schriftsteller ja kein ungünstiges Urteil über ihn fälle. Er mußte um jeden Preis eine intelligente Bemerkung an den Mann bringen, um den Meister zu überzeugen, er habe keinen x-beliebigen Leser vor sich.

In Wirklichkeit war mein junger Mann ein hervorragender Leser. Aber seine neunzehn Jahre lähmten ihn. Vielleicht hätte ich ihm ein andermal und andernorts helfen können, sich zu fassen. Manchmal liebe ich diese ekstatischen Zustände, die auch ich erlebt habe und die es mir heute ermöglichen, den Abstand zu ermessen, der mich von der ersten

Jugend und der Unschuld trennt. Dazu war ich jedoch an jenem Abend viel zu ruhelos, zu ungeduldig. Nicht deswegen, glaube ich, weil ich um jeden Preis mit der Unbekannten hätte sprechen wollen, die einige Minuten zuvor von ihrem Sitz aufgefahren war, mit einer Bewegung wie ein Aufzukken, elastisch wie ein angespannter Bogen. Es wäre mir eher lieb gewesen, in einer Sofaecke ruhig neben jemandem zu sitzen und ein Gespräch zu führen. Wie gern wäre ich einem Freund begegnet. Es waren nur einige Bekannte zugegen, die sich ziemlich gut gelaunt im Speisezimmer aufhielten, und einige junge Damen, die mich von der Türschwelle aus verstohlen beobachteten und sich den Anschein gaben, mich nicht allzusehr zu beachten. Der Architekt war dauernd mit dem Auswählen der Grammophonplatten beschäftigt. Er war der vollkommene Gastgeber. Da er sich dem vierzigsten Lebensjahr näherte und im Begriff war, eine Glatze zu bekommen, gab er sich viel Mühe, witzig und frivol zu erscheinen, als unermüdlicher Tänzer zu gelten, der immer zu einem Flirt aufgelegt ist. Er tanzte mit allen Mädchen und ermutigte die paar anwesenden Studenten – Kommilitonen seiner Schwester –, ihn zu duzen. Dabei ist der alte Junge ein sehr talentierter Architekt und ein kluger Kopf. Anscheinend versetzt das nahende Alter alle in Angst und Schrekken, auch die besten von uns. Das erklärt vieles, vermute ich.«

Er hielt von neuem inne und steckte sich ohne Eile eine Zigarette an. Der andere ruhte noch immer im Liegestuhl, rieb sich das Knie und schien ihm gar nicht zuzuhören. Trotzdem empfand Mavrodin seine Gegenwart als immer bedrückender, er fühlte sich ihr unterworfen, und es war ihm, als würde jemand aus dem Halbdunkel von nebenan ihn drängen weiterzureden, schnell alles zu sagen, ohne etwas zu vertuschen.

»Selbstverständlich sind in meinem Buch die Dinge nicht so wiedergegeben, wie sie sich in Wirklichkeit zugetragen haben. Da habe ich mir eine romantischere Begegnung ausgedacht. Sie findet ebenfalls am 8. Januar statt – das konnte ich auf keinen Fall verschweigen –, aber in Predeal, in der

Villa gemeinsamer Freunde, wo wir zum Skifahren versammelt sind. Nebenbei bemerkt, damit entfernte ich mich nur wenig von der Wahrheit, denn wir sind nachher mehrmals in Predeal gewesen. Sie ist eine gute Skiläuferin, sie hat es in Deutschland gelernt, als sie dort arbeitete. Davon erfuhr ich wenige Stunden später, als wir uns fast schon angefreundet hatten. Sie war vor vier Jahren ins Ausland gegangen, als Angestellte der rumänischen Botschaft in Berlin. Heute weiß ich, daß sie sich beharrlich um diesen Posten bemüht hatte. Das bekam ich aber erst viel später heraus ... Die Begegnung in Predeal, so wie ich sie in meinem Buch erzählt habe, kommt mir jetzt selbst fast als die Wirklichkeit vor. Wir haben in der Tat das winterliche Predeal gemeinsam erlebt. Ich sehe noch genau vor mir, wie sie ihre Skischuhe anzieht, ich kann mir gut vorstellen, daß sie wie im Roman an mich herantritt und ganz ungezwungen sagt: ›Geben Sie acht, Sie haben die Riemen falsch angelegt ...‹

In Wahrheit fielen die ersten Worte, die sie an mich richtete, im Eßzimmer meines Freundes, des Architekten, und es war eine ziemlich nichtssagende Bemerkung, ungefähr so: ›Wie gut, daß es endlich vorbei ist mit diesen Feiertagen.‹ Was mich erstaunte, war, daß sie nur ein paar banale Worte sagte, dabei aber den Blick durch das Fenster über die verschneite, von der Laterne gegenüber wie von einer grünen Petroleumlampe beleuchtete Straße schweifen ließ, so melancholisch, daß es geradezu plump, wenn nicht grob gewesen wäre, sie darüber auszufragen. Ich tat, als hätte ich diesen traurigen, müden, fast tränenfeuchten Blick nicht bemerkt. Wie gut verstand ich ihn später, wie quälte mich seine unlöschbare Glut, als mir seine Ursache bekannt war: wieder einmal zu Ende gehende Winterfeiertage, noch eine Weihnachtszeit, die im nebligen Dunkel der sich hinter ihr ansammelnden Jahre untergeht, und sie – noch immer allein, noch immer so fern von dem Hafen, von dem sie seit so vielen Jahren träumt ... Doch es ist vermutlich falsch, wenn ich die Begebenheiten durcheinanderbringe; es wird ja noch davon die Rede sein.

Ich hoffte, sie würde etwas über meine Bücher wissen wollen, insbesondere über *Magdalenas Jugend*, wo doch alle Welt diesen Namen im Munde führte. Mit ihr hätte ich gern über meine Schriften gesprochen. Nicht weil sie eine Frau war und mir offenbar gefiel, sondern weil ich ahnte, wie lebendig sie war, von Kopf bis Fuß lebhaft, gescheit und melancholisch ...

Im allgemeinen mag ich traurige Menschen nicht. Die meisten von uns leiden an einer erniedrigenden Traurigkeit biologischer oder psychischer Natur. Wir sind traurig, weil uns irgendwelche Geschäfte fehlgeschlagen sind, weil unsere Leber nicht richtig funktioniert, weil wir uns beim Saufen oder in Bücher vertieft die Nacht um die Ohren geschlagen haben. Bei Frauen ist es noch unerquicklicher; ihre Traurigkeit ist etwas Mittelmäßiges, eine Durchschnittserscheinung. Ileanas Traurigkeit an jenem Abend war hingegen seltsam zurückhaltend. Hätte ich sie nicht wiedergesehen, so wäre es mir unwahrscheinlich vorgekommen, daß ihr fluchtartig durchs Fenster entweichender Blick in der Tat voller Melancholie war.

Wenige Minuten später strahlte ihr Gesicht förmlich vor Intelligenz, sogar ein wenig vor Ironie. Sie hatte nichts von mir gelesen, nicht einmal *Magdalenas Jugend*, und weil sie spürte, daß es mich irritierte, begann sie mich zu necken. Zu einem späteren Zeitpunkt entdeckte sie in meinen Büchern, in meiner Kunst eine Rivalin, die zwar im Hintergrund blieb, aber sehr geschickt war. Dann verharrten wir lange, fest aneinandergeschmiegt, unseren Körpern lauschend, sie legte die Hand auf meine Stirn, und ich fühlte, daß diese Liebkosung mehr war als ein zärtliches Streicheln. Ich erriet ihre unausgesprochenen Fragen, ihre Bemühungen, in eine Zone einzudringen, zu der ihr keine Leidenschaft und keine Ekstase Zutritt gewährte.

›Woran denkst du?‹ fragte sie mich manchmal mit einem ironischen Lächeln, denn sie wußte nur zu gut, daß ich ihr darauf nie mit voller Aufrichtigkeit antworten würde.

›Was verbirgst du da drin?‹ fragte sie wieder und umfaßte meine Schläfen mit ihren kleinen bleichen Händen.

Ich glaube kaum, daß sie sich über meine unwichtigen frivolen Geheimnisse aufregte oder daß der Blick, den ich gelegentlich auf eine schöne Frau warf, sie ängstigte. Was sie beunruhigte, war die untergründige Region, wo mein ureigenstes Ich für sich allein in völliger Einsamkeit weilte, und auch diese Einsamkeit selbst, aus der meine Momente der Geistesabwesenheit und meine Bücher hervorgingen.

Damals kannte sie aber noch nichts von dem, was ich veröffentlicht hatte. Worüber wir noch gesprochen haben, weiß ich nicht mehr, ich weiß nur, daß es im Zimmer immer wärmer geworden war, dann wurde Licht gemacht und die ganze Gesellschaft zum Sekt ins Nebenzimmer gerufen. Und da war wieder etwas, woran ich mich sehr genau erinnere: Es überkam mich ein heftiges, wahnsinniges Verlangen, mit dieser Frau zu tanzen. Sie war nicht mehr neben mir. Ich hatte mich lange und eindringlich mit ihr unterhalten, so daß unsere Gastgeberin mich mehrmals zum Spaß ermahnt hatte. Noch dachte ich mir nichts dabei; ein Flirt, einige Stunden in angenehmem, warmherzigem Gedankenaustausch, im besten Fall ein neues Verhältnis.

Sie war also nicht mehr neben mir, und ich fühlte, wie dieses wilde Verlangen, sie beim Tanzen an mich zu drücken, in mir überhandnahm. Sie hatte sich entfernt, um eine Limonade zu trinken. Mir ist, als sähe ich sie noch heute: ans Büfett gelehnt, die Augen gesenkt. Sie muß meinen auf sie gehefteten Blick gespürt haben, denn sie rieb sich beunruhigt die Stirn und hob den Kopf, lächelnd, ganz als ob sie wüßte, daß ich im Türrahmen stehe und sie anstarre. Da gab ich ihr durch ein Zeichen, wahrscheinlich eine groteske Geste, zu verstehen, daß ich mit ihr tanzen wollte. Sie deutete mir ebenfalls durch ein Zeichen an, daß sie müde sei. Ich ging auf sie zu. Während sie mir entgegenblickte, nahm ihr Gesicht plötzlich den Ausdruck tiefsten Ernstes und größter Konzentration an, als wäre von meinen Bewegungen etwas Geheimnisvolles ausgegangen, ein Geheimnis, das sie begriff und vor dem sie zurückschrak. Als ich vor ihr stand, lehnte sie sich fester, gleichsam Zuflucht suchend, an die Anrichte. Mir war so ganz sonderbar zumute; der Sekt, sagte ich mir, um mich zu beruhigen. Doch ich erinnere mich, wie sie, um meiner eindringlichen Aufforderung zum Tanz zu folgen, den Arm hob, um ihr Glas auf die Anrichte zu stellen; da sah ich ihn wieder und erschrak vor seiner Blässe und Vollkommenheit. Ich nahm ihre Hand möglichst taktvoll, fast flehend. Ich las in ihren Augen, daß sie meine Bitte zuvor nicht ohne Mühe abgeschlagen hatte, denn auch sie hatte Angst. Als ich ihre Hand ergriff und ein wenig emporhob, um sie zum Tanz zu umfassen, hörte die Musik auf. Einen Augenblick blieb ich so, mit dem Arm in der Höhe, ihre Hand in der meinen.«

II

»Den eigentümlichen, jeweils unterschiedlichen Reiz so manchen Frauenkörpers habe ich längst vergessen. So ergeht es wohl den meisten Männern: Es ist ihnen nicht gegeben, ihre Eindrücke frisch und warm im Gedächtnis zu bewahren, von der Magie der körperlichen Liebe behalten sie nichts. Frauen vergessen nicht so leicht, glaube ich. Ihr Körper weiß noch lange von der Gegenwart des Mannes, den sie einmal geliebt und gekannt haben. Aber im Leben jedes Mannes geschieht einmal ein Wunder, auch wenn es nur wenige Augenblicke währt: die Begegnung mit einem Blick, ein Kuß, eine Berührung, die keinem früheren Erlebnis gleichen. Dann spinnt man gleichsam einen neuen Faden, es ist, als wäre man woanders aufgewacht, auf geheimnisvolle und doch ganz natürliche Weise in eine unbekannte Welt eingedrungen. Ich weiß nicht recht, wie ich das genauer beschreiben soll, doch bin ich mir sicher, daß in einem solchen Augenblick jeder Mann fühlt, daß es etwas ganz Neues ist, was ihm widerfährt, etwas Erhabenes und Sonderbares. Es ist nicht unbedingt Liebe, auch keine übermäßige Gemütsbewegung oder fleischliche Erschütterung. Wie viele Frauen entzücken uns durch schier grenzenlose Wollust und lassen uns trotzdem nichts ahnen von einem solchen Moment des süßen Erschreckens und Sichverlierens.

Ich weiß, ich bin abgeirrt, es ist mir völlig bewußt, daß ich Dinge, die ich doch ganz genau sehe und kenne, sehr schlecht schildere. Aber ich mag es, so aufs Geratewohl daherzureden. Das stimuliert mich, ich finde es erholsam. In meinem Buch habe ich mehrmals versucht, diese ans Wunderbare grenzenden Zustände klar zu erfassen, insbesondere den Moment des ersten körperlichen Kontakts damals, als ihre Hand in die meine geschmiegt wie trunken in der Luft schwebte. Ich glaube nicht, daß es mir gelungen ist. Ich bin ein noch viel zu verworrener, unausgereifter Schriftsteller, um solche schwer bestimmbaren Erlebnisse im Grenzbereich des Bewußtseins beschreiben zu können. Natürlich konnte in jenem Augenblick von Liebe noch keine Rede sein. Es war aber mehr als Entzücken: eine Erschütterung, die mir plötzlich die Realität eines anderen Körpers, eines anderen Daseins offenbarte. Wie armselig sind diese alten, verbrauchten, abgedroschenen Worte ...! Die Liebe kam etwas später, sie stellte sich ein, als jener Zauber es zustande gebracht hatte, uns von den anderen zu isolieren und ineinanderzuschmelzen. Denn die Vereinigung unserer Körper war schon während des in der Schwebe verharrenden Augenblicks besiegelt, als ich ihr ganzes Wesen in mich aufnahm, indem ich nur ihre Hand in der meinen hielt. Diese bleiche, nervöse, in ihrer Nacktheit so seltsame Hand, die mich beim ersten Schritt in den Salon fasziniert hatte, übertrug nun etwas wie feminine Wärme, fassungslose Ratlosigkeit auf mich, und ich fühlte, wie sie allmählich meinen ganzen Körper durchfluteten. Vielleicht hätte ich mich gern aus dieser haltlosen Glückseligkeit herausgerissen, denn ich war mir nur zu bewußt, mitten unter fremden Leuten zu stehen, die mich wahrscheinlich mit erstaunten oder ironischen Blicken maßen, es ging aber über meine Kräfte, Ileanas Hand loszulassen. Ich drückte sie nicht einmal, hielt sie nur einfach fest, von der meinen umschlungen ...

Mir scheint, von uns beiden war sie es, der es zuerst gelang, sich zu fangen. Wahrscheinlich hatten uns viele beobachtet, einige machten sogar spöttische Bemerkungen. Ich hatte mich so kühn gezeigt wie ein echter Eroberer. Das begriff ich später, als ich merkte, daß unsere Liebe und unser Verhältnis niemanden überraschten. Das ist aber wirklich nicht von Belang ... Sie preßte ihre Finger fester um meine Hand und drückte meinen Arm nach unten. Nach einer Sekunde oder nach mehreren Minuten? Das erfuhr ich nie. Ich habe sie nie danach gefragt, und ich glaube, sie wußte es auch nicht. Plötzlich standen wir beide gegen das Büfett gelehnt, fast erdrückt von der Gästeschar, die sich zur Tür drängelte. Wieder eine dunkle Zeitspanne, von der ich nur wirre Eindrücke behalten habe. Trotzdem weiß ich genau, daß mein Verstand und mein Stolz, für eine Weile wiedererwacht, sich bemühten, mir Einhalt zu gebieten, mich zu schützen, mich um jeden Preis zurückzuhalten. Dessen bin ich mir sicher, doch an mehr kann ich mich nicht erinnern. Ein Fieber trieb mich an, eine geheimnisvolle Kraft war mir in den Leib gefahren, von außen her, denn es gab keine Begierde und kein Lustgefühl bei jener Umarmung der Hände ... Bis dahin war ich überzeugt gewesen, die Liebe bereits erlebt zu haben, obwohl ich vermutete, daß es nicht bei der ersten Liebe mit zwanzig bleiben werde, daß das Leben mich noch einmal in den Feuerkreis der Leidenschaft führen werde. Später dann entdeckte ich, daß keine Liebe, keine Leidenschaft, keine Vereinigung so vollkommen gewesen war wie diese; so hingerissen zu sein, das hatte ich noch nie erlebt.

Ich entsinne mich, daß wir dann, ohne es zu merken, in das Zimmer gelangten, wo der Flügel und der Christbaum standen. Anscheinend wurden wir im Gedränge die Wand entlang vorwärtsgeschoben, während wir vor Glück, beisammen zu sein, nur vor uns hin lächelten. Erst als wir einander gegenüber Platz nahmen, merkte ich, daß ihre großen, undurchdringlichen Augen feucht waren und in sich vertieft, mitunter sehr weiblich von einer warmen Flamme durchzuckt. Das hatte ich noch nicht an ihr gesehen. Von Stunde zu Stunde sah ich sie anders, wahrscheinlich, weil ich sie noch nicht zu betrachten verstand. Das erlernt man nämlich am schwersten, an einer Geliebten zu betrachten: die Augen. Manchmal trifft unser Blick diesen Spiegel so ungeschickt, daß er sich trübt, wie angelaufen erscheint, oder, noch ärger, er macht ihn undurchsichtig, so daß die Augen wie Fayence, wie farbiges Email glänzen. Es gibt auch den grausamen Blick, der die Netzhaut verletzt, sie aufreißt, daß sie blutet oder erlischt. Ich weiß nicht, wie ich Ihnen diese Dinge besser erklären könnte, denen ich heute eine so schwerwiegende, tragische Bedeutung zuschreibe, die uns aber, wenn wir sie erleben, meist naiv und unbedeutend vorkommen. Vor allem verfolgt mich der Gedanke: Hätte ich es verstanden, die Augen einer Frau richtig zu sehen, mein ganzes Leben wäre anders verlaufen. Das berühmte Wort über Kleopatras Nase finde ich albern. Es ist dramatischer, wenn man weiß, daß es an uns liegt oder an unserem Schicksal, ein gewisses Etwas, eine Präsenz, eine gewisse körperliche Konsistenz zu sehen oder nicht zu sehen, zu fühlen oder auch nichts davon zu erahnen.

Über all das spreche ich zu Ihnen so eingehend, weil meiner Ansicht nach die Liebe und alles, was sie mit sich bringt: Leid, Opfer, Fruchtbarkeit, von allen Erscheinungen die am wenigsten verstandene und am ungenauesten erkannte ist. Durch welches Wunder verwandelt sich ein einfaches Geschehen in Entzücken und Ekstase, eine Zufallsbegegnung in Liebe? Diese Frage bedrängt mich immer wieder. Mich verfolgt aber auch die Frage: Wie ist es möglich, aus diesem Zustand der Gnade wieder herauszufallen und ins gleichmäßige Licht des Alltags zurückzukehren? Doch Ileanas Augen ließen mich nicht in verstiegenen Ideen umherirren, sie ermutigten mich nicht zu ekstatischen Betrachtungen, im Gegenteil, in ihrem weichen Licht sah ich – wenn auch nur ganz flüchtig – ein scherzhaftes Aufblitzen.

›Finden Sie nicht, daß Sie mich gar zu aufmerksam ins Visier nehmen?‹

Ihrem Lächeln gelang es aber nicht, unbekümmert zu erscheinen, es gelang ihm nicht, den Zauber zu lösen, der auch sie bereits seit einer Weile gefangenhielt. Kopfschüttelnd flüsterte sie mir zu:

›Nehmen Sie sich doch zusammen!‹

Selbstverständlich begann ich wieder, mit ihr zu sprechen. Nun empfand ich den heftigen Wunsch, ihre Hand wieder zu ergreifen. Warum nicht mehr getanzt wurde, weiß ich nicht, vielleicht weil alle auf den nächsten Champagner warteten. Ich weiß nur, wie angestrengt ich nach einem Vorwand suchte, ihre Hand wieder in der meinen halten zu können, aber ich konnte ja überhaupt nicht denken.

Dann setzte die Musik wieder ein. Wir erhoben uns sofort, beide im selben Augenblick, und sahen uns in die Augen. Ich legte den Arm fast mechanisch um ihre Taille, denn es war mir unvorstellbar, daß der erstaunliche Kontakt sich wiederholen könne. Doch ihre Art, so einfach und ganz in meine Arme zu gleiten, ließ mich erraten, wie einig wir uns in der gleichen Erwartung waren, wie gleichgesinnt in unserem Sehnen.

Es gibt Zustände, in denen einem das Gefühl für die Zeitdauer abhanden kommt. Man weiß nicht – oder nicht mehr –, wann sie eingetreten, wodurch sie entstanden sind, wie sie sich verändert haben.

Aus einer solch wirren Glückseligkeit hebt sich allerdings doch einmal etwas deutlicher heraus, ein Wort, ein Aufschrei, eine Melodie oder auch nur ein Ton, etwas, das einem stets gegenwärtig bleibt, ohne daß man sich über seine Zufälligkeit oder Belanglosigkeit wundern würde. Von jenem beginnenden Tanz behielt ich nur eins im Gedächtnis: *das Paar.* Ob dieses Wort oder dieser Gedanke mir nicht aus dem Sinn kam, weiß ich nicht mehr, ich weiß überhaupt nichts Genaueres mehr, nur soviel: Was mir da geschah bei diesem einfachen Umfassen, das war *das Paar.*«

Mavrodin schwieg ermattet, als wäre er ganz plötzlich am Ende seiner Kräfte angelangt. Er saß eine geraume Weile still, den Blick zum Himmel gerichtet, doch ohne ihn zu sehen, scheinbar ohne zu atmen, als lauschte er, als wartete er auf irgend etwas. Es begann kühl zu werden. Der andere zog die Jacke enger um die Schultern, traute sich aber nicht, Mavrodin zu fragen, ob ihn auch friere. Geduldig wartete er, strich immer wieder mit der Hand über die Armlehne, auch er in Bilder aus der Vergangenheit vertieft.

»Das war, glaube ich, der bedeutsamste Augenblick unserer Liebe, eine absolute Entdeckung«, sprach Mavrodin feierlich. »Alles, was darauf folgte, war der stets erneute Versuch, den Zauber wiederzufinden, diesen Zustand der Verzauberung ohne Anfang und ohne Ende, ohne zeitliche Dimension ... Ich bin ein mittelmäßiger Tänzer, meistens rede ich beim Tanzen, um die Unzulänglichkeiten meiner Rhythmik mit etwas Intelligenz wettzumachen. Und ich bin überzeugt, daß eine Frau auch mit einem mittelmäßigen Partner gern tanzt, wenn er kein Vollidiot ist. Eine gewisse

Ungeschicklichkeit hat ihren Charme, ebenso wie die Schüchternheit, gerade durch die Überraschungen, für die sie sorgt, durch die naive Panik, die sie verbreitet. Die Frauen mögen diese Unzulänglichkeiten, die so warm und spontan wirken, sehr wohl. Und was mich betrifft, so habe ich nie darunter gelitten, kein besonders guter Tänzer zu sein. Damals dachte ich allerdings nicht an diese längst bekannten und oft erlebten Dinge. Bewußt war mir nur, daß ein unbekanntes Parfüm mir in die Nase stieg, als sie den Kopf meiner Schulter näherte. Es war kein feminines Parfüm, ich würde fast sagen, kein menschliches, seine Essenzen entstiegen anderen Bereichen der Erinnerung, man konnte sich vorstellen, daß es einer alten mit Goldfäden durchwirkten Stickerei im Lichte einer großen orientalischen Lampe entschwebte, aus vielerlei nur wenig ölhaltigen Wurzeln destilliert. In der Zusammensetzung dieses Duftes war weder Alkohol noch Öl spürbar, nur das reine Aroma von Kräutern. Wie oft habe ich mich bemüht, als ich sie bereits kannte, die Duftnuance ihres Haars genau zu bestimmen. Mir schien, sie habe die geradezu asketische Reinheit von damals nie wiedergefunden. Das konnte auch nicht sein, denn später verknüpften mein Geruchsinn, alle meine Sinne und mein Gedächtnis den so prüde herben Duft mit ihrem Körper, mit ihren Lippen, die ich nunmehr kannte.

Als ich den Arm um sie legte, erstaunte mich ihre ungewöhnlich dünne Taille, und dann fühlte ich aus nächster Nähe die beseelte Form in ihrer Gänze. Ich muß ›Form‹ sagen, entschuldigen Sie dieses unpassende, vielleicht sogar triviale Wort, denn was ich spürte, war weder ihre Wärme noch ihre Fleischlichkeit, ja nicht einmal ihr Körper, sondern ich erahnte, so vollkommen, so ganz und gar das Weib, ohne dabei etwas Einzelnes wahrzunehmen, zum Beispiel die Berührung mit ihren Schenkeln oder daß ihre Brüste mich streiften. Keine dieser einzelnen Sinneseindrücke, wie sie der Tanz mit sich bringt. Nichts Diskontinuierliches an der fehlerlosen Form, kein Hindernis ...

Man könnte annehmen, all dies wäre erst in der Erinnerung deutlich geworden, mit klarem Blick entziffert aus der

Ferne und doch aus der Nähe, wie es stets geschieht, wenn man sich lange bemüht, die Erinnerung an ein Bild oder eine Begebenheit wachzurufen. Es ist aber nicht so. Das Zurückdenken und die Anstrengung dabei haben nichts verdeutlicht. Die volle, wirkliche Gegenwart ihrer ganzen Person bei diesem Tanz habe ich weder behalten noch in Gedanken rekonstruieren können. Was ich jetzt zu vergegenwärtigen vermag, sind nur Bruchteile davon, die ich ständig in mir trage und die doch nicht zerfasert sind. Ich sah nur in ihre Augen, das war alles. Und tanzte gut. Das sage ich Ihnen nur, damit Sie nicht glauben, wir wären verzückt einhergeschwebt oder hätten uns sonst irgendwie auffällig hervorgetan, so daß die anderen Tänzer uns Platz gemacht und auf das sensationelle Paar gestarrt hätten. Einige merkten sicherlich etwas von unserer stillen Entrückung. Die anderen tanzten, standen in dicht gedrängten Gruppen und plauderten. Wir sagten kein einziges Wort. Das war nicht nötig. Einige Male sah ich ihr Gesicht im Schein der Tischlampe. Es war anders, ein ganz anderes Gesicht. Ihre Züge waren durch innere Sammlung wie geläutert, die Wangen ein wenig eingefallen, ihre Stirn war vor traurigen Befürchtungen feucht angehaucht. Sie sah mich an, das weiß ich genau, und doch schien ihr Blick durch mich hindurch auf ein fernes, mir unbekanntes und unerfindliches Ziel gerichtet zu sein.

Es war viel Angst in ihrer ruhigen Selbstvergessenheit. Sie zitterte nicht etwa in meinen Armen, und doch fühlte ich, daß jede Fiber ihres ganzen Wesens angespannt war. Einige Stunden später wußte ich bereits, welche Angst sie ausgestanden und wie sie sich gegen mich gewehrt hatte. Sie ahnte, was geschehen sollte. Und sie widersetzte sich dem Zauber ...

In den letzten Tagen hier ist die Erinnerung an jenen Tanz ohne Ende mit größter Genauigkeit wieder in mir aufgetaucht. Ich habe den Salon wiedergesehen mit den wenigen, an die Wand geschobenen Möbeln, um den Tanzpaaren Platz zu schaffen, und die Dachrinne des Nachbarhauses voll frischem Schnee, der im Schein des aus den Fenstern dringenden Lampenlichts bläulich schimmerte. Ileana hielt den Kopf ein wenig zur Seite geneigt, vielleicht etwas berauscht von Glück und süßer Müdigkeit. Denn als die Musik aufhörte und ich ihre Hand ergriff, um sie ins fernste, abseits gelegene Zimmer zu führen, gestand sie mir, sie fühle sich sehr müde, und dunkle Ringe ließen ihre Augen noch tiefer erscheinen. Ich wagte kaum, ihr ins Gesicht zu sehen, nur ihre Hand hielt ich fest.

›Ich weiß nicht, was ich habe‹, flüsterte sie und stützte sich auf die Sofalehne. ›Ich habe schon lang nicht mehr getanzt. Mir ist etwas schwindlig.‹

Ihr Blick suchte den meinen. Staunend, lächelnd sah sie mir gerade in die Augen, um mich auf etwas aufmerksam zu machen, mich zu warnen, daß etwas Erschreckendes, vor dem sie sich ängstigte und zu fliehen versuchte, uns zu überfluten drohte. Das war es, was ich ihrem fragenden, müden Blick zu entnehmen glaubte, der um Ruhe und Zurückgezogenheit zu flehen schien. Daran konnte sie sich später nicht erinnern. Wie oft habe ich sie mit meinen Fragen bedrängt, von meiner unheilbaren Sucht getrieben, alles zu wissen, zu verstehen, jene unvergleichliche Stunde des Versinkens zu begreifen! Manchmal quälte ich sie mit meinem verbohrten Wissenwollen, aber sie erinnerte sich an nichts, außer daß sie mir unverwandt in die Augen gesehen und sich zu fassen versucht hatte. Ja, das gab sie zu, daß sie Angst gehabt hatte vor der Liebe und daß diese unerwartete Begegnung sie erschreckt hatte. Das gestand sie mir schon am nächsten Tag, und zuletzt sagte sie:

›Überleg dir gut, was du tust. Überleg es dir gut!‹

Doch in der Nacht zuvor, nachdem sie aus jener Glückseligkeit unseres Tanzes zu sich gekommen war, begann sie von belanglosen Dingen zu reden, als gäbe sie sich Mühe, das wunderbare Geschehnis, dem sie sich entrissen hatte, so gut wie möglich zu verheimlichen. Sie sagte mir, warum sie vor einigen Monaten aus Deutschland zurückgekehrt war. (Warum sie dorthin gegangen war, erriet ich, als sie von ihrer großen Liebe sprach, von der zu genesen ihr so schwergefallen war.) In Bukarest hatte sie wenige Bekannte. Denn, so erfuhr ich, sie war in einer kleinen Grenzstadt geboren und in Klosterschulen erzogen worden. Nun glaubte ich zu begreifen, woher die total unfrivole Art stammte, die mir beim ersten Blick aufgefallen war, und warum sie ganz anders war als all die anderen Frauen der Hauptstadt, die so schön sind, aber so unharmonisch, wie aus lauter gebrochenen Linien zusammengesetzt. Sie sprach von sich selbst nicht ohne Zurückhaltung, aber es war herauszufühlen, welche Fähigkeit zur Selbstenthüllung in ihrem Herzen noch in Fesseln lag. Manche behaupten, es gäbe Frauen, denen man sofort anmerkt, daß sie ein Geheimnis bergen, ein wirkliches, ohne Wunschträume à la Madame Bovary. Man sagt auch, es gebe Frauen, in deren Herzen man vom ersten Augenblick an wie in einem offenen Buch lese; sie seien klar und durchsichtig wie Gebirgsgewässer. Das alles mag wahr sein. Mich faszinierte aber von Anfang an das Vorgefühl, Ileana sei imstande, ihren Geständnissen keine Grenzen zu setzen, sie gehöre zu den Menschen, die man wirklich kennenlernen kann, weil keines ihrer Geheimnisse unentziffert bleibt, wenn man ihnen zuhört. Das war nicht unbedingt ein Irrtum. Diese Frau hatte zur Zeit unserer Liebe keine Geheimnisse vor mir, um so mehr litt sie darunter, daß ich die meinen für mich behielt. Was sie wußte, teilte sie mir mit. Wie wenig wußte sie aber über sich selbst, im Vergleich zu dem, was in ihrem Körper, in ihrem Herzen, in ihrem ganzen Wesen verborgen und verwahrt blieb!

Dann befragte sie mich mit enrsthaftem Interesse über meine Bücher. Bald aber ließ sie dieses Thema fallen. Wahrscheinlich meinte sie, daß solche Dinge, die der Öffentlichkeit angehören, eine Kluft zwischen uns aufreißen konnten. Sie vertraute mir nur an, daß sie Bücher liebe, die von der Kindheit und von strengen Internaten handeln, vielleicht weil sie sich selbst darin wiederfand, ihre triste Kindheit als Waise, die ihre Ferien unter der lieblosen Obhut der Großmutter und alter Tanten in einem großen, kalten Haus verbringen mußte. Zärtlichkeit hatte ihr nicht einmal die Großmutter bezeigt. Nachdem ich viele Einzelheiten aus ihrer Kindheit erfahren hatte, wollte ich die Osterferien mit ihr in ihrer Vaterstadt verbringen. Ihre Familie hatte sich in alle Winde zerstreut. Einige Verwandte lebten noch in dumpfen Provinzstädten, hatten sie aber vergessen. Es wäre mir trotzdem lieb gewesen, sie jeden Morgen in den Park in der Nähe ihres Elternhauses zu begleiten, mit ihr auf einer Bank zu sitzen, um sie mit der ganzen mir zu Gebote stehenden Wärme zu trösten, sie um Verzeihung zu bitten für ihre traurige Kindheit, die Kälte und Öde, in denen die Wurzeln ihrer Melancholie zu suchen waren. Es hätte mich glücklich gemacht, die fürchterlich öden Nachmittage ihrer ersten Jugend, die langen Abende in dem Provinznest, an denen sie die Stirn gegen die Fensterscheibe drückte und hinausschaute, mit meiner Gegenwart und meinen kindlichen Einfällen nachträglich ausfüllen zu können ... Ich dachte, daß die Vergangenheit für uns nicht gänzlich verloren sei, zumindest nicht für unsere Liebe, ich glaubte, in dieses Dunkel eindringen und es erwärmen zu können. Ileana lehnte es aber hartnäckig ab, die Stätten ihrer Kindheit wiederzusehen. Gelegentlich erkundigte sie sich wohl nach irgendeiner Familie, die dort gelebt hatte, und starrte gedankenverloren lächelnd ins Leere – das war aber auch alles.

An jenem Abend hüteten wir uns, noch einmal zu tanzen. Sie klagte über Kopfschmerzen und meinte, der Tanz würde sie noch schwindliger machen. Wir unterhielten uns fast unausgesetzt nur miteinander. Gegen ein Uhr nachts, nach einem raschen Blick auf ihre Armbanduhr, erhob sie sich, um sich zu verabschieden. Nur wenige Gäste hatten das Haus bereits verlassen. Die Gastgeberin versuchte, sie mit allen Mitteln zurückzuhalten, erst versteckte sie ihren Mantel, dann waren die Schneeschuhe unauffindbar, mußte sie aber schließlich gehen lassen. Auch mich zurückzuhalten wagte sie nicht, obwohl Ileana errötete, als ich bat, sie begleiten zu dürfen. Dann gingen wir beide, schlichen uns sozusagen heimlich davon, so daß ich den Wintermantel erst auf dem Treppenabsatz anzog; das Dienstmädchen hatte ihn mir durch das Badezimmer in den Flur hinausgebracht.

Währenddessen hatte sich Ileana vor dem Spiegel zurechtgemacht. Als ich mich nach ihr umdrehte, kam es mir vor, als stünde eine andere, unbekannte Frau vor mir. Sie trug einen langen Pelzmantel und einen schwarzen Hut mit Schleier. Ich betrachtete sie verdutzt. Nicht als ob mir der Stil Bukarester Eleganz ungewohnt gewesen wäre; doch der Schleier veränderte ihr Gesicht völlig, ließ es jünger und zugleich weiblicher, betörender erscheinen. Ich glaube, ich drücke mich ganz falsch aus. Es war komplizierter. Die mädchenhafte Frau hatte sich in eine Mätresse verwandelt, der Schatten um die Augen und Wangen ließen ihre zauberhafte Zartheit erkennen, so daß man sich aufgefordert fühlte, diese Frau zu beschützen, zu verwöhnen, zu küssen ... Ganz fasziniert stand ich wie angewurzelt da, womöglich mit einem albernen Lächeln, denn sie faßte mich mit einer raschen Bewegung am Arm, ohne mich anzuschauen, und wir stiegen schweigend die Treppe hinunter. Ich wußte nicht, wie es nun weitergehen sollte. Ich wußte nicht einmal, welche Worte ich zunächst an sie richten würde. Die frostige Luft schlug uns ins Gesicht, sie ernüchterte mich. Es war eine jener unvergleichlichen Bukarester Winternächte, glasklar und kraftvoll. Einige Taxifahrer warteten vor dem Haus, von festlich beleuchteten Fenstern angelockt, in ihren Wagen eingenickt. Das Knarren des Gittertores weckte sie, und sie meldeten sich hupend. Schon hatte ich einige Schritte in ihre Richtung getan und schickte mich an, Ileana beim Einsteigen behilflich zu sein, da hielt sie mich zurück:

›Wir gehen besser ein Stück zu Fuß.‹

Fürchtete sie sich vor mir und wollte mich durch den Spaziergang in der Kälte in die Wirklichkeit zurückholen? Ich weiß es nicht. Jedenfalls klang ihre Stimme verunsichert, wie aus zugeschnürter Kehle. Wir machten uns eingehängt auf den Weg. Ich preßte ihren Arm an mich, und so gingen wir eng nebeneinander. Merkwürdig, wie deutlich ich ihr Parfüm in der reinen, eisigen Luft wahrnahm. Von Zeit zu Zeit hob sie den Blick zu mir, dann war klar zu erkennen, daß ihre Lippen wie unter einer unsichtbaren Berührung, vielleicht auch erwartungsvoll, bebten. Auf meine Frage, wo sie wohne, erwiderte sie nur:

›Wir gehen den richtigen Weg.‹

Aber sie war mit ihren Gedanken woanders. Es mußte etwas Ernstes, Schwerwiegendes sein, worüber sie nachdachte, und ich empfand sozusagen physisch, wie weit weg sie war. Keinesfalls grübelte sie etwa darüber, ob es indezent wäre, sich mir gleich am ersten Abend hinzugeben, ob es angebracht wäre, die übliche Frist der Präliminarien einzuhalten. Nein, ihre Gedanken kreisten um andere Dinge. Hätte ich etwas zu ihr gesagt, so hätte sie meine Worte gar nicht vernommen, das war mir klar. Ich litt unter ihrem Schweigen, unter dieser plötzlichen Abwesenheit, sie verletzten meinen Stolz, der sich in mir aufbäumte. Wäre es ein längerer Weg gewesen, so hätte das Gefühl der Demütigung in mir überhandgenommen. Vielleicht hätte ich in diesen letzten Augenblicken der Luzidität noch fliehen können. Wenn ich zum Beispiel, während sie auf meinen Arm gestützt, so geistesabwesend, wie dem Geräusch ihrer Schritte auf dem vereisten Schnee lauschend, neben mir herging, plötzlich ein derbes Wort gesagt, sie zu küssen versucht oder mir eine Zigarette angezündet hätte, als wäre ich allein? Oder eine in Mode gekommene Schnulze geträllert und sie ganz nebenbei gefragt hätte, ob sie ihr gefällt? Der Zauber wäre bestimmt verflogen, und wir hätten uns in zwei fremde Wesen zurückverwandelt, junge Leute auf dem Heimweg bei Nacht, durch nichts verbunden außer der Erinnerung an einen gemeinsam verbrachten Abend. Auf so brutale Weise in die sogenannte Wirklichkeit zurückgekehrt, hätte ich mich gehütet, von neuem einer eventuellen Faszination zu erliegen, und daran gedacht, wie ich am schnellsten und sichersten mit ihr ins Bett komme. Bis dahin war ich es gewohnt gewesen, gegen das, was ich ›Infektionskrankheit Sentimentalität‹ nannte, anzukämpfen. Wie oft hätte es nur eines weiteren Schrittes bedurft bis zur Liebe, und meine Laufbahn hätte eine andere Wendung genommen, ein großes Abenteuer hätte mein Leben aus seiner Bahn geschleudert, wenn ich nicht im letzten Augenblick erwacht wäre und aus der verzehrenden Leidenschaft ein Fünf-Uhr-nachmittags-Verhältnis gemacht hätte!

Vielleicht sind das aber lauter Absurditäten. Vielleicht hätte es mir damals, auf der Straße, nichts geholfen zu erwachen, es wäre zu spät gewesen. Ich konnte nicht mehr fliehen, ich war ihr begegnet – daran war nichts mehr zu ändern.

Anscheinend war inzwischen nicht viel Zeit verstrichen, jedenfalls gelang es meinem Hochmut nicht, mir das Gemüt zu verdüstern. Ileana schien die finsteren Gedanken von sich abzuschütteln, kehrte allmählich, wie jemand, der aus dem Schlaf erwacht, wieder zu mir zurück.

›Verzeihen Sie!‹ murmelte sie, und dabei schweifte ihr Blick noch immer über die schneebedeckte Straße in die Ferne.

Ich weiß nicht, warum ich hoffte, sie würde etwas hinzufügen, sich aussprechen wollen. Aber sie schwieg. Wir hatten den Boulevard Take Ionescu erreicht, und die helle Beleuchtung der Innenstadt ging mir auf die Nerven, das Lampenlicht schien die Weiße des Schnees brutal anzugreifen. Dafür hatte ich aber auch den Eindruck, in eine Zone geraten zu sein, wo unsere Vertrautheit, von den Passanten, Autos und farbigen Lichtreklamen abgegrenzt, schärfere Konturen annahm. Das Leben und Treiben um uns herum schien uns noch stärker zu vereinen. Und der bisher durch schwach beleuchtete Straßen zurückgelegte Weg gewann eine verborgene Bedeutung, als kehrten wir von einem sehr intimen Spaziergang zurück und hätten uns dabei ungehindert geküßt und Liebesworte zugeflüstert.

›Wo wohnen Sie?‹ wagte ich abermals zu fragen.

Sie nannte mir ein vor kurzem fertiggestelltes Hochhaus am Boulevard Bratianu. Wir hatten es fast erreicht. Unwillkürlich beschleunigte ich den Schritt. Noch wußte ich nicht, wie es weitergehen sollte, nicht einmal, ob ich den Mut zu der Bitte aufbringen oder von ihr ermutigt werden würde, sie in ihre Wohnung begleiten zu dürfen. Es war jedoch eine gespannte Erwartung ohne fieberhafte Ungeduld, ohne erotische Erregung. Ich wartete einfach darauf, daß irgend etwas geschehen würde. Und obwohl ich mir bewußt war, wie nah mich dieses Geschehen anging, fehlte mir die Kraft, einzugreifen, es in Gang zu bringen oder zu verhindern.

Jetzt sah ich Ileana forschend ins Gesicht. Es war deutlich

zu erkennen. Ihre Wangen waren ein wenig vom Frost gerötet, und ein offenes Lächeln verlieh ihren Zügen Wärme. Ihr Lächeln war aber auch ein bißchen traurig; ihr war wohl nicht entgangen, daß ich schneller ging. Wir sprachen über recht unbedeutende Dinge, wie sie zu Beginn des Herbstes nach Bukarest gekommen war, wie sie die kleine Wohnung hier gefunden hatte, wie sie bestimmte Freundschaften prüfte und andere mied. Ich mußte lachen:

›Vielleicht meiden Sie insbesondere die Freundschaft mit Männern‹, bemerkte ich mit leiser, ein wenig plumper Ironie.

›Ja, das ist wahr‹, gestand sie gelassen. ›Ich bin gezwungen, die meisten zu meiden.‹

Wir näherten uns der Haustür, und ich wußte noch immer nicht, was geschehen sollte. Trotzdem fragte ich, ob ich sie besuchen dürfe. Sie sagte ohne Umstände zu:

›Kommen Sie morgen nachmittag zum Tee‹, sagte sie.

›Dann bringe ich Ihnen mein letztes Buch‹, erwiderte ich, als beeilte ich mich klarzustellen, daß ich keine Hintergedanken hegte.

›Dafür wäre ich Ihnen dankbar ...‹

Wir standen vor der Haustür. Mir graute davor, daß gleich der Portier kommen würde, um uns die Tür zu öffnen und in den Fahrstuhl zu bitten. Doch die Tür war nicht verschlossen. Ich stieß sie schweigend auf und war plötzlich ergriffen.

›Ich wohne im dritten Stock‹, sagte sie.

›Wenn Sie gestatten, begleite ich Sie nach oben‹, stammelte ich.

Das grelle Licht im Fahrstuhl überraschte uns beide. Und wieder beobachtete ich sie verlegen. Ihre Augen schauten noch immer nachdenklich drein, und sie bemühte sich vergeblich, ein Lächeln aufzusetzen. Vor der Wohnungstür reichte sie mir die Hand. Ich ergriff sie schnell und führte sie an meine Lippen. Dann, ohne recht zu wissen, was ich tat, legte ich die Hände um ihren Kopf und küßte ihren Mund. Ich fühlte, wie sie ganz warm, ganz hingegeben in meine Arme sank.«

III

»Ich mußte mich zusammennehmen, um aus dieser unverhofften, durch keine Geste, keine angedeutete Einwilligung vorbereiteten Umarmung zur Besinnung zu kommen. Sie lag widerstandslos hingesunken in meinen Armen: Es wäre so einfach gewesen, die Tür aufzustoßen und sie ins Zimmer zu tragen. Doch ich ließ sie frei und suchte ihre Augen: Sie schwammen in Tränen. Im ersten Augenblick dachte ich, es sei ihre Schamhaftigkeit, die sich nun doch widersetzte, dann griff sie nach meiner Hand, drückte sie zitternd und flüsterte:

›Gehen Sie jetzt!‹

Ihr Blick voll Wärme bat noch eindringlicher darum. Sie zwang sich ein Lächeln ab, war aber sehr blaß und sah ganz verändert und verängstigt aus.

›Wir sehen uns morgen‹, fügte sie hinzu, als sie merkte, daß ich zögerte und wie angewurzelt an der Tür stand.

Linkisch setzte ich meinen Hut auf und eilte, lief fast die Treppe hinunter. Das Geräusch der sich schließenden Tür, das ich nur schwach vernahm, trieb mich zu noch größerer Eile an. Ich wollte so schnell wie möglich draußen und allein sein, um mir über das Geschehene klarzuwerden.

Von jeher habe ich nach dem ersten Beisammensein mit einer Frau am Anfang eines Verhältnisses das heftige Bedürfnis verspürt, so bald wie möglich wieder allein zu sein, zur Besinnung zu kommen, meinen nüchternen Verstand wiederzuerlangen. Vermutlich geht es den meisten Männern in dieser Situation so. Sobald er sich vom Bann der ersten Intimität mit einer Frau löst, gewinnt jeder von uns seine Eigenständigkeit zurück, meist mit Hilfe einer ziemlich brutalen Geste: indem er eine Zigarette anzündet, ein Lied summt, über Belangloses zu reden beginnt oder einfach weggeht. Da dieses Verlangen nach Freiheit und Alleinsein mich nach jedem ersten Treffen mit einer Frau packte, kannte ich es nur zu gut. Diesmal war es jedoch eine andere Art von Flucht. Ich wollte allein sein, um den Vorfall in Gedanken noch vollkommener zu erleben, Ileanas Gegenwart gänzlich uneingeschränkt auf mich wirken zu lassen, die phantastischen Stunden in aller Ruhe zu überdenken.

Auf der Straße angelangt, schlug ich die Richtung zur Chaussee* ein. Bald merkte ich, daß ich so schnell ausschritt wie einer, der es eilig hat, einen bestimmten Ort zu erreichen. Ich verlangsamte meinen Schritt, es gelang mir aber nicht, mich zu sammeln oder auf etwas zu konzentrieren. Alles war so verworren. Bewußt war mir nur dies eine, fast pathetische Empfinden, daß eine grundlegende Veränderung in meinem Leben eingetreten war, daß ich etwas Ungeahntes und Unerwartetes entdeckt hatte. Es war nicht einmal Ileanas Bild, das mir in aller Klarheit vorschwebte, es war ihr Duft, ihre Ausstrahlung, wovon ich mich nicht lösen konnte. Mein Verstand war wie festgefahren. Vielleicht rannte ich deshalb instinktiv in einem solchen Tempo, weil mein ganzes Wesen mich dazu trieb, damit kein neuer Gedanke sich einschleichen und die süße Glückseligkeit zerstören konnte, in der ich schwebte. Singen hätte ich wollen, sonst nichts, eine unbekannte, sonnige Melodie.

So irrte ich wohl eine Stunde lang umher, ohne jede Spur von Schläfrigkeit. Es war ein Hellwachsein, in dem man weiter nichts braucht, nichts anderes wünscht oder benötigt. Erst als ich endlich zu Hause ankam, übermannte mich die Müdigkeit. Ich zündete mir eine Zigarette an und versuchte zu lesen, um mich zu beruhigen, konnte aber nicht einmal eine halbe Seite in mich aufnehmen. Allmählich wich die Müdigkeit einem Anflug von Panik. Mich ärgerte alles, was ich getan hatte. Und über die letzte dieser Taten, diesen Kuß, der mich in unerwünschte Verstrickungen hineinziehen konnte, war ich geradezu empört. Und dann die Flucht

---

* Mit »die Chaussee« wird die Şosea Kisseleff bezeichnet, ein beliebter, baumbestandener Promenadenweg.

zu ergreifen wie ein Pennäler, ohne zurückzublicken, wie dumm! Das war mein letzter Widerstand. Mein ganzes Inneres hatte unter Anspannung aller Kräfte versucht, dem Zauber zu entkommen.

Bevor ich das Licht ausmachte, schaute ich nach der Uhr: Es war Viertel vor drei. Im Zimmer war es kalt geworden. Trotzdem sah ich mit einem Schimmer von Freude in mein Arbeitszimmer nebenan, auf den Sessel, in dem ich behaglich zurückgelehnt meine Lieblingsdichter zu lesen pflegte, auf den einfachen Tisch, über den ich mich in meiner märchenhaften Einsamkeit oft ganze Nächte lang beugte. All dies gab es doch noch, es war tatsächlich vorhanden, es stand mir zu Gebote, stets bereit, mir zu helfen, mich abzuschirmen, mich zu verteidigen. Ein einziger Willensakt, und alles wäre so, wie es zuvor gewesen war ... Bukarest ist voll schöner Frauen. Es gibt ihrer so viele, die dir nichts anderes abverlangen als zwei Stunden von deinem Tag, ohne dich zu behexen, dich dir selbst zu entreißen, dich zu ersticken. Es hatte bis dahin keine Dramen, keine großen Erschütterungen in meinem Leben gegeben. Allerlei Geschehnisse, kleine Abenteuer, Reisen, Ferien mit Freunden und Freundinnen, Liebschaften mit Frauen, deren Leidenschaft kurzlebig war und keine Giftstoffe hinterließ. Ein von Arbeit, Sinnesfreuden und einer großartigen, männlichen Freiheit erfülltes Leben. All dies stand auf dem Spiel, konnte verlorengehen oder zerschellen. In den letzten Jahren hatte ich diese panische Angst vor einer entscheidenden, mörderischen Liebe mehrmals empfunden. Aber bislang hatte keine Leidenschaft mir etwas anhaben können oder sich gar als verhängnisvoll erwiesen. Jedesmal war ich noch rechtzeitig aufgewacht. Als ich das Licht ausschaltete, wiegte ich mich in der Illusion, es sei noch nichts verloren. Noch blieb mir Zeit ...

Am nächsten Tag erwachte ich spät, erst gegen Mittag. Draußen lag blendende Helligkeit in der Luft. In diesem Licht erschienen mir die Befürchtungen der letzten Nacht unbegründet und lächerlich. Sieh, sagte ich mir, alles ist wie bisher: Sonne, Frost, ein gut geheiztes Zimmer, die Bücher auf ihren Plätzen ... Es überkam mich eine riesige Lust, auszugehen, Leuten zu begegnen, die einfache, überraschende Freude mit jemandem zu teilen. Gewöhnlich nahm ich das Mittagessen in einer benachbarten Pension ein. An diesem Tag hatte ich Lust, in einem Gasthaus zu speisen, blütenweiße Tischtücher um mich herum zu sehen und unter Menschen zu sein, die ein und aus gingen wie in einem Bahnhof. Freilich hoffte ich auch, Freunde zu treffen. Also machte ich mich auf den Weg in ein Restaurant der Innenstadt. Der Frost war eisiger, sozusagen purer geworden. Doch die Straßen waren belebt. An den Straßenbahnhaltestellen warteten Schulkinder in dichtgedrängten Haufen. Ich trat ins ›Continental‹ und setzte mich an einen Tisch im Hintergrund. Es war noch früh, erst wenige Tische waren besetzt. Kein Freund in Sicht, nur einige Bekannte, die ich mit ungewohnter Wärme grüßte. Ich hatte Hunger und wählte mir die Gerichte sorgfältig aus. In weniger als einer Stunde wurde der Saal bis zum letzten Platz voll. Mißmutig zündete ich mir eine Zigarette an. Die Zeit verging langsam. Noch immer saß ich allein an meinem Tisch ...

Erst um halb vier entschloß ich mich zu gehen, ohne zu wissen, was ich, einmal auf der Straße, anfangen sollte. Aus der Querstraße in die Calea Victoriei* gelangt, fand ich diese furchtbar öde und schmutzig. Ohne jeden Elan schlenderte ich in Richtung Hauptpostamt, blieb vor einem Zeitungskiosk stehen, durchblätterte einige Illustrierte. Es war ein trostloser Nachmittag, ganz wie zur Weihnachtszeit, wenn die Stadt in betrüblicher Stille versinkt. Beim Offizierskasino bog ich um die Ecke und ging den Boulevard entlang auf den Cismigiu-Park zu. Die schneebedeckten Dächer leuchteten im Abendsonnenschein. Die fortschreitenden Nachmittagsstunden bedrückten mich immer mehr, als fürchtete ich mich vor der Dämmerung. Etwa eine halbe Stunde lang kämpfte ich gegen die Schwermut an, dann überließ ich mich der Traurigkeit winterlicher Abenddämmerungen in großen Städten. Zu dieser Stunde ging ich fast nie allein aus. Winternachmittage verbrachte ich meist mit

* Hauptstraße, ehemals Promenadenweg der eleganten Welt.

langen Spaziergängen auf der Chaussee, in Begleitung eines Freundes oder einer Freundin, tüchtig ausschreitend. Solche Märsche im Schnee, dann die Rückkehr in die Stadt, während die ersten Lichter angezündet wurden, unternahm ich fast immer mit sorgfältig ausgewählten Gefährten. Sonnenuntergänge kann ich höchstens außerhalb der Stadt, allenfalls in fremden Städten allein ertragen. In Bukarest gibt es zu jeder Jahreszeit die verheerendsten Sonnenuntergänge. In einer Stadt, wo das Sonnenlicht mit so viel Melancholie erlischt, fällt es einem schwer, allein zu bleiben, sich nicht zu verlieben, sich keinen Lebensgefährten zu suchen ... Wie oft sind wir später um diese Tageszeit zu zweit, eng aneinandergeschmiegt, Johannisbrot oder Maronen knabbernd, die alten Boulevards entlang in das Villenviertel Cotroceni gewandert! Die überwältigende Stunde brach fast nie zu Hause über uns herein.

Ich durchquerte den Cismigiu. Die ausgelassene Fröhlichkeit der Schlittschuhläufer auf dem Teich vertrieb meine Melancholie für eine Weile. Lange konnte ich aber so, die Hände in den Manteltaschen, steif vor Kälte, nicht herumstehen. Ich setzte meinen Weg durch eine einsame Allee fort. Vor mir in unbestimmter Entfernung leuchteten die ersten Straßenlaternen verschwommen auf. Ein leichter, durchsichtiger Nebel senkte sich nieder und hing wie ein riesiges Spinnengewebe zwischen den Bäumen. Ich beschleunigte meine Schritte, als wartete irgendwo eine Lösung auf mich, als müßte mir ein Zeichen erscheinen, damit ich mich entscheiden konnte. Im Grunde war ich bereits entschlossen, zu Ileana zu gehen. Ich weiß nicht, was mich noch zurückhielt, vielleicht dachte ich, es wäre noch zu früh, zu hell. Der Abend brach aber rasch herein. Wäre ich eine kurze Strecke mit geschlossenen Augen weitergegangen, ich hätte sie bereits im bläulichen Abenddunst wieder aufgeschlagen. Unter Bäumen wird es schnell dunkel.

Plötzlich blieb ich tief ergriffen, mit klopfendem Herzen stehen. Die Turmuhr der Kathedrale St. Joseph begann zu schlagen, und ich zählte die Glockenschläge: Es waren fünf. Mit einemmal waren Unruhe und Melancholie wie weggeblasen. Ich verließ den Park in aller Eile und nahm das erste Taxi, das vorbeikam.«

Die letzten Worte hatte Mavrodin mit stockender, erlöschender Stimme hervorgebracht. Dann schnellte er von seinem Liegestuhl hoch und ging auf sein Zimmer zu. Von der Türschwelle aus sagte er:

»Mir wird's allmählich kalt.«

Hasnas schwieg dösend und rauchte. Erst als der Freund mit einem übergeworfenen Mantel zurückkehrte, hob er den Kopf und sah ihm erwartungsvoll ins Gesicht.

»... Sie öffnete sofort. Das erweckte den Eindruck, als hätte sie an der Tür auf mich gewartet. Sie trug ein einfaches Hauskleid mit langen Ärmeln und einem sehr großen Samtkragen. Sie empfing mich lächelnd und schien bewegt, als sie mir die Hand reichte. Ich verhielt mich korrekt, begrüßte sie mit dem formellen Handkuß, wobei ich mich tief verbeugte. Keiner von uns sagte ein Wort. Dann legte ich den Mantel ab und trat ein. Es war ein sehr geräumiges Zimmer, die Fenster gingen auf den Boulevard. Man sah die Lichtreklamen und hörte das dumpfe Rollen der Trambahnen. Ich trat sofort zum Fenster – was ich immer tue, wenn ich zum erstenmal eine fremde Wohnung betrete – und sah auf die Straße hinunter. Von hier aus erschien der Schnee schmutziger, je nachdem wie das Laternenlicht und die Scheinwerfer der Autos sich auf ihm kreuzten. Ich drehte mich um und nahm das Zimmer in Augenschein: ein großes schwarzes Bücherregal mit vorwiegend deutschen Büchern, einige wertvolle Teppiche, eine Liege aus weichselrotem Holz, an den Wänden Zeichnungen und Stiche. Der gediegene, so ganz und gar nicht feminine Stil der Einrichtung beeindruckte mich sehr.

›Wie schön ...‹, wollte ich gerade ausrufen, als sie mir scherzhaft scheltend zuvorkam:

›Sie haben bestimmt vergessen, mir das Buch mitzubringen, nicht wahr?‹

Das Versprechen, an das sie mich erinnerte, schien mir weit in der Vergangenheit zurückzuliegen, es war in einer Flut von Begebenheiten und Empfindungen untergegangen.

Ich bat sie um Verzeihung. Das Gespräch kam nur zögernd in Gang. Es war, als wollten wir beide es vermeiden, in ein Thema hineinzugleiten, das uns an die gestrige Umarmung erinnert hätte. Während sie den Tee aufbrühte, gelang es uns, dem Blick des anderen auf natürliche Art auszuweichen. Übrigens brannte nur ein schwaches Licht. Im Halbdunkel trafen sich unsere Blicke zuweilen, ohne einander zu durchdringen. Nachdem sie eine Tasse und einen Teller mit Keksen auf ein Taburett neben meinen Sessel gestellt hatte, ging sie zum Schalter neben der Tür, zündete die viel hellere Deckenbeleuchtung an und suchte sich einen Platz auf der Liege, so weit von mir entfernt wie möglich.

Erst jetzt bemerkte ich, wie müde sie aussah. Es stand ihr im Gesicht geschrieben, daß sie eine schlaflose Nacht verbracht hatte. Die Ringe um die Augen waren noch tiefer, das Gesicht noch blasser. Und trotzdem, ich weiß nicht warum, fand ich sie außerordentlich verlockend, diese müden Züge so voller Wärme, in lebhaftem Kontrast zu ihrer nervösen, ausdrucksvollen Gestikulation, den ruckartigen und doch weichen Handbewegungen, die eine lange Schlaflosigkeit meistens bewirkt.

›Ich danke Ihnen‹, sagte sie plötzlich, ›ich danke Ihnen, daß Sie heute nacht meiner Bitte so brav gefolgt sind.‹

Darauf musterte ich sie wohl einigermaßen betroffen, und ein wenig Röte war mir sicher ins Gesicht gestiegen, denn als sie die Augen auf mich richtete und mich verlegen mit der Tasse in der Hand dasitzen sah, wich die Spannung in ihrem Gesicht einem ironisch und teilnahmsvoll staunenden Lächeln.

›Seien Sie unbesorgt‹, setzte sie mit viel festerer Stimme fort, ›ich verstehe sehr gut, was Sie sich wohl denken, und vor allem, was Sie befürchten. Seien Sie versichert, daß Sie in mir eine Verbündete finden ...‹ Hier lachte sie kurz auf. ›Zunächst möchte ich Ihnen sagen, daß ich erst seit kurzer Zeit von einer großen, einmaligen Liebe geheilt bin und mich so, wie es mir jetzt geht, wohl fühle. Viel besser jedenfalls‹, fügte sie nach einer Pause hinzu. ›Ich könnte schwerlich, wenn überhaupt, ein zweites Mal lieben. So hoffe ich, und diese Hoffnung ist mir eine wichtige Stütze. Ohne sie müßte ich das Leben allzu hart finden ... Es ist schon viel besser so, wie es ist ...‹ Dabei breitete sie die Arme aus, wie um das Zimmer und mich darin, vielleicht die ganze Stadt zu umfangen. Ich machte eine ungeduldige Handbewegung und stellte die Tasse auf das Tablett. Sie verfolgte meine Gebärden erstaunt und etwas verängstigt.

›... Und alles andere ist ausgeschlossen‹, fügte sie noch rasch hinzu, als wollte sie sich verteidigen.

Was ich darauf geantwortet habe, weiß ich nicht mehr. Ich fühlte mich unbehaglich und verwirrt. Auch enttäuscht und zutiefst gedemütigt. Mit welcher Offenheit hatte sie von ihrer großen, einmaligen Liebe gesprochen! Ich mußte an die ungewöhnlichen Emotionen unserer ersten Begegnung denken. Für sie waren sie also von keinerlei Wert, ohne jede Bedeutung. Früher einmal, da war sie verliebt, da hat sie die ›große, einmalige Liebe‹ erlebt. Diese Worte klangen mir noch in den Ohren. Sie beschämten und deprimierten mich.

›Ich vermute, daß viele von den Frauen, mit denen Sie zusammenkommen‹, begann sie plötzlich wieder, ›Ihnen ihre Liebesaffären erzählen und heimlich hoffen, Sie würden sie in einem Ihrer Romane verwenden. Es wäre lächerlich, wenn auch ich Ihnen eine Handlung für eine neue Liebesgeschichte liefern wollte ...‹ Sie lächelte verlegen und strich sich, den Blick unverwandt auf ihre Hände gerichtet, in einem fort mit der einen Hand über die andere. ›Ich wollte nur soviel sagen: Ich habe wirklich geliebt ... Und nun wollen wir über andere Dinge reden.‹

Welche Qualen sollten mir später diese Worte bereiten! Nie habe ich mehr erfahren über diese ihre große Leidenschaft. Nicht einmal, wer der Geliebte war, ob er noch lebte, ob sie ihn je wiedergesehen hatte, ob er schön, jung, alt, reich war. Ich erfuhr gar nichts. Und meine späteren Eifersuchtsausbrüche waren um so fürchterlicher, je klarer mir bewußt wurde, daß Ileana an jenem 8. Januar, dem Tag unserer ersten Begegnung, mir gewiß alles erzählt hätte, wenn ich mich ruhiger, kameradschaftlicher verhalten hätte. Vielleicht empfand sie damals sogar das Bedürfnis, sich mitzuteilen, ihr Herz zu öffnen. Mit der Zeit konnte ich mich davon überzeugen, daß sie sehr wenige Dinge geheimhielt. Immer wieder mußte ich mir vorwerfen, daß es in meiner Macht gestanden hatte, alles zu erfahren, in jene Zone einzudringen, die sie dann gegen jeden leisen Versuch eines Vorstoßes mit geradezu unsinniger Hartnäckigkeit verteidigte. Oft stellte ich mich einfältig und fragte sie wie beiläufig: ›A propos, wie hieß er noch, dein Geliebter?‹ Oder: ›Darüber hat dich gewiß jener Herr, wer es auch gewesen ist, schon belehrt.‹ Es gelang mir aber nie, etwas herauszubekommen. Sie lächelte traurig, verletzt oder griff nach meiner Hand, küßte sie, oder sie lachte und gab mir damit zu verstehen, daß sie meinen kleinen Winkelzug durchschaut hatte. Sehr spät begriff ich, daß ich nie etwas darüber aus ihr herausbekommen würde. Vielleicht hätte sie mir einiges gestanden, bevor sie sich mir hingab. Danach aber wurde ihre Vergangenheit für mich zu einem Buch mit sieben Siegeln.

Selten erniedrigt sich ein Mann in einer so peinlichen Weise wie in einem Anfall absurder Eifersucht, denke ich. Jeder von uns hat ohne Zweifel diese Qualen einmal kennengelernt, die eine entfesselte und in höchstem Maße zügellose Phantasie bis zur endgültigen Erschöpfung mit Nahrung versorgt. Für mich waren es ganz besondere Qualen. Erst gesteht sie mir ihre ›große, einmalige Liebe‹ zu einem anderen, dann ist sie mein, und ich darf nichts mehr über meinen Vorgänger, den mysteriösen Geliebten, wissen. So konnte ich mir kein Urteil über ihn bilden, ihn nicht einmal in irgendeine Kategorie einreihen, wie etwa: blond, hochgewachsen, jung, intelligent usw. Es kam manchmal so weit, daß ich alle ihre Bekannten verdächtigte und mich fragte, wieviel Chancen dieser oder jener gehabt haben konnte. Dabei fiel mir nicht einmal auf, wie dumm das war, denn so viel hatte sie mir ja gesagt, daß sie eben deswegen das Land verlassen und jahrelang nicht zurückgekehrt sei, weil sie ihn nicht wiedersehen wollte. Und ich, ich suchte diesen unbekannten Geliebten unter den farblosen Gestalten ihres Bukarester Bekanntenkreises. Hätte ich den Mut aufgebracht, so hätte ich eine dieser Personen ausgefragt. Natürlich schämte ich mich, so etwas zu tun, außerdem hatte ich Angst, mich mit meiner Frage vollends lächerlich zu machen. Manchmal, wenn wir uns in Gesellschaft von Freunden befanden, tat ich so, als wüßte ich alles, und ließ eine Bemerkung fallen wie: ›Hoffentlich seid auch ihr davon überzeugt, daß Ileana diesmal eine bessere Wahl getroffen hat.‹ Dabei warf ich verstohlene Blicke in die Runde, um das Verhalten eines jeden zu beobachten. Ileana setzte dann ein mattes Lächeln auf und senkte den Blick zu Boden. Die anderen schauten verlegen drein. Entweder hatten sie keine Ahnung, worum es ging, oder sie verstellten sich mit viel Talent.

Glücklicherweise dauerten diese wahnsinnigen Eifersuchtsanfälle nie lange. Meist brachte ich die Energie auf, mich zu beherrschen. Und in den Zwischenzeiten hielt mich die Liebe in ihrer Gewalt.

An jenem Abend, nachdem sie mir die große Liebe ihrer Vergangenheit gestanden hatte, verwandelte sich Ileana von neuem: Sie war wieder so, wie ich sie kennengelernt hatte, als wären es ihr sonst fremde Gedanken gewesen, die sie geängstigt und verwirrt hatten. Sie hielt mir nun noch einmal vor, daß ich mein Versprechen, ihr das Buch zu bringen, einfach vergessen hatte. Dann fragte sie, ob Romanautoren wirklich immer ihre eigenen Erlebnisse und Erfahrungen aufarbeiten und in welcher Weise sie die Frau, die sie geliebt haben, in eine Romanheldin verwandeln. Sie wollte jedenfalls das Gespräch auf ungefährliche Themen lenken, es sozusagen auf den Boden neutraler Fakten stellen. Auch ich hatte meinen Verstand einigermaßen wieder beisammen und freute mich, in ihr eine intelligente Frau zu entdecken, die auch das Leben kannte, was mir bis dahin nicht oft begegnet war, eine Frau, mit der ich über Kunst und Technik der Schriftstellerei reden konnte. Aus dem Besuch wurde ein kameradschaftliches Beisammensein, fast der Anfang einer Freundschaft. Die Zeit verging erstaunlich schnell, ich konnte es kaum glauben, daß es schon so spät war, als ich kurz vor acht auf die Uhr sah.

Da ich wieder Mut gefaßt hatte, schlug ich vor, zusammen auszugehen. Vielleicht in ein Kino und dann in ein Lokal. Sie nahm die Einladung freudig an. Die wenigen freundschaftlichen Beziehungen, die sie in Bukarest unterhielt, boten ihr nur selten Gelegenheit, abends auszugehen.

›Aber, wohlgemerkt‹, sagte sie lächelnd, ›nach deutscher Manier!‹*

Mich wunderte der ungenierte, selbstsichere Ton an dieser Bedingung. Glaubte sie wirklich, die Gefahr sei abgewendet, und wir könnten so unvermittelt und ohne weiteres einfach gute Freunde werden? Kameradschaft zwischen einem Mann und einer jungen Frau ist nur dann möglich, wenn beide sehr intelligent sind und jeweils einen anderen lieben; sonst ist es nur eine ziemlich fade Verbindung, die seelisch nichts bringt, oder die vorbereitende Phase eines ebensowenig interessanten Verhältnisses. Und Freundschaft zwischen einem Mann und einer jungen Frau ist auch nur ein hochtrabendes, großgeschriebenes Wort, wenn sie nicht von Intelligenz und der Liebe zu einem jeweils anderen lebt. Die angenehmen und etwas zweideutigen Verbindungen, die wir Freundschaft nennen, reduzieren sich meist auf häufige Besuche, etwaige Herzensergüsse oder eine warmherzige Familiarität; eine höhere Stufe erreichen sie nicht.

Ileana bat mich, ein wenig zu warten, bis sie sich umgekleidet hatte, räumte die Teetassen weg und verließ das Zimmer. Als ich allein war, kam eine große Ruhe über mich. Ich streckte mich auf der Liege aus, ganz als ob mir diese Wohnung seit langem vertraut sei und ich es mir erlauben könne, mich ungeniert zu benehmen. Ich sah zur Lampe hinauf, und es kam mir augenblicklich in den Sinn, daß ich genau vor vierundzwanzig Stunden Ileanas Hand in der meinen gehalten und jene so befremdliche Verwirrung empfunden hatte. Vor Aufregung war ich im Nu aufgesprungen. Wenn sie nun wieder den Schleier anlegte, der ihr Gesicht so verblüffend veränderte? Mein Herz begann heftig zu klopfen.

* Das heißt: Jeder zahlt für sich.

Zum erstenmal seit unserer Bekanntschaft war ich nervös, gerührt, ungeduldig wie vor einem Rendezvous.

Wie lange mochte ich gewartet und geistesabwesend durch das Fenster in den wie blutbesudelten Nebelkreis um eine Lichtreklame gestarrt haben? Endlich hörte ich die Tür gehen. Während des Bruchteils einer Sekunde zögerte ich, mich umzuwenden, aus Angst: Wenn nun die Dinge sich wirklich *so* abspielen sollten ...? Dann sah ich sie an, und mein Herzschlag setzte aus: Sie trug zwar keinen Schleier und hatte auch den Mantel noch nicht an, wohl aber die Bluse vom Vorabend. Sie war sehr dezent geschminkt, und betroffen erkannte ich auch ihr Parfüm wieder. Ich trat zögernd auf sie zu, was sie wohl bemerkte, denn sie blieb stehen. Ganz sachte, fast bittend, faßte ich ihre Hände.

Sie ließ es geschehen, lehnte aber den Kopf zurück und sah mir fest in die Augen.

›So geht es nicht weiter‹, stammelte ich. ›Verzeihen Sie ... Ich kann nicht mehr ...‹

Ich war völlig von Sinnen und schloß sie in meine Arme, diesmal mit wildem Ungestüm, zum Erdrücken fest, und suchte ihren Mund. Sie versuchte sich zu wehren, ihr ganzer Körper sträubte sich fieberhaft, dann legte sie die Arme um meinen Hals und empfing bereitwillig meinen leidenschaftlichen Kuß. Ich ließ nicht ab, sie an mich zu drücken. Als sie die Lippen aus der feurigen Umklammerung löste, flüsterte sie, aufgewühlt, ganz innig:

›Überlege gut, was du tust! Überlege es dir gut!‹

Das verstörte mich völlig. Sie war federleicht auf meinen Armen, als ich sie trug, ich fühlte nur, wie sie vor Weinen bebte, vor Schluchzen fast erstickend, so verzweifelt, als wäre für sie nun alles rettungslos dem Untergang anheimgegeben ... Und trotzdem hörte ich sie zärtliche, schmeichelnde Worte murmeln.

›Mein Liebster, mein Geliebter‹, sagte sie ...

Als ich mich erhob, um das Licht auszuschalten, hatte ich das Empfinden, als hätte sich alles völlig verändert, und für immer.

Ich begriff, daß das Leben, aus seiner Bahn geraten, wie

toll auf Irrwegen dahinstürmte, daß von nun an jeden Augenblick rein alles geschehen konnte und alles, was immer es war, ganz natürlich erscheinen würde, wie ein absurdes Schicksal, das sich erfüllen muß.«

IV

»Spät in der Nacht entschloß ich mich dann doch, nach Hause zu gehen. Die großen Stunden, da unsere Körper sich wie nach einer langen, unseligen Trennung gleichsam wiedererkannten, hatten mich meiner ganzen Nüchternheit beraubt und jeden Widerstand in mir zunichte gemacht. Trotzdem wollte ich fort, hauptsächlich Ileana zuliebe. Wie peinlich wäre es gewesen, ihre Wohnung bei Tageslicht, unrasiert zu verlassen und auf der Treppe womöglich argwöhnischen Nachbarn zu begegnen! Nachträglich wurde mir klar, daß es ihr nichts ausgemacht hätte, nur brachte sie in dieser ersten Nacht nicht die Kraft auf, mich zurückzuhalten. Ich warf mich in ein Taxi. Zu Hause angekommen, kämpfte ich noch lange mit dem Schlaf. Verwirrt, betäubt, krank, schlief ich endlich ein.

Dann, bereits mit dem nächsten Tag, begannen die Sternstunden der Liebe. Ich versuchte nicht mehr und empfand auch nicht das Bedürfnis, aus dem Entzücken herauszufinden, den Zauber zu lösen. Ich war ihr mit Leib und Seele verfallen. Alle meine früheren Vorstellungen von Liebe, Wonne und Freiheit erwiesen sich nun als kindisch, oberflächlich, fast trivial. Vergessen waren alle Frauen, die mir je begegnet waren; ihre seichten Leidenschaften, ihre kleinen Verrücktheiten, ihre kleinkarierte Opferbereitschaft erschienen mir lächerlich.

Bis zu dem Tag, an dem ich Ileana kennenlernte und mich in sie verliebte, war es mir unvorstellbar gewesen, daß zwei Menschen so völlig eins werden können, daß Liebe eine solche Erfüllung des ureigensten Wesens bedeuten kann. Meiner früheren Ansicht nach war die ständige Gegenwart einer geliebten Frau ätzend wie Höllenstein, diese Gegenwart, die für einen Mann geradezu Zersetzung, Verzettelung, ja Dämonie bedeuten kann, empfand ich jetzt als engelhafte Ergänzung meines Seins.

All dies wurde mir einige Tage später bewußt, als ich auf die Einladung alter Freunde hin in die Moldau fuhr. Ich reiste an einem Samstagabend ab, fest entschlossen, höchstens bis Mitte nächster Woche zu bleiben. Während der ganzen Fahrt kreisten meine Gedanken um Ileana. Mein einziger Trost war, sehr bald mit meinen Freunden von ihr sprechen zu können. Es kam mir nicht in den Sinn, daß ich ihnen mit meinen Geständnissen indiskret erscheinen oder lästig fallen könnte. Natürlich hatte ich nicht die Absicht, ihnen Einzelheiten unserer Begegnung und Beziehung zu schildern, aber ich wußte nur zu gut, daß ich stets von Ileana reden würde, indem ich so manche Dinge zur Sprache bringen würde, die ich erst ihr gesagt hatte, und daß ich dabei, ohne sie zu nennen, ihre Ansichten wiedergeben, ihre Person beschreiben, ihr Lob singen würde. So kam es in der Tat. Ich sprach ausschließlich von ihr.

Nicht das war es aber, was mir bewies, wie sehr ich sie liebte und wie dringend ich ihrer bedurfte, sondern die Ungeduld, die mich zu peinigen begann, kaum vierundzwanzig Stunden, nachdem ich sie verlassen und, noch einmal zurückblickend, gesehen hatte, wie nachdenklich sie auf der Türschwelle stand. Die erste fern von ihr verbrachte Nacht wurde zur Qual. Ich lag im Bett und rauchte ohne Unterlaß, den Blick auf die Zimmerdecke geheftet, und sooft ihr Bild deutlich vor mir auftauchte, zuckte ich krampfhaft zusammen. Daß ich gerade jetzt, kurz nach dem Beginn unserer Liebe, verreist war, dünkte mich absurd, schändlich, kriminell. Ich beschuldigte mich, die nötige Festigkeit für eine Absage an meine Freunde nicht aufgebracht zu haben, obwohl ich ihre Einladung schon vor den Feiertagen angenommen hatte.

Am folgenden Tag wußte ich mich vor Unruhe nicht zu lassen, und nichts von dem, was um mich herum geschah, erweckte in mir auch nur das leiseste Interesse. Unter dem Vorwand einer plötzlichen Unpäßlichkeit verabschiedete ich mich und fuhr mit dem ersten Zug zurück ... Nie hätte ich gedacht, daß alles, was man über die frenetische Ungeduld eines Verliebten zu hören bekommt oder in Büchern liest, so genau der Wahrheit entspricht, nämlich daß sie ihn um so heftiger ergreift, je mehr er sich dem Heimatort der Geliebten nähert. Es blieben noch viele Kilometer bis zum Bukarester Bahnhof, da stand ich schon mit dem Koffer in der Hand auf dem Gang. Die Minuten verstrichen immer langsamer. Und gerade diese letzten Minuten schienen mir so ungeheuer bedeutungsvoll: Erst jetzt wußte ich wirklich, wie die Zeit dahinschleichen kann, wie schrecklich es ist, darauf zu warten, daß sie vergeht.

Am Nordbahnhof stieg ich in ein Taxi und nannte dem Fahrer Ileanas Adresse. Dann stieg ich, wie ich war, den Koffer in der Hand, ein Buch unter dem Arm, die Treppe zu ihrer Wohnung hinauf. Mir stand beinahe das Herz still bei dem Gedanken, sie könnte ausgegangen sein. Ich drückte kurz und heftig auf den Klingelknopf. Einige Sekunden der Panik. Und plötzlich stand sie vor mir. Sie hatte die Tür geöffnet, ohne zu ahnen, daß ich es sein könnte. Eine Sekunde genügte, um ihr Bild in mich aufzunehmen. Sie trug wie gewöhnlich eine graue Hemdbluse mit schwarzer Krawatte, sah aber furchtbar müde aus, hatte verhärmte Züge, in die Ferne schweifende, geistesabwesende Augen. Gleich darauf leuchtete in ihnen ein unwahrscheinliches Licht auf, ihre Lippen öffneten sich, ihr stockte der Atem. Dann umarmte sie mich, hing an meinem Hals, schmiegte sich an mich, als würden wir uns nach langer, hoffnungsloser Trennung wiedersehen. Ich trug die nach Atem Ringende in ihr Zimmer.

›Laß mich nie wieder allein, Liebster‹, stammelte sie, ›laß mich nie wieder allein!‹

In meiner Abwesenheit war sie völlig zusammengebrochen. Sie konnte zu niemandem und zu nichts Zuflucht nehmen. In diesen zwei Tagen hatte sie die Wohnung nicht verlassen, nur Tee zu sich genommen und nichts getan, als am Fenster zu stehen, die Stirn an die Scheibe zu pressen und auf mich zu warten. Den im Flüsterton und unter Seufzern hervorgebrachten Klagen entnahm ich auch, wie sie sich vergeblich bemüht hatte, den Kopf in das Kissen vergraben, auf dem ich geruht hatte, in Schlaf zu sinken. Erst hatte sie nicht glauben wollen, erzählte sie, daß ich wirklich verreisen würde. Während ich meine Freunde beschrieb und ihr auseinandersetzte, warum ich unbedingt einige Tage bei ihnen verbringen müsse, betete sie zu Gott, er möge etwas Unerwartetes geschehen lassen, um meine Reise zu verhindern. Als sie nach dem Abschiedskuß die Tür hinter mir schloß, konnte sie es immer noch nicht fassen, daß sie nun allein sei. Noch glaubte sie an ein Wunder: Ich würde kehrtmachen und den Abend mit ihr verbringen. Als die Dunkelheit hereinbrach, wußte sie, das sei nun nicht mehr möglich, und war ganz verzweifelt. Sie machte sich bittere Vorwürfe, daß sie es versäumt hatte, mich von meinem Vorhaben abzubringen. Sie hätte mir zu Füßen fallen, meine Knie umfassen und mich anflehen sollen, sie wenigstens in jene Stadt mitzunehmen. Dort hätte ich sie in einem Hotel unterbringen können, niemand hätte es gewußt, sie aber hätte mich aus dem Fenster erblicken und in ihrer Nähe wissen können ... Von all dem hatte sie in der Tat nichts gesagt, sie hatte nur nachdenklich dreingeschaut, und Traurigkeit war wie ein Schleier über ihrem bleichen Gesicht gelegen. Nachher quälte sie der Gedanke, sie habe den Mut nicht aufgebracht, ihre glühende Bitte vorzubringen und sich als die leidenschaftliche Frau zu zeigen, die alles daransetzt, ihren Geliebten bei sich zu behalten.

Bei diesem Wiedersehen ließ sich der Durst unserer Körper kaum stillen. Es war mehr als Umarmung, ein Einswerden in einer Umklammerung, in der die Konturen beider ineinander flossen, ineinander aufgingen und wir zu atmen vergaßen, beide von demselben blutigen, unersättlichen Schlund verschlungen. Mehrmals hoffte ich, wir würden am Ende dieser Verzückung gemeinsam den Tod finden. Nie hätte ich gedacht, daß der Tod so verlockend sein kann, so warm, eine Wollust ohne Zuckungen, tiefste Freude ohne Aufschrei. In meinen wenigen lichten Augenblicken, wenn ich zu mir kam, wurde mir klar, daß mir das Schicksal nicht nur eine ganz bestimmte Seele zum Liebhaben geschenkt hatte, sondern auch einen ganz bestimmten Körper, den nur meine Leidenschaft unterwerfen konnte. Im Vergleich dazu kamen mir alle meine früheren fleischlichen Erfahrungen als einfaches, unschuldiges Spiel vor, ein unverbindliches Vergnügen. Ileana war allein und ausschließlich für mich geboren. Da offenbarte sich mir der eigentliche Sinn des Wortes: *mein.* Eine Frau besitzen, sei es auch noch so vollkommen, bedeutet fast nichts. Derjenige, der die Behauptung aufgestellt hat, Liebe sei eine Sache des Hautkontakts, bezog sich ohne Zweifel auf eine solch niedrige Form der Liebesbeziehung und dachte wohl, daß die volle Befriedigung nur unter gewissen physischen Bedingungen und zwischen aufeinander abgestimmten Personen möglich sei. Der Körper kann aber mehr ans Licht bringen. Jenseits von Wollust und Befriedigung ist die Möglichkeit gegeben, sich selbst in der Umarmung wiederzufinden, als hielte man zum erstenmal einen anderen Teil seiner selbst umschlungen, ein zweites Ich, das einen ergänzt, vervollständigt und eine neue Erkenntnis bringt, unser Weltbild mit neuen Dimensionen bereichert.

Ich weiß, wie konfus das klingt, obwohl ich es bereits in meinem Buch zu erhellen und zu ergründen versucht habe. Im Grunde habe ich dieses Buch hauptsächlich in der Absicht geschrieben, diesen erschreckenden Sinn der Vereinigung zu präzisieren. Denn ein vollkommenes Einswerden offenbart genau das: Man findet sich wieder im Augenblick des Sichverlierens. Man findet aber nicht seine Alltagserfahrung, sein geistiges Profil wieder, wie sie im grellen Tageslicht erscheinen, sondern man fühlt sich mit einemmal als vollkommenes, ganzheitliches, befreites Wesen. Merkwürdigerweise verlor ich den Sinn für die feinen Nuancen des Possessivpronomens genau in dem Augenblick, wo der Körper, den ich erkannte, sich als *der meine* enthüllte, wo mir bewußt wurde, daß die vom großen Mysterium der hochzeitlichen Vereinigung entrückte Ileana, der von einem einzigen feuchten Lächeln beseelte Körper *mir* gehörten. Wie verschwommen bleibt trotz allem der Sinn dieses Wortes: *mein!*... Im Grunde brachte mir das vollkommene Erkennen von Ileanas Körper keine Offenbarung über etwas, das ich besaß, das mir gehörte, es offenbarte mir mein eigenes Selbst, mein wundersames, vollständiges, freies Wesen. In jenen blitzartigen Augenblicken entwuchs dem Geheimnis der Vereinigung, mit Hilfe von Ileanas Körper, ein anderer Mensch in seiner ganzen kosmischen Größe.

Wie schlecht drücke ich mich trotz allem aus, wie schwierig ist es, von einer solchen Begegnung Zeugnis abzulegen! Ich rede in einem fort von Ileanas Körper, als ob ich ihn noch genau gefühlt hätte, als ob ich mir noch bewußt gewesen wäre, ihn mit hungriger Begierde zu umklammern. In Wirklichkeit waren meine Sinne auf etwas ganz anderes eingestellt. Sie nahmen weder Linien noch Formen, weder Gefühle noch Emotionen wahr, diese waren gleichsam miteinander verschmolzen, im Brennpunkt des Herzens versammelt, und wenn ich aus dieser Entrückung wieder herausfiel, erfaßte ich nur dieses Empfinden einer Gegenwart, der ich mich nicht entreißen konnte ... Wie strahlend erschien mir dann der Tod! ... Wir waren ihm nahe, das fühlte ich, und daß jenes freie, kosmische, aus unserer Umarmung hervorgegangene Geschöpf nichts anderes war als *unser Tod*, ein Wesen, das nur durch die völlige Absage an den Körper, durch den endgültigen Verzicht auf sich selbst, ins Sein treten kann. Warum haben wir nicht den Mut, für immer beisammen, in einem einzigen kosmischen Leib vereint zu bleiben? Bis dahin hatte ich kaum an das Weiterleben der Seele gedacht und geglaubt, nur zum Begreifen der konkreten Wirklichkeit imstande zu sein. Seither weiß ich, daß ein Weiterleben keinem Menschen beschieden ist, wenn er so bleibt, wie er ist, nämlich in zwei geteilt, allein. Das irdische Leben nimmt ein Ende, weil es ein zersplittertes, in Myriaden von Bruchteilen zerbrochenes Leben ist. Wer aber eine vollkommene Integration, diese für den menschlichen Verstand unbegreifliche Vereinigung gekannt hat, so wie ich, der weiß, daß das Leben von einer bestimmten Stufe an kein Ende nimmt, daß der Mensch stirbt, weil er allein, getrennt, in zwei Teile gespalten ist, daß er aber in einer großen Umarmung sich selbst in einem eigenständigen, ewigen kosmischen Wesen wiederfindet.

Ich treibe keine Philosophie. Solch theoretische Formulierungen habe ich später anderen entlehnt. Anfangs gab es nur die unmittelbare Erfahrung von Hochzeit und Tod – etwas erschreckend Konkretes. Denn wir blieben beide eine geraume Weile unseres Bewußtseins beraubt, auch dann vereint, wenn unsere Körper wie leblos dalagen, von einer Glückseligkeit zerschlagen, die nicht mehr von ihnen herrührte, die nur in der letzten Erschöpfung, im Tode bewahrt werden konnte.

Spät, mitten in der Nacht, kamen wir zu uns wie aus langem Schlaf erwacht, aus einer anderen Welt zurückgekehrt. Erschrocken umarmten wir uns und sahen uns tief in die Augen, wie durch die Enthüllung eines großen Geheimnisses miteinander verbunden, das man anderen Menschen nicht mitteilen kann. Wie naiv fanden wir nun unsere Vorsichtsmaßnahmen zur Geheimhaltung unserer Liebe! Beängstigen konnte uns doch einzig und allein das Geheimnis, das uns verband. Dieses durch unsere Vereinigung entstandene Mysterium war für andere undurchdringlich.

Ileana erhob sich als erste, ging, um Licht zu machen, nackt durchs Zimmer und begann die Melodie zu summen, die Sie mir vorhin ins Gedächtnis zurückgerufen haben. Ich sah ihr zu, wie sie umherging, und jede Bewegung ihres fast phosphoreszierend weißen Körpers kam mir wie ein Wunder vor. Wie konnten Hüften so tadellos, Beine so zart modelliert und doch so lebendig sein? Bis dahin hatte ich sie immer nur im Halbdunkel gesehen. Jetzt brachte das matte Licht ihre Formen voll zur Geltung, indem es die Schatten ausmerzte, doch es beließ sie in ihrem perlmutternen Glanz. Und plötzlich wurde ich für den Zauber dieser schlichten, wehmütigen Melodie empfänglich.

›Was ist das für ein Lied?‹ fragte ich.

Ileana trat zu mir und kniete neben dem Bett nieder, ein verträumtes Lächeln verriet, wie weich gestimmt sie war.

›Ein ganz banales Lied‹, sagte sie und streichelte mich. ›Ich habe es in Berlin gelernt.‹

›Hast du es schon einmal jemandem vorgesungen?‹ fragte ich scherzhaft.

›Ich habe es für dich gesungen, als ich auf dich wartete‹, erwiderte sie. ›Auf dich wartete und vor dir floh ... Wenn du wüßtest, wie ich mich bemüht habe, vor dir zu fliehen, bis ich dir begegnet bin ...‹

Ich war verdutzt. Konnte es sein, daß sie von mir gehört, oder eins meiner Bücher gelesen und sich wie ein Backfisch in mich verliebt hatte? Nein, Ileana war keineswegs naiv in der Art der jungen Mädchen. Ich kannte ja schon ihre warme Reife, ihre von Bovarysmen geläuterte, von banaler, billiger Sentimentalität vollkommen freie Wesensart. Ileana war schon längst eine richtige Frau.

›Warum wolltest du vor mir fliehen?‹ fragte ich zerstreut.

Inzwischen dachte ich nämlich daran, wie viele Jugendjahre ich dummerweise mit allerlei Frauen und mit Büchern vergeudet und aufs Geratewohl dahingelebt hatte. Wäre ich ihr doch früher begegnet, vor ihrer ›großen Liebe‹, und der einzige gewesen! Wieviel Kummer und Tränen hätte ich ihr erspart!

Ileana erhob sich, ohne mir zu antworten, und begann wieder zu singen, diesmal etwas lauter:

›Ich spür' in mir
Ich fühl' in dir
Das gleiche wilde Blut ...‹*

Sie hatte eine schüchterne und doch sehr sichere Stimme und den richtigen Instinkt für den leisen, verinnerlichten Ausdruck des Gefühlvollen. Ich hörte nur mit halbem Ohr zu. Es war eine anspruchslose Melodie, die weder musikalische Bildung erforderte noch gedankliche Inhalte vermittelte, sie war die vertonte Allerweltssehnsucht.

›Für wen hast du es in Berlin gesungen?‹ fragte ich erbebend weiter.

Sie kam wieder zu mir und legte ihre Hände um meinen Kopf.

›Das habe ich dir bereits gesagt, für dich ... Ich stand abends hinter der Gardine am Fenster, wartete auf dich und sang. Eines Tages mußtest du erscheinen, das wußte ich. Ich

* Im Text deutsch zitiert.

wußte es schon lange‹, fügte sie nach einer Pause hinzu und streichelte mir die Stirn. ›Schon als ich klein war und noch vom Märchenprinzen träumte!‹

Sie lachte gezwungen auf, was mir verriet, daß sie im Grunde sehr bewegt war, und so hielt ich sie an den Schultern fest, als sie sich entfernen wollte, und bog sie zu mir herunter.

›Woher wußtest du es?‹ versuchte ich mit Fragen in sie zu dringen.

›Meine Amme hat es mir gesagt‹, war die schlichte, offenherzige Antwort. ›Sie hat mir eine große Liebe prophezeit, die mich an den Rand des Grabes bringen würde, und dann, wenn ich für immer geheilt zu sein glaubte, eine noch größere Liebe, eine glückliche, eine überaus glückliche.‹

Sie hielt inne und zwang sich, ihr Lächeln beizubehalten, es war aber starr. Ich fühlte, daß sie aufgewühlt war, und wieder quälte mich der Wahn, alles wissen zu wollen, was in ihrer Vergangenheit verborgen lag und was in ihr vorging.

›Was hat sie dir noch gesagt?‹ forschte ich weiter und zwang sie, mir in die Augen zu schauen.

›Daß ich mich vor dieser Liebe hüten soll. Ich soll mich vor dir in acht nehmen ...‹

Verwundert schwieg ich eine Weile. Dann konnte ich meine Neugier nicht mehr zügeln und bedrängte sie weiter:

›Aber warum? Warum?‹

›Weil es eine zu große Liebe sein wird ...‹

Sie konnte nicht weiterreden, brach in Tränen aus und barg das Gesicht an meiner Brust. Äußerst verwirrt, versuchte ich sie zu trösten, zu liebkosen, aber sie klammerte sich nur mit aller Kraft an mich.

›Laß mich nicht allein‹, flüsterte sie dann, ›laß mich nie wieder allein!‹

Nun dachte ich, sie sei vielleicht von einer nahe bevorstehenden Gefahr bedroht und habe nicht den Mut, es mir zu sagen. Am Ende hatte es gar einen ernsthaften Fehltritt gegeben, und sie wurde erpreßt.

›Was ist denn geschehen?‹ fragte ich beharrlich weiter.

›Warum sagst du es mir nicht? Fürchtest du dich vor irgend jemandem?‹

›Nein, vor niemand‹, murmelte sie und versuchte, sich zu beherrschen.

Als sie sich einigermaßen gefaßt hatte, drückte sie die Hände an die Schläfen und sagte lächelnd:

›Ich habe einfach die Nerven verloren, nur so, ohne jeden Grund ...‹

›Ich weiß schon, warum du geweint hast‹, sagte ich, bemüht, gut aufgelegt zu wirken. ›Diese Amme wird dir vorausgesagt haben, daß ich dich betrügen oder verlassen werde ...‹

›Nein‹, entgegnete sie kopfschüttelnd, ›sie hat vorausgesagt, daß ich daran sterben muß.‹

Ich weiß nicht, warum mich diese mit so matter Stimme, wie ich sie nie von ihr gehört hatte, hervorgebrachten Worte derartig erschütterten. Natürlich wollte ich mich von solchen Kindereien nicht beeindrucken lassen und lachte hell auf.

›Ich bin nicht abergläubisch‹, sagte ich und küßte ihr die Hand. ›Denkbar wäre höchstens, daß wir beide, jeder in den Armen des anderen, sterben werden.‹

›Nein. Wenn ich an dieser Liebe sterben muß, dann sterbe ich allein.‹

›Aber du wirst nicht sterben!‹ rief ich erzürnt.

›Ich werde dich mit Bitten bestürmen, dann wirst du dich wohl erbarmen und mich nicht sterben lassen‹, sagte sie noch, dann schloß sie mir den Mund mit ihren Lippen und ließ mich nicht mehr zu Wort kommen.

Nach einiger Zeit fuhren wir zusammen nach Predeal. Mir war zu Ohren gekommen, daß alle Welt von unserem Verhältnis wußte, das kümmerte mich aber nicht im geringsten. Übrigens hatte ich von den ersten Tagen an begonnen, ein anderes Leben zu führen. Mit den alten Freunden kam ich kaum noch zusammen, ich mied die Kreise einstiger Kumpane und ging nur mit Ileana aus. Da unternahmen wir unsere langen Streifzüge auf der Chaussee, über die Boulevards, nach Cotroceni. Da ich nicht gerade mittellos dastehe und die Schriftstellerei nie deshalb habe betreiben müssen, um meinen Lebensunterhalt damit zu verdienen, war meine Untätigkeit keineswegs bedrohlich, auch wenn sie sich über eine längere Zeitspanne hingezogen hätte. Bevor wir uns kennenlernten, hatte ich eine größere Novelle begonnen. Sie blieb unbeendet in der Schublade liegen. Nach unserer Begegnung konnte ich selbstverständlich nicht mehr so schreiben wie früher. Sogar *Magdalenas Jugend* fand ich nun naiv, obwohl das Buch Ileana sehr gefiel. Außerdem lockte mich das Schreiben nicht mehr.

Die Wintermonate wurden zu einer Zeit der Euphorie. In Predeal entdeckte ich mit Ileanas Hilfe die unvergleichliche Lust am Skilaufen. In der Tat habe ich bei keinem anderen Sport soviel Bewegungsfreiheit, ein solches Hochgefühl der körperlichen Selbständigkeit erlebt. Aber auch dort, mitten in der Hochsaison des Wintersports, sonderten wir uns von allen anderen ab. Wir wollten um keinen Preis neue Bekanntschaften schließen und alte Bekannte nicht zur Geselligkeit ermuntern. Also speisten wir in einem bescheidenen kleinen Gasthaus, setzten uns in die hinterste Ecke, und verliebt bis über die Ohren, sahen wir uns immerfort in die Augen, ohne etwas von dem zu merken, was um uns herum geschah oder gesprochen wurde. Später hörte ich, daß unsere freiwillige Isolation allen Hotelgästen aufgefallen und zum Stadtgespräch geworden war. Ileana zog alle Blicke auf sich. Die Liebe hatte ihre Schönheit vollends zur Geltung gebracht, sie war in neuer, strahlender Frische aufgeblüht. Gertenschlank, wie sie war, brauchte sie vor keinerlei Sportanzug zurückscheuen, und noch mehr unterschied sie sich von allen anderen Frauen durch ihre Art, sich unauffällig, überaus dezent zu kleiden. Abends wanderten wir, immer nur zu zweit und eng umschlungen, im Park umher. Dabei planten wir Reisen, oder ich erzählte ihr aus meinem Leben. Das Bedürfnis, mich zurückzuziehen, um zu schreiben, verspürte ich nicht. Ileana füllte mich aus, ich gehörte ihr gänzlich, bei Tag und bei Nacht. Manchmal erzählte auch sie mir Erinnerungen aus ihrer Berliner Zeit, beschrieb mit viel Humor die an der Botschaft tätigen Beamten, schilderte ihre deutschen Freundinnen, von denen sie regelmäßig Briefe bekam, nebst Fotos vom Wannsee und von ihren Verlobten. Es wurde mir klar, daß sie dort viel mühsame Arbeit geleistet, daß sie aber diese Lösung gefunden hatte, um der Familie, den Freunden, dem ganzen Land zu entkommen. Fast vier Jahre hatte sie sich ununterbrochen im Ausland aufgehalten. Den Urlaub hatte sie mit einer Freundin in Tirol verbracht. Von ihren Ersparnissen konnte sie nun ein Jahr lang sorgenfrei leben. Länger im Lande zu bleiben, beabsichtigte sie übrigens nicht, als sie heimkehrte. Später wollte sie sich wieder um eine Anstellung an einer Botschaft bewerben, möglichst irgendwo im Norden. Sie liebte die herben weißen Landschaften und kam mit den ehrlichen, nicht besonders phantasievollen Menschen aus, die es ihr ermöglichten, Ruhe zu finden, zu vergessen, sich zu erholen.

Dann kam unsere Begegnung, Pläne und Entschlüsse wurden beiseite geschoben. In den in Predeal verbrachten Wochen sagte sie mir des öfteren, morgens, während sie sich an mich schmiegte:

›Wie gut tut das, an nichts zu denken, nichts mehr befürchten zu müssen ... Ich möchte nie aus diesem Traum erwachen.‹

Dann hing sie ihren Gedanken nach und fügte nach einer Weile hinzu:

›Und wenn es wirklich so kommen sollte, es macht mir nichts aus. Ich werde ja doch glücklich gewesen sein.‹

Gegen Mitte Februar kehrten wir nach Bukarest zurück. Noch am selben Tag richteten wir uns häuslich ein: Sie zog in meine Wohnung um.«

V

»Wie es eine große Leidenschaft immer mit sich bringt, sonderte ich mich, ohne viel darüber nachzudenken, von allen Bekannten ab. Sogar die wenigen guten Freunde sah ich äußerst selten, und dann stets mit Ileana zusammen. Zwar gingen wir mal ins Theater, häufiger in Konzerte, es war aber eine merkwürdige Legende um uns entstanden, und obwohl uns überall neugierige Blicke verfolgten, kam so gut wie niemand in unsere Nähe. Im Laufe des Frühjahrs erfuhr ich, was in Cafés und in den Kreisen, in denen ich früher verkehrt hatte, über meine Liebesgeschichte gemunkelt wurde. Monatelang sprach man in Bukarest nicht mehr von *Magdalenas Jugend*, sondern von dieser Affäre. Die wenigen, mit denen wir zusammenkamen, wußten nichts von Ileana, weder wer sie war, woher sie kam, noch wo sie bisher gelebt hatte. Um so fremdartiger wirkte ihr Charme, wenn sie in meiner Begleitung irgendwo auftauchte, stets äußerst dezent angezogen, in Schwarz und Weiß oder in matten Grautönen, und die Augen ruhig und glücklich umherschweifen ließ, fast ohne etwas wirklich zu sehen. Nach einer Vorstellung gingen wir stets zusammen fort und suchten uns irgendein bescheidenes, meist von Bürgerfamilien besuchtes Restaurant, wo wir keine Gefahr liefen, auf Bekannte zu stoßen. Außerdem bevorzugte Ileana anspruchslose Lokale, wo es nach frischem Bier roch, und auch dort setzten wir uns in einen versteckten Winkel, wie zwei Verliebte bei einem heimlichen Rendezvous. Natürlich mußten wir manchmal eine Einladung annehmen, wie zum Beispiel die des Architekten, bei dem wir uns kennengelernt hatten. Bei Tisch kamen wir dann meist in einiger Entfernung voneinander zu sitzen, doch unsere Blicke suchten sich immer wieder. Wenn sie mit einem anderen tanzte, ließ ich sie nicht aus den Augen, und erst wenn sie zu mir zurückkehrte, atmete ich erleichtert auf. Waren viele Gäste geladen, so blieben wir nicht lange. Wirklich freundschaftliche Beziehungen pflegten wir nur mit einem jungen Ehepaar, das wir gern besuchten. Dort sang uns Ileana manchmal etwas vor, dabei stand sie an die Tür gelehnt, die Arme im Rücken verschränkt, und blickte in die Ferne.

Bald war der Winter verstrichen. Der März war aber in jenem Jahr unangenehm, kalt und trüb. Wir unterließen unsere abendlichen Wanderungen und blieben zu Hause. Oft las ich ihr Gedichte vor. Sie hörte zu, auf dem Bett ausgestreckt, die Augen geschlossen. Im allgemeinen mochte sie melancholische Gedichte am meisten, insbesondere liebte sie Rilke und Baudelaire. Sie war aber nicht immer aufmerksam. Wenn ich mit dem Buch in der Hand im Zimmer auf und ab ging und plötzlich einen Vers in einem anderen Tonfall wiederholte, ihn sozusagen direkt an sie richtete, ertappte ich sie dabei, daß sie in Gedanken woanders war. Sie zuckte zusammen, als hätte ich sie aus dem Schlaf geweckt. Das war aber nicht der Fall, wie ich bemerkte, wenn ich näher trat.

›Wird es von Dauer sein?‹ fragte sie fröstelnd.

Nicht immer dachte sie an eine eventuelle Trennung. Dieser Gedanke war zu furchtbar, ihr ganzes Wesen stemmte sich dagegen. Sie vermutete aber, daß dieses ständige Beisammensein, dieses Wunder, daß zwei Menschen ohne Unterlaß füreinander da sind, nicht von Dauer sein könne. Wenn sie mich vor dem Bücherregal stehen sah, ahnte sie, daß meine alte Leidenschaft sich bald wieder meiner bemächtigten würde, und dann würde meine Tätigkeit mich stunden-, ja tagelang von ihr fernhalten. Sie wußte, daß dieser kreative Trieb, das Bedürfnis zu schreiben, in mir nur schlummerte und nie endgültig erlöschen konnte. Mit diesem Schicksal – unserer Trennung für lange, qualvolle Zeitspannen – hatte sie sich abgefunden, sie wünschte nur, daß es sich so spät wie möglich erfüllen möge. Manchmal hielt sie sich vor, es sei unmoralisch, jemanden mit solch einer erdrückenden Liebe in Beschlag zu nehmen, sie sagte sich, daß ein Mann nicht leben könne, ohne zu arbeiten, daß insbesondere ein Künstler nicht das Recht habe, sein Talent zu begraben, auch nicht wegen einer glücklichen Liebe. Und bei ihrem grundehrlichen Charakter waren solche Skrupel für sie recht qualvoll. Zu guter Letzt gelangte sie aber doch immer zu dem Schluß, daß all dies, moralisch oder unmoralisch, gut oder schlecht, nichts mit der wahren, echten Liebe zu tun habe, daß unser Zusammenfinden das einzig Wirkliche, das einzig Wesentliche sei und alles andere – Arbeit, Kreativität, Talent, Ruhm und was es sonst noch alles geben mochte – nichts weiter war als eitle Menschenwünsche, irdische Nichtigkeiten.

Derlei Überlegungen wagte sie mir aber nicht mitzuteilen. Als ich eines Tages eine gewisse Nervosität, eine Ruhelosigkeit, eine Art Fieber in mir überhandnehmen fühlte und ihr gestand, daß ich nun schreiben müsse, bat sie mich, sofort damit anzufangen, und stellte mir meinen kleinen Schreibtisch am Fester zurecht. Ich wußte sofort, daß ich in ihrer Gegenwart unmöglich schreiben konnte, aber sie bat mich so rührend, dabei sein zu dürfen, daß ich es ihr nicht abschlagen konnte. Sie nahm ein Buch zur Hand und kuschelte sich mit angewinkelten Knien in die hinterste Ecke der Liege. Ich hörte, wie sie den Atem anhielt, um mich nicht zu stören, wie sie die Seiten ganz sachte umblätterte, und lächelte still vor mich hin. Es gelang mir aber nicht, mich zu konzentrieren, die perfekte Abdichtung gegen die Außenwelt herzustellen, die jede kreative Tätigkeit einleitet. Ileanas Gegenwart störte mich um so mehr, je weniger ich sie wahrnahm. Und diese Gegenwart wirkte euphorisch, sie lenkte mich in eine ganz andere Richtung als in den Bereich meiner Schreibkunst. Übrigens bin ich überzeugt, daß im Zustand der Euphorie und des vollkommenen inneren Friedens kein künstlerisches Schaffen möglich ist. Man muß das Fehlen von etwas in sich empfinden, eine Leere, die einen aushöhlt, denn der Mangel ist es, der seine Erfüllung in der kreativen Tat sucht. Daher konnte ich auch nie im Freien schreiben, oder während ich Musik hörte, oder unter dem Eindruck eines großen Erlebnisses wie Liebe oder etwas anderem, der Offenbarung einer großartigen Idee, einer neuen Weltanschauung ...

Nach etwa zehn Minuten, die ich damit verbrachte, daß ich in die Luft guckte und eine Zigarette rauchte, stand ich auf und verließ mein Tischchen. Ileana war blaß vor Schreck. Sie verfolgte jede meiner Bewegungen, gespannt, als erwarte sie einen Urteilsspruch.

›Geht es nicht?‹ fragte sie und versuchte zu lächeln.

Ich lachte auf und umarmte sie. Offen gestanden, hatte sich die vage Unruhe des Schaffensdranges verflüchtigt. Also setzte ich mich neben sie auf die Liege und las mit in ihrem Buch. Nach ein paar Zeilen muß irgendein Detail im Text mich abgelenkt haben, denn ich sah nachdenklich vom Buch auf.

›Jetzt bist du mir schon wieder davongelaufen!‹ flüsterte sie und strich mir über das Haar. ›Ich fühle es sofort, wenn du weit weg bist.‹

Das klang traurig, resigniert. Ich versuchte ihr auseinanderzusetzen, daß ich immer in großer Verwirrung bin, bevor ich zu schreiben beginne, daß meine Gedanken fast ohne mein Wissen an einem noch unbekannten Faden spinnen, daß während dieser Art von Abwesenheit, gegen die ich nicht ankämpfen kann, schöpferische Vorgänge sich im dunkeln abspielen. Von nun an, sagte ich ihr zuletzt, wolle ich in einem Arbeitszimmer zu schreiben versuchen.

›Laß die Tür offen, damit ich dich nahe fühle‹, bat sie.

Die offene Tür lenkte natürlich meine Aufmerksamkeit ab. Nach einer Weile schloß ich sie wie zufällig. Danach fühlte ich Ileanas Nähe nicht mehr. Dann stand ich auf und begann, mit großen Schritten im Zimmer auf und ab zu gehen. Allmählich gelang es mir, mich abzukapseln und zu vergessen, daß meine Ileana nur ein paar Meter entfernt von mir zugegen war. An jenem Abend gingen wir nicht aus. Der Abendsonnenschein durchflutete das Zimmer, aber ich merkte es nicht, erfuhr es von Ileana, die mir später sagte, sie habe den Sonnenuntergang aus dem Fenster ›unseres Zimmers‹ betrachtet (so nannten wir das Schlafzimmer), und gestand, sehr bewegt gewesen zu sein. Sie glaubte, ich hätte mich gänzlich von ihr getrennt und sie vergessen. Dieses längst vorausgesehene Leid ging jedoch nach und nach in einem anderen, unbestimmten Gefühl unter: In ihrer nächsten Nähe ereignete sich etwas Geheimnisvolles, es wurde eine schöpferische Tat vollbracht. Sie hörte mich bald ächzen, bald mit nervöser Ungeduld ein Blatt Papier in Stücke reißen, und bei diesem Zerreißen erschauerte sie jedesmal, wie wenn meine Hände sie selbst aufrissen. Dann hörte sie mich seufzen, brüsk aufstehen und im Zimmer hin und her laufen, hinausgehen, um Wasser zu trinken, eine Zigarette anzünden. Sie lauschte, und allmählich erfaßte sie ein Beben. Hinter diesen Zeichen des Leidens geschah ein kleines Wunder, von dem sie nie gedacht hätte, daß es so dramatisch sei. Literatur sei ausschließlich das Werk der Eingebung, hatte sie geglaubt, Talent bedeute die Gabe, gewisse Worte zu vernehmen, die dem Ohr anderer entgehen, und sie aufs Papier zu bringen, sozusagen sich selbst zu diktieren, eine, zwei oder fünf Stunden lang, bis die Hand ermüdet. Jetzt wohnte sie dem dumpfen Kampf gegen die Materie bei. Ab und zu sah sie mich durch das Schlafzimmer gehen, so in Gedanken versunken, daß ich sie nicht bemerkte, ohne davon Kenntnis zu nehmen, daß sie da war. Und diese Einsamkeit in meiner nächsten Nähe war so bedrückend, vernichtend. Wenn ich dann spät, nach Mitternacht, zu ihr zurückkehrte und sie umarmte, küßte sie mich stürmisch, als hätte sie mich nach einer langen Trennung wiedergefunden.

›Bist du dem Dämon entronnen?‹ fragte sie und strich mir über die Stirn.

Nie fragte sie danach, was ich schreibe, nie verlangte sie, daß ich ihr die Handlung erzähle, sie bat nicht einmal, die auf dem Tisch liegenden Blätter lesen zu dürfen. Sie war nur bemüht, die Schatten der Arbeit von meiner Stirn und meinem Gesicht zu verscheuchen. Denn ich kehrte immer erschöpft, wie krank, zurück, die Gesichtszüge verhärtet, die Augen trübe vor Fieber. Dann war Ileana sanft, und ihre bleichen Hände waren so kühlend …

Das Buch, das ich damals im Frühjahr begonnen habe, ist nie fertig geworden. Ich könnte es auch jetzt nicht beenden.

Nur wenige Wochen lang habe ich daran gearbeitet. Während dieser Zeit gingen wir so gut wie nie aus dem Haus. Das Mittagessen ließen wir aus der benachbarten Pension bringen. Ileana erledigte die Einkäufe, brachte mir meine Zigaretten und versorgte mich im Laufe des Nachmittags bei der erschöpfenden Arbeit mit Kaffee. Hie und da kamen Freunde uns besuchen.

›Andrei gibt sich mit seinem Sprößling ab‹, sagte ihnen Ileana lächelnd.

Eines Abends, als wir wieder allein waren, sagte sie nachdenklich:

›Welch schwere Geburt ...‹

›Betrübt dich das?‹ fragte ich.

Darauf gab sie keine Antwort, senkte nur den Blick zu Boden und begann sich über die Hände zu streichen. Das war ihr in den letzten Monaten zur Gewohnheit geworden. Jedesmal, wenn sie mich nicht nahe fühlte, streichelte sie sich die Hände, als versuchte sie unbewußt meine Liebkosungen wiederzufinden, sie sich vorzutäuschen. Da sie schwieg, bedrängte ich sie mit keiner weiteren Frage.

Diese geringfügigen Einzelheiten kamen mir erst einige Wochen später wieder in den Sinn. Es war an einem heiteren Aprilmorgen, ich faulenzte noch im Bett. Ileana stand in einem langen Nachthemd, das sie erstaunlich hochgewachsen erscheinen ließ, vor dem offenen Fenster und schaute hinaus.

›Andrei‹, begann sie plötzlich, ohne sich umzuwenden, ›möchtest du ein Kind?‹

Die Frage kam so unerwartet, sie schien mir so seltsam, daß ich nur albern lächelte und keine Antwort fand. Ich hatte mich längst an den Gedanken gewöhnt, ein Künstler zu sein und nur geistige Nachkommenschaft haben zu können. Vielleicht war das die bequemste Einstellung, vielleicht befürchtete ich, ein Kind würde mich an eine Frau und an einen Ort binden, meine Freiheit beeinträchtigen, mich zwingen, mehr zu arbeiten oder gar meine ganze Weltanschauung zu ändern. Ein Künstler war für mich ein ganz besonderer Menschentyp, dem gewisse Vorrechte und Freiheiten zustanden, aber auch viele Verpflichtungen auferlegt waren: sich selbst, seiner Kunst, seiner Berufung gegenüber. Außerdem war diese Frage natürlich mit dem Gedanken an eine Heirat verbunden, eine Einrichtung, der ich größte Achtung zolle, von der ich Künstler und Denker aber ausschloß. Der Entschluß, jeder Versuchung, seßhaft zu werden und eine Familie zu gründen, unerbittlich zu widerstehen, war längst gefaßt. Es war zwar mehrmals vorgekommen, daß ich, nach einem Besuch bei einem in glücklicher Ehe lebenden jungen Paar wieder zu Haus und allein, diese einfachen Menschen beneidete, weil ihr Los sie nicht zwang, bis zum Tode in der wohl herrlichen, aber auch eisigen Isolation zu verharren. Damals gefiel es mir, das Schicksal des Künstlers mit dem des Mönchs zu vergleichen. Wie ein Mönch, der sich dem beschaulichen Leben geweiht hat, war der Künstler dazu verdammt, allein und ohne Nachkommen zu bleiben.

Außer dieser Überzeugung, die zu meiner eigensten Struktur und zu meinem Los gehörten, hegte ich freilich auch eine Menge Vorurteile gegen die Ehe. Ich war zum Beispiel in dem Aberglauben befangen, als verheirateter Mann dürfte man nicht mehr seiner freien Eingebung folgen. Man gewinne durch die Heirat einen gesellschaftlichen Status, eine neue bürgerliche Würde, die der schöpferischen Intuition im Wege stünden. Andererseits stellte ich mir den Künstler als einen Menschen vor, der immer offen bleibt und seiner Verfügungsfreiheit über sich selbst niemals Grenzen setzt, als einen Schöpfer ästhetischer Werte und sonst nichts. Sein Leben konnte sich ändern, und es war wünschenswert, daß es sich von einem Tags zum anderen änderte. Seine Lebenserfahrung mußte ungeheuer reich sein, durfte also nicht eingeengt und zum Stillstand gebracht werden.

Ich glaube, Ileana erriet meine Gedanken, als sie vergeblich auf eine Antwort wartete, denn sie fügte mit matter Stimme hinzu:

›Es ist von nichts *anderem* die Rede, versteh mich recht. Aber ich möchte so gern ein Kind von dir haben.‹

Dann lief sie herbei, kuschelte sich an mich und verlegte sich aufs Bitten. Noch nie hatte ich sie so verändert gesehen. Sie schien sich vor einem Unheil zu fürchten, dessen herannahenden Flügelschlag sie bereits zu vernehmen glaubte. Welche andere Frau hätte den Mut aufgebracht, so offen über ihre Kinderlosigkeit zu sprechen, ein Geheimnis zu enthüllen, von dem ich nichts ahnte, und das Leid einzugestehen, an das ich nie gedacht hatte! Ihr heftiger Wunsch, ein Kind zu haben, ließ mich eine andere Ileana entdecken, eine Frau mit tiefen Wurzeln im Irdischen und einer brennenden Sehnsucht, die keine Liebkosung stillen konnte.

Mutterschaft habe ich von jeher als rührend empfunden, aber auch als eine Bestimmung untergeordneter Art, mehr durch Zufall und Physis bedingt und ausschließlich vom Instinkt hervorgerufen. Ich hätte nie vermutet, daß die Sehnsucht danach eine Frau manchmal bis zur Auflösung ihres Wesens überwältigen und in alle Schichten ihres Bewußtseins eindringen konnte, um es langsam zu unterhöhlen und zu zermürben.

›Du *tust* etwas, du schaffst‹, flüsterte sie, ›aber ich? Ich bin nicht dafür begabt, ich bin einfach nur eine Frau. Soll ich für immer so bleiben, wie ich bin, unversehrt?‹

Ich versuchte sie zu trösten, war aber selbst ergriffen von der dunklen, überwältigenden Kraft, die sich ihrer bemächtigt hatte und sie antrieb, die Erfüllung ihrer natürlichen Bestimmung mutig zu fordern. Woher war auf einmal dieser Ruf der Erde in meiner Ileana aufgestiegen? War doch ihre Liebe anderen Ursprungs und zu vollkommen, um Frucht zu tragen! Sollte es etwas mit dem späten Frühling zu tun haben, der seit einigen Nächten hereingebrochen war und die ganze Stadt mit Sonnenschein und Säften berauschte? Was hatte sich im Herzen meiner Geliebten zugetragen, welche Leere war da von meiner Leidenschaft unausgefüllt geblieben, welcher Abgrund hatte sich aufgetan und drohte, sie zu verschlingen? Mitten in meiner großen Ergriffenheit kam dennoch eine Spur von Eifersucht zum Vorschein. Ileana war also nicht restlos glücklich mit mir, mit mir allein! Sie brauchte noch etwas, fühlte das Bedürfnis einer Erfüllung, die, obwohl durch mich zuwege gebracht, über mich hinausging und uns trennte. Bis dahin hatte ich geglaubt, daß unserer Liebe nichts mehr hinzuzufügen war; sie war vollkommen, autonom, undurchlässig für jede andere Kraft. Wir waren das ideale Paar, füreinander geschaffen, dazu berufen, miteinander zu leben und zu sterben. Unsere Verbindung schien nicht mehr in der Erde zu wurzeln. Ich konnte die Ekstase unserer Umarmungen nicht vergessen. Sie entriß uns beide der Natur und vereinte uns in einer anderen Welt. So vollkommen erfüllte sich das hohe Geheimnis der Vereinigung vielleicht nur einmal in tausend Jahren ...

Und nun mußte ich plötzlich entdecken, wie fest Ileana trotz allem an die Wurzeln unserer Ursprünge gebunden blieb und durch diese in tiefe Nacht getauchten Wurzeln genährt war.

›Wir sind kein Paar von dieser Welt‹, versuchte ich sie zu trösten. ›Unser Schicksal erfüllt sich nicht hier auf Erden. Wir haben uns in der Liebe erkannt. Die Liebe ist unser Paradies, die Liebe ohne Leibesfrucht. Wir sind wie Tristan und Isolde, wie Dante und Beatrice‹, fügte ich dann lächelnd hinzu, um das dumpfe, betäubende Zwielicht zu vertreiben, das uns umhüllte.

Ileana klammerte sich weinend an mich. Ich fühlte, wie sie am ganzen Leib zitterte.

›Du befürchtest etwas anderes‹, sagte sie, ohne mich anzusehen. ›Du hast Angst, es könnte dich für immer an mich binden!‹

Ich versuchte zu lachen. Wovor sie sich ängstigte, daran hatte ich gar nicht gedacht.

›Im Gegenteil‹, erwiderte ich, ›ich befürchte, daß unsere Liebe sich verfälschen könnte, wenn sie Früchte trüge, *hier auf Erden*‹, sagte ich, die letzten Worte betonend. ›Sie würde sich in etwas anderes, vielleicht ebenso Wertvolles verwandeln, wäre aber nicht mehr so pur, so vollkommen.‹

›Und ich? Was soll ich tun?‹ rief sie und sah mir ins Gesicht.

Ich dachte eine Weile nach und fragte sie dann ernsthaft, forschend:

›Ist etwas passiert?‹

›Nein, es handelt sich nicht darum‹, entgegnete sie gereizt. ›Aber du schreibst, du bist ein Künstler, und ich, ich bleib' zuletzt allein und unfruchtbar.‹

Nun glaubte ich, sie denke ans Altern, und lachte von neuem.

›Bist du so sicher, daß du mich überleben wirst?‹

›Du willst mir doch nur Kummer machen‹, flüsterte sie leise lächelnd. ›Nein, daran habe ich nicht gedacht.‹

›Heute gibst du mir lauter dunkle Rätsel auf‹, sagte ich, um dem ganzen ein Ende zu machen. ›Schau lieber, wie hell es draußen ist!‹

Dabei drehte ich ihren Kopf gewaltsam dem Fenster zu, ohne zu ahnen, daß gerade dieser frische Sonnenschein sie so tief beunruhigt hatte.

›Du willst mich nicht verstehen‹, sagte sie. ›Dabei warst du doch der einzige von allen, der ...‹

Da begann ich sie zu necken, zugegeben, auf ziemlich törichte Weise: So war das also, ehe sie sich in mich verliebte, hatte sie mich wohlweislich mit anderen verglichen und in Anbetracht meiner vermeintlichen Vorzüge mich auserkoren, und so weiter. Ileana war aber an jenem Morgen nicht zum Scherzen aufgelegt. Gequält lächelnd schüttelte sie den Kopf. Nach den Tränen war sie noch schöner, von besonderem Reiz; so bleich, mit brennenden Augen, herben Lippen. Ich wollte sie um jeden Preis beruhigen, sie zumindest zuversichtlich stimmen.

›Wir stehen noch am Anfang unseres Lebens, Ileana‹, begann ich. ›Es liegt noch so vieles vor uns. Oder hast du etwa Angst, daß ich dich nicht immer so lieben werde wie jetzt?‹

Sie streichelte mir lächelnd die Wangen und schwieg. Betrübt wiederholte ich meine Frage.

›Ich weiß nicht, Liebster. Das kannst auch du nicht wissen.‹

Es wurde mir bewußt, daß wir immer tiefer in einen dunklen, unsicheren, gefährlichen Bereich hineinglitten. Das wollte ich aufhalten, und ich gelobte, sie ewig zu lieben, allerdings immer noch in scherzhaftem Ton:

›Später einmal, wenn wir einsehen, daß wir nicht auf die Dauer im Himmel leben können, ja dann ...‹

Sie ließ mich nicht ausreden, drückte ihre Lippen auf die meinen, sog meinen Atem ein und ließ mich in ihren Leib versinken ...«

Er schwieg, ermüdet. Hasnas saß still, das Gesicht in beide Hände vergraben, und rührte sich nicht.

»Mir scheint, Ihnen ist nicht ganz wohl«, sagte Mavrodin und wollte sich erheben. »Ich werde meine Geschichte ein andermal fortsetzen.«

»Nein, nein«, protestierte der andere, »erzählen Sie doch bitte weiter.« Er machte eine nervöse Handbewegung und fügte eilends hinzu: »Mir fehlt wirklich nichts. In mir steigen nur ebenfalls Erinnerungen auf, das ist alles, glauben Sie mir!«

Auf seinem Gesicht lag eine gewisse Härte, er blickte finster drein. Als er sein Etui hervorholte und sich eine Zigarette anzündete, sah man die Hand, die das Streichhölzchen hielt, leise zittern. Während es kurz aufflackerte, bemerkte Mavrodin auch die gerunzelte Stirn. Die gelassene Heiterkeit, die Mavrodin an seinem Freund so bewunderte, war verschwunden. Seine Lippen waren trocken und fest zusammengepreßt.

»Bitte, erzählen Sie weiter«, wiederholte Hasnas, als er merkte, daß sein Freund zögerte. »Gewisse Dinge, die Sie erwähnt haben, haben mich sehr verblüfft, das war es.«

»Ist Ihnen nicht kalt? Es ist recht kühl geworden.«

»Es fehlt mir gar nichts«, sagte er, jedes Wort betonend.

Mavrodin senkte die Stirn, flocht die Finger ineinander, drückte sie fest, während er seine Gedanken sammelte, dann nahm er den Faden der Erzählung wieder auf.

VI

»Wir verbrachten die Osterferien in einem Gebirgsdorf. Am Karfreitag gingen wir zum Gottesdienst. Als die Totenklage zur Grablegung erklang, senkte Ileana den Kopf und verblieb so, das Kinn auf der Brust. Ich rückte einige Schritte zur Seite, um sie allein zu lassen, denn ich ahnte, daß widersprüchliche Emotionen sie bewegten. Soviel ich wußte, war sie nicht besonders religiös, obwohl wir über Gott und Glaubensdinge gewöhnlich nicht sprachen. Diese Totenklage, sagte ich mir, erinnert sie wohl an die Vigilien ihrer traurigen Kindheit, lenkt ihre Gedanken auf den Tod und wühlt sie auf. Dann merkte ich, daß ihr Tränen über die Wangen rollten und ihr ganzer Körper von verhaltenem Schluchzen geschüttelt wurde. Seit dem eben berichteten Vorfall hatte ich sie nicht mehr weinen gesehen. Jetzt schien sie ganz zerrüttet, von einem ungeheuren Leid heimgesucht. Vergeblich drückte sie ihr Taschentuch an den Mund, vergeblich umklammerte sie sich die Kehle, sie konnte das Weinen nicht zurückhalten. Die Leute um uns herum schauten sie erstaunt an, sichtlich gerührt von ihrem Schmerz. Ich stellte mich wieder an ihre Seite, da griff sie nach meiner Hand, drückte sie krampfhaft und preßte sie an ihr Herz. Ich fühlte, wie sie immer wieder zusammenzuckte. Da nahm ich sie sachte am Arm und führte sie hinaus. Sie schritt geistesabwesend neben mir her, den Kopf noch immer tief gesenkt. Im Freien begann die frische Nachtluft ihre Wirkung zu tun. Wir wanderten lange im Dunkeln umher, ohne ein Wort zu wechseln. Ich hielt sie fest umschlungen.

›So muß es uns allen ergehen‹, sprach sie endlich im Flüsterton.

Ich wußte nicht recht, was sie meinte, sagte aber einige Worte, die mir gerade einfielen, nur um etwas zu sagen.

›Es ist wahr, daß er jetzt gestorben ist‹, hub sie wieder mit erloschener Stimme an, ›und so wird es uns allen ergehen ...‹

Noch nie hatte sie von diesem konkreten Tod gesprochen. Mich verunsicherte dieser Ton der Verzweiflung, ihr flakkernder, umherirrender Blick, der zuletzt meine Augen suchte. Trotzdem erriet ich, daß nicht allein die Klagelieder der Grablegung sie derart erschütterten. Es mußte etwas in ihr zerrissen oder erstarrt sein, denn Trauer und Verzweiflung erfüllten sie mit der gleichen Intensität, noch als der Gottesdienst zu Ende war und wir heimkehrten, sie bedrückten sie die ganze Nacht und waren auch am nächsten Tag noch nicht verflogen. Ich ahnte, daß für sie in jener Nacht jemand wahrhaftig gestorben war. Das Geheimnis war ihr nicht in der Kirche offenbar geworden. Die Nachricht von diesem Tode hatte ihre Sinne auf dunklen Wegen erreicht, und sie war unter der Wucht dieses Schicksalsschlages zusammengebrochen.

›Hast du Angst?‹ fragte ich dummerweise.

›Ich habe Angst, allein zu sterben‹, flüsterte sie fröstelnd.

Und wieder suchte sie meine Nähe. Sie dürstete förmlich nach meiner greifbaren Gegenwart. Jetzt war ihre Liebe rein und verzweifelt. Neben mir, auf dem nach Honigklee riechenden Kissen, spürte ich ihren heißen Atem und hörte sie immer wieder tief aufseufzen. Dann herrschte eine Zeitlang Totenstille, eine ganz unnatürliche Stille, als wären in ihr alle Lebensfunktionen zum Stillstand gekommen. Anscheinend horchte sie angestrengt, sie lauschte dem Raunen der Nacht, das ich nicht vernehmen konnte.

Am nächsten Morgen erwachte sie blaß und kränkelnd. Eine Unruhe bemächtigte sich ihrer immer stärker, je näher der Abend heranrückte. Ich dachte, es wäre Furcht vor etwas Unbekanntem. Es war aber nichts Geheimnisvolles an dieser Unruhe. In der folgenden Nacht warteten wir auf den Glokkenklang zum Einläuten der Messe in einer Waldlichtung am Rande des Dorfes. Es war noch ziemlich kalt, wir gingen fest umschlungen einher. Ileana war wortkarg. Dann begann sie allmählich aufzutauen, sie schien aufzuwachen. Ich fühlte, daß eine andere Berührung als die meine sie durchschauerte, daß ein neues, wärmeres Blut in ihren Adern zu kreisen begann. Sobald die Glocken erklangen, eilten wir ganz mechanisch, ohne auf den Weg zu achten, ins Dorf hinunter. Kaum hatten wir die Kirche betreten, wurden die Lichter angezündet. Während wir weiter nach vorn gingen, hörten wir rechts und links den herkömmlichen Gruß ›Christus ist auferstanden‹. Ileana küßte mich auf beide Wangen.

Sie hat mir später nie erlaubt, sie über jene Nächte auszufragen ...

Am dritten Tag nach Ostern kehrten wir nach Bukarest zurück. Für die Monate Mai und Juni planten wir eine Auslandsreise. Bis dahin war ich immer allein oder mit einer Zufallsfreundin gereist. Ich nahm mir vor, diesmal andere Städte zu durchwandern und die mir bereits bekannten mit Ileana und dank ihrem Dabeisein in neuem Glanz wiederzufinden. Ich wollte nicht nach Deutschland fahren, wo sie mehrere Jahre verbracht hatte und ihr so vieles bekannt war. Mein Wunsch war, daß sie einige schöne Landschaften zum erstenmal mit mir zu sehen bekam. Mir war alles zuwider und hassenswert, was sie vor unsere Begegnung erlebt, gemocht, geliebt hatte. So haßte ich Berlin, weil sie vier Jahre dort verbracht und Freundschaften geschlossen, Dinge genossen hatte, die ich nicht kannte. Am liebsten wäre ich mit ihr nach Südfrankreich gefahren, doch davor schrak sie zurück. Es gefiel ihr nicht, interessierte sie nicht: Dort gäbe es zu viele müde Existenzen, zu viele alte Leute.

Wir entschieden uns für Italien. Eine Woche vor der Abreise kam ich eines Tages nach Hause und erblickte Ileana vor der Haustür. Sie stand mit einem hochgewachsenen, brünetten jungen Mann auf dem Gehsteig, in heftigem Wortwechsel, fast einem Streit begriffen. Als sie mich erblickte, erschrak sie und wurde rot. Ich blieb wie angewurzelt stehen. Da kam sie mir entgegen und zerrte auch den unbekannten jungen Mann nach sich.

›Laß mich dir meinem Bruder vorstellen‹, sagte sie mit fester Stimme, ›das ist ein Herr, der mich einmal im Jahr besucht, um mir mit allen erdenklichen Mitteln Ärger zu bereiten.‹

Der junge Mann drückte mir sehr verlegen die Hand. Mich hatte Ileana unter dem Titel ›mein Freund‹ vorgestellt, aber ich glaube kaum, daß ihn diese Formel in Verlegenheit brachte, sondern die Begegnung an sich. Mich übrigens auch. Denn im ersten Augenblick, als ich die beiden beisammen sah, überkam mich ein lähmendes Schwächegefühl. Jede Gewißheit war wie weggeblasen, und mein Leben schien mir plötzlich völlig sinnlos. Ich starrte die beiden bestürzt an. Als ich hörte, daß er ihr Bruder sei, und ihm verkrampft lächelnd die Hand drückte, versuchte ich mich an die Hoffnung zu klammern, daß er tatsächlich ihr Bruder und nichts verloren sei. Ich beobachtete ihn scharf und meinte eine gewisse Ähnlichkeit mit Ileana zu entdecken: das gleiche längliche Oval des Gesichts, die gleichen überaus großen Augen mit dem feuchten Blick. Ich stammelte einige Worte.

›Also, ich gehe jetzt‹, murmelte er verwirrt.

Er gab uns beiden ganz konfus die Hand, ohne uns ins Gesicht zu sehen.

›Und versuch mal, vernünftig zu sein!‹ rief ihm Ileana nach.

Sie hatte ihre gewohnte Stimme und ihr Lächeln wiedergefunden. ›Wie gut sie sich verstellen kann‹, dachte ich, während wir langsam auf das Haus zugingen. Es überkam mich eine schreckliche Müdigkeit, eine Abgespanntheit, in die sich Verzweiflung, Empörung, Abscheu mischten.

›Was hast du?‹ fragte Ileana besorgt.

›Diese Geschichte mit dem Bruder …‹, begann ich. ›Gib zu, die ist nicht besonders gut ausgedacht!‹

›Andrei!‹ rief sie, blieb auf der Straße stehen und biß sich auf die Lippen.

Ich erschrak fast und schämte mich vor den Passanten, die sich verwundert nach uns umdrehten. Zugleich schlich sich aber eine noch schüchterne Freude in mein Herz. Schließlich konnte es ja wahr sein. Ihr Aufschrei klang so aufrichtig. Und ihr Erblassen, und wie sie sich vor Zorn auf die Lippen biß. Ich faßte sie unter dem Arm, sie ließ es aber nicht zu und riß sich los.

›Du bist schuld daran‹, sagte ich. ›Du hast nie etwas von einem Bruder erwähnt ... Überhaupt sprichst du nie von deinem früheren Leben, von deiner Vergangenheit ...‹

Ich hoffte, sie würde mir wenigstens diesmal alles offen gestehen und mir alle Einzelheiten ihrer Erlebnisse mitteilen. Ich fühlte, daß sie sich mit dieser Geheimhaltung plagte und in Versuchung war, eine lange, vollständige Beichte abzulegen. Zuletzt widerstand sie dieser Anwandlung aber doch und sagte mir nur, daß ihre Mutter ein Jahr nach dem Tod des Vaters wieder geheiratet, danach aber nicht mehr lange gelebt hatte. Der Bruder stammte aus der zweiten Ehe, die Mutter starb bei seiner Geburt. Mit dem Halbbruder kam sie äußerst selten zusammen, besonders seit einigen Jahren. Er sei nicht recht bei Verstand, bemerkte sie noch und wollte weiter nichts mehr sagen.

Ich glaubte ihr. Ihre Augen, ihr Schmerz, ihre Liebe konnten mich doch nicht belügen! Trotzdem blieb mir etwas wie ein bitterer Geschmack im Mund zurück. Am liebsten hätte ich unsere Reise sofort begonnen, damit wir uns wiederfanden. Die flüchtige Bekanntschaft mit dem Stiefbruder und ihre Weigerung, mir mehr anzuvertrauen, nagten an mir. Auch wenn es mir nicht ständig bewußt war. Zwar hatte sie bei dieser Gelegenheit auch erklärt:

›Alle diese Dinge sind für mich tot und begraben. Ich habe keine Vergangenheit, ich erinnere mich an gar nichts.‹

Doch trotz der Aufrichtigkeit dieses Geständnisses nährten tausend absurde Gedanken meine Eifersucht. ›Warum mußten jene Dinge unbedingt tot und begraben sein, damit sie sie ertragen konnte? Das bedeutet‹, sagte ich mir, ›daß sie ein fürchterliches Leben und eine wahnsinnige Liebe hinter sich hatte. Warum begegne ich keinem einzigen Zeugen ihrer Vergangenheit? Wo hat sie gelebt, ohne eine Spur zu hinterlassen?‹ Unter ihren Habseligkeiten gab es einige Kästchen, in denen sie Briefe aufbewahrte, und als ich einmal allein zu Hause war, packte mich eine wahnsinnige Lust, sie aufzubrechen, um sie zu lesen. Es kostete mich viel Selbstbeherrschung, es nicht zu tun ... Dann sagte ich zu ihr:

›Was soll dieser Starrsinn? Du spielst wohl den geheimnisvollen Vamp ohne standesamtliche Identität?!‹

Daraufhin würde sie sich rechtfertigen, hoffte ich. Aber sie blickte nur zu Boden und schwieg.

›Du solltest eigentlich die restlichen Dokumente verbrennen‹, rief ich auf die Kästchen zeigend.

Sie stand wortlos auf, ging zum Bücherregal und holte einen Schlüssel heraus.

›Es sind nur Briefe von meinen Berliner Freundinnen. Ich zeige sie dir.‹

Ich war wütend auf mich selbst wegen meines blödsinnigen Argwohns, und das brachte mich völlig aus dem Häuschen.

›Nein, danke, die Mühe brauchst du dir nicht zu machen‹, sagte ich und verließ das Zimmer.

Als ich einige Stunden später aus dem Arbeitszimmer zu ihr zurückkam, fand ich sie genau so, wie ich sie verlassen hatte: den Schlüssel in der einen Hand, die Stirn auf die andere gestützt, saß sie auf dem Stuhl und stierte vor sich hin. Nun bereute ich, was ich getan hatte, und ging zu ihr. Sie hörte meine Schritte. Langsam, mit Mühe wandte sie sich mir zu. Sie sah blaß und müde aus, versuchte aber, sich ein Lächeln abzuringen.

›Verzeih mir‹, sagte ich.

›*Du* mußt *mir* verzeihen‹, flüsterte sie, ergriff meine Hand und küßte sie. ›*Ich* bin an allem schuld.‹

Trotzdem grübelte ich die ganze Woche darüber nach. Auch auf der Straße ging mir all das im Kopf herum, und ich fragte mich manchmal, ob ihre Vergangenheit nicht irgendeinen ungeheuerlichen Vorfall berge, ob es außer der großen Liebe nicht andere Ereignisse und Dramen gegeben habe, die sie mir nicht anzuvertrauen wagte.

Wie immer brachten mich meine Gedanken auf absurde, lächerliche Abwege. So sagte ich mir beispielsweise, Ileana habe sich vielleicht während des Krieges als Spionin betätigt, ohne zu bedenken, daß sie damals erst vierzehn, fünfzehn

Jahre alt sein konnte. Ich hielt es sogar für möglich, daß sie in wer weiß was für Erpressungsaffären verwickelt gewesen oder vielleicht im Ausland in einer Music Hall aufgetreten war. Warum wollte sie das südliche Frankreich nicht wiedersehen, warum kannte sie so viele deutsche Schlager?! Dann fiel mir ein, daß ihr erstaunlich viele Dinge bekannt waren, etwa Einzelheiten aus der Lebensgeschichte irgendeiner Persönlichkeit, deren Namen ich zufällig erwähnt hatte, oder eine Menge über den Bereich des Sports, sogar der Finanzen. Da sie sehr intelligent war und, wie ich mir oft sagen mußte, durch die vierjährige Arbeit an einer wichtigen Botschaft in vielem bewandert, waren mir ihre Kenntnisse anfangs nicht aufgefallen. In meinen Eifersuchtskrisen türmten sie sich aber haushoch und vergifteten mir das Leben.

Von diesem Eifersuchtswahn wurde ich einige Tage vor unserer Abreise geheilt. Ich überraschte den Blick, den sie auf mir ruhen ließ, während ich las: Es war so viel aufrichtige, ja abgöttische Liebe in diesem Blick, daß eine wohltuende Ruhe in mein Gemüt einzog.

Dennoch wäre unsere Reise, der ich wie einem noch nie dagewesenen Erlebnis entgegensah, fast an einer ebenso dummen Geringfügigkeit gescheitert. Wer weiß übrigens nicht, daß es in der Liebe keine endgültige Gewißheit gibt, daß die grundlegende Voraussetzung dafür, das Bewußtsein, geliebt zu werden, unausgesetzt nachgeprüft werden will, weil der geringste Zweifel, ein einziger Fehler einen in Wahnsinn und Lebensüberdruß stürzen kann? Wochen, Monate hatte ich in fortwährender Entzückung gelebt, manchmal sogar in der Gewißheit, daß unsere Vereinigung ein Wunder sei, das nur wenigen Paaren auf dieser Welt zuteil werde. Und dessenungeachtet blieb keine meiner himmlischen Erinnerungen fest und unberührt, wenn mich aus irgendwelchen Gründen Zweifel beschlichen. In solchen finsteren Momenten beurteilte ich meine Geliebte, wie jeder stumpfsinnige Mann die Frau beurteilt, mit der er eine Nacht geschlafen hat: genauso grausam, so zynisch, so dumm ...

Am ersten Tag, gleich nachdem wir die italienische

Grenze passiert hatten, erlebten wir eine wahrhaftige Entdeckerfreude. Stumm vor Entzücken standen wir am Fenster, Schläfe an Schläfe gelehnt. Vor keiner anderen Landschaft hatten wir uns je so in der Betrachtung vereint gefühlt. Wir kamen gegen Abend in Venedig an. Da glaubte ich in Ileanas Gesicht nicht mehr die gleiche Begeisterung zu lesen. Sie ist wohl müde, dachte ich, obwohl wir uns über Nacht in Triest ausgeruht hatten. Am nächsten Tag beobachtete ich an ihr die gleiche nervöse Ungeduld; statt nachzulassen, hatte sie sich eher noch verschlimmert. Ileana war nicht heiter und nicht ganz anwesend, außer in Museen und Kirchen. Über den Sankt-Markus-Platz ging sie gedankenverloren und so steif, als wäre sie plötzlich todmüde. Natürlich fragte ich sie, was sie habe.

›Ich bin schon einmal hier gewesen‹, gestand sie endlich, ›damals war ich aber in keinen Museen.‹

Und auch in keinen Kirchen, das ging mir nun auf. Darum also ertrug sie nur Museen und Kirchen. Darum zuckte sie zusammen, als ich vorschlug, einige Tage am Lido zu verbringen.

›Der Lido geht einem auf die Nerven‹, sagte sie, ›so viele Ausländer, lauter Snobs.‹

Wir gingen schweigend umher. Dann trat ich rasch auf die Vaporetto-Anlegestelle zu.

›Wir wollen unsere Koffer packen‹, sagte ich. ›Wir fahren mit dem ersten Zug weiter.‹

Ich war einige Schritte vorausgeeilt, da lief sie mir nach, faßte mich am Arm, legte die Hände um meinen Kopf und küßte mich auf den Mund, ohne sich um die Leute ringsum zu kümmern.

Wir fuhren noch am selben Tag nach Pisa. Tagelang plagten mich wieder die Gedanken an ihre Vergangenheit. Diesmal stachelte die Eifersucht hauptsächlich meinen Stolz an. Meine leidenschaftlichen Liebkosungen, meine tödliche Liebeswut drohten sie zu vernichten. Ich fühlte, daß sie dieser krankhaften Leidenschaft zu entkommen und unsere friedvolle, sonnige Liebe, wie sie anfangs gewesen war, wiederzufinden suchte. Eine Woche verbrachten wir in La Spezia.

Dort fanden wir eine abseits gelegene Pension unweit der Küste. Jeden Morgen fuhren wir in einem Kahn auf die Suche nach einem entlegenen Strand für unsere Sonnenbäder. Merkwürdigerweise empfand ich keine Eifersucht, wenn ich den Blick fremder Männer auf Ileana ruhen sah. Es gab da eine Gruppe junger Engländer, die uns geradezu verfolgten, besonders einer von ihnen, blond, hochgewachsen, sonnenverbrannt, immer in weißer Hose und blauem Hemd mit aufgekrempelten Ärmeln. Als ob eine magische Kraft sie zu uns gezogen hätte oder als ob sie gefühlt hätten, daß ein tödliches Gift unsere Gemeinsamkeit zerfraß und daß diese anziehende Frau jederzeit die Ketten abschütteln und allein in die weite Welt fliehen konnte. In der Tat verrieten Ileanas Augen große Unruhe, einen zermürbenden Kampf mit sich selbst, und die nächtliche Leidenschaft zehrte an ihr, ohne sie zu beruhigen. Die Vereinigung unserer Körper war ins Wahnwitzige abgeirrt. Wir suchten beide in dieser verzweifelten Phrenesie jene Ekstase wieder, die uns ehedem so vollkommen vereint hatte. Vielleicht verlieh diese finstere Trunkenheit des ›Sündenfalls‹ unserem Antlitz einen Schimmer, der die anderen verwirrte und anzog.

Wie dem auch sein mochte, die auf Ileana gerichteten Blicke ließen mich unberührt. Wirklich existierende, anwesende Männer fürchtete ich nicht. Nur der unbekannte Geliebte Ileanas, mein Vorgänger, stachelte meine Eitelkeit und meine Eifersucht an. Warum hatte Ileana es nicht ertragen, Venedig wiederzusehen? Was für Orgien, welche Ekstasen hatte sie mit ihm in dieser Stadt erlebt? Ein Geheimnis, das sie mir nie verraten, das für mich immer versiegelt bleiben würde. Also versuchte ich alles, damit sie die Vergangenheit vergaß, eine Vergangenheit, die, so glaubte ich, noch lebendig und glorreich in ihrem Herzen thronte. Ich bemühte mich mit allen Kräften, den Unbekannten zu übertreffen, der sie vor mir fast alles hatte entdecken lassen: Liebe, Wollust, Städte, Landschaften …

Manchmal stießen wir auf menschenleere, zwischen Felsen verborgene sandige Stellen, wo wir uns nackt sonnen konnten. Dann betrachtete ich diesen makellosen Körper in seiner wunderbar aufgeblühten Reife, genährt von meiner angstgeplagten Liebe. Ich betrachtete sie und sagte halb scherzend, halb von nagendem Kummer bedrückt:

›Es war der Prophet David, wenn ich mich nicht irre, der in seiner Weisheit das Wort geprägt hat: Auf der Meeresfläche und am Frauenkörper bleiben keine Spuren ...‹

Sie war von Sonnenschein umflutet, ihre Haut schimmerte goldbraun, und sie atmete ruhig, kaum merklich. Und mein Verstand arbeitete fieberhaft, Spuren, Beweise zu finden in diesem rhythmisch schwingenden, ohne Hindernisse, ohne Krümmungen, ohne Zeit dahinfließenden Leben.

Einmal, als wir in unserem Kahn wieder allein waren, nachdem die beharrlichen jungen Leute um uns herumgelungert waren, sagte ich:

›Was ist nur in dir verborgen, was andere so stark anzieht? Als wir uns kennenlernten, warst du einfach eine schöne, zurückhaltende Frau, die brav in einer Ecke saß und alle mit einem müden Lächeln betrachtete. Niemand hätte geahnt, daß du an Leib und Seele so vollkommen bist, daß jemand so vollkommen sein kann. Durch mich ist dir dein wahres Ich offenbar geworden, ich habe dir geholfen, dich selbst zu entdecken. In einem gewissen Sinn bist du meine Schöpfung. Wärest du mir nicht begegnet, so hättest du in der larvenartigen Lebensform eines Durchschnittsmenschen weitergelebt. Jede andere Liebe hätte für dich ein Scheitern bedeutet. Du hättest nie auf Erden etwas wie unser Einswerden erlebt.‹

Sie lag, nur einige Schritte vom Wellensaum entfernt, in der Sonne und hörte mir mit geschlossenen Augen und einem traurigen, resignierten Lächeln zu. Erst nach einer Weile fragte sie leise:

›Und du? Hättest du ein solches Einswerden sonst erlebt?‹

Mich überkam plötzlich ein großes Leid um mich selbst bei dem Gedanken, daß ich dieses Glück jeden Augenblick verlieren könnte, und ich verstummte, aller meiner Kräfte beraubt. Wir schwiegen beide und lauschten dem unermüdlichen Spiel der Wellen.

Den letzten Tag in La Spezia verbrachten wir an demselben entlegenen Stück Strand zwischen rötlichen Felsen. Wir fuhren in der gewohnten Weise hin, in unserem Kahn langsam über das Wasser gleitend, und zogen uns gleich aus, sobald wir weit genug vom Ufer entfernt waren. Ich dachte an unsere baldige Abreise, und da fiel mir ein, daß Shelley in seinem letzten Lebensjahr auf diesem Meer umhergesegelt war.

›Weißt du noch, wie Shelley gestorben ist?‹ fragte ich Ileana. ‚Er ging am 8. Juli mit seinem Freund Hunt an Bord, um nach Lerici zu fahren ...‹

Ich erzählte ihr, wie sich alles zugetragen hatte, und war bewegt. Denn ich hatte an diesem Ort so viele herrliche Tage erlebt und mich vom Dämon der Eifersucht und des Zweifels plagen lassen, ohne ein einziges Mal an Shelleys Tod zu denken. Das Schicksal des Dichters rief mich in meine Welt, in unsere Welt zurück. Wie albern von mir, die Tage in dieser von feierlicher Schönheit strahlenden Landschaft auf diese Weise verstreichen zu lassen! ... Ileana hörte mir mit wachsender Aufmerksamkeit zu. Das blendende Licht ließ den Tod als etwas Unwirkliches erscheinen. Auch wenn ich noch so intensiv in die Ferne über das weite Meer sah, der Tod blieb mir doch unvorstellbar, das Aufgehen im Nichts unfaßbar. An Einzelheiten erinnerte sich Ileana nicht mehr: wie Shelleys Boot zuletzt vor der Küste von Viareggio gesichtet wurde und dann hinter dem dichten Schleier eines sommerlichen Gewitters verschwand. Shelleys Leichnam wurde nach mehreren Tagen an Land gespült und anhand der Bände mit Sophokles' Werken und Keats' Gedichten, die er in der Tasche bei sich trug, identifiziert. Dann wurde der Tote verbrannt, und ein Freund stürzte sich auf den Scheiterhaufen, um sein Herz den Flammen zu entreißen ...

Da sah mich Ileana ängstlich an und ließ mich nicht weiterreden. Sie schmiegte sich zitternd an mich und suchte meinen Mund. Es war, als hätte der Gedanke an den Tod ihr ganzes Wesen bis auf die letzte Fiber mit neuem Lebenshunger erfüllt, und ich fand sie wieder, von neuem nach mir verlangend, nach meiner Nähe, meiner Wärme, meinem Atem dürstend ... Nach der Ekstase dieser Umklammerung konnte sie kaum wieder zu sich kommen. Ich trug sie auf meinen Armen, nackt, zum Meer, ließ ihre Füße ins Wasser hängen und versuchte, sie mit meinen Küssen zu beleben. Ihr Haar war voller Sand und flatterte in der Brise, und etwas wie die Essenz des salzigen Elements, das genau wie Meerwasser schmeckte, umhüllte den schlaftrunkenen Leib.

Ich kniete im Wasser nieder, hielt ihren Kopf an meine Schulter gelehnt und wartete so, bis sie zu sich kam und erwachte.

Dann fuhren wir nach Florenz, und in den nächsten beiden Monaten, die wir in Italien verbrachten, lebten wir als das ideale Paar. Ileana begann, Italienisch zu lernen. In Rom gingen wir oft auf die Via Marcella hinaus, sie mit einem Buch, aus dem sie Vokabeln herausschrieb, ich mit einem Heft, das ich vergeblich mit Aufzeichnungen zu füllen versuchte. Zuweilen ertappten wir uns dabei, daß wir einander verstohlen beobachteten, dann mußten wir hell auflachen; wir waren beide furchtbar faul. Nebeneinander konnten wir nichts anderes tun als uns in die Augen schauen und uns küssen. Gegen Abend gingen wir eng umschlungen wie frischgebackene Verlobte nach Hause, und während wir die Treppe zu unserem Zimmer hochstiegen, brannte in uns beiden die gleiche Ungeduld. Wir sehnten uns ständig nacheinander. Und Ileana konnte erst spät, den Kopf an meiner Brust, Schlaf finden.

Trotz des fortwährenden Entzückens behielt sie ihren klaren Verstand. Es war in Fiesole, ich entsinne mich noch genau, wir saßen am Rand des Weges, den Rücken an die Mauer einer Villa gelehnt, trunken von Licht, vom Duft der blühenden Kräuter, vom weiten Himmel. Da sagte ich ihr, daß ich eine Erzählung schreiben möchte, die an diesem Ort spielen sollte.

›Nein‹, unterbrach mich Ileana, ›das hier wirst du nicht schildern können.‹ Dabei beschrieb sie mit dem nackten Arm einen weiten Kreis. ›Dabei käme etwas Gekünsteltes heraus‹, fuhr sie fort, ›wie in d'Annunzios Romanen.‹

Ich lachte auf, griff nach ihrer Hand und küßte sie. Sie hatte recht. Etwas dieser Art würde ich nie schildern können.

VII

»Der Herbst jenes Jahres war besonders schön und lang. Wir verbrachten ihn in Bukarest und wanderten viel umher. Ich bin einer der wenigen Bukarester, die ihre Stadt wirklich kennen und lieben. Sobald die Sonne zu sinken begann, machten wir uns auf den Weg und begaben uns auf die Suche nach Straßen, die wir noch nicht gemeinsam durchstreift hatten, blieben lange vor manchen Häusern stehen, entdeckten neue, über Nacht aus dem Boden gestampfte Stadtteile, suchten liebgewonnene Winkel wieder auf, meist gottverlassene kleine Gärten oder einsame, von Kletterrosen und Winden gesäumte Alleen. Ganze zwei Wochen widmeten wir allein dem Cotroceni-Viertel, suchten uns Häuser aus, wo wir gern gewohnt hätten, beobachteten, wie die Platanenreihen einer Straße immer schütterer wurden und verschwanden, um am Rande des Stadtteils wieder aufzutauchen, und insbesondere wie das satte Grün allmählich verblaßte, wie dafür aber alle Schattierungen von Gelb und Orange bis zum feurigsten Rot Einzug hielten und sich mit jedem Tag mehr ausbreiteten.

Ileana war unermüdlich und ihr Orientierungssinn unfehlbar. Sie merkte sich auch eine Menge Einzelheiten sehr genau und brachte sie phantasievoll miteinander in Verbindung. Manche Bezirke erkannte sie aus der Ferne an ihrem Geruch oder an der mehr oder weniger klaren Sicht, je nachdem, wie die Luft über ihnen getrübt war. Sie bevorzugte zum Beispiel den Fleck mit den vielen Neubauten zwischen dem Feuerwehrturm und dem Standbild des Pake Protopopescu, und wenn wir uns ihm näherten, konnte es vorkommen, daß sie mich beim Arm packte und sagte: ›Komm, laß uns durch die Onciu-Straße gehen, da macht jemand zu dieser Uhrzeit immer ein Omelett, und zwar ein wirklich hervorragendes.‹

Nirgends schien uns der Himmel so nah wie auf dem Hügel von Cotroceni. An unzähligen Abenden spazierten wir dort um die Studentenwohnheime herum, weil die Gräser und der Holunder so würzig dufteten. Es gab viele streunende Katzen in der Umgebung, und rings um das Militärhospital machten die Dienstmädchen stets früh Feierabend und standen vor den Haustüren herum, als wäre zur Zeit des Sonnenuntergangs immer Sonntag. Anfangs dachte ich, Ileana würde die Stadt nach so langer Abwesenheit und nachdem sie nun Italien neu entdeckt hatte, bedrückend finden und sich nach den vor kurzem gesehenen Orten zurücksehnen, doch sie hatte Bukarest liebengelernt, ebenso wie ich. Jeden Tag machte sie eine Entdeckung und verliebte sich in die Melancholie der Abenddämmerung in dieser Stadt, diese fast unnatürliche Klarheit des Himmels, die alten, vom Regen zerfressenen Gehsteige in öden Gassen, wo die Schritte dumpf widerhallen. Es gibt so viele Nuancen von Grau und Violett in manchen Straßen, und die Hufe der Droschkengäule klappern und klingen so hell auf dem Pflaster, daß einem das Herz weh tut, wenn man bedenkt, daß diese Inseln der Wehmut und der Stille eines Tages verschwinden werden, weggespült vom Strom des Fortschritts.

Wenn wir auf noch geöffnete Gartenrestaurants stießen, kehrten wir ein. Der Herbst läuterte sie sozusagen von ihrer sommerlichen Vulgarität. Wenn die Dunkelheit mit ihrer nostalgischen Stimmung hereinbrach, dann wirkten die zur Schau gestellten rohen Fleischstücke und der Rauch der Bratroste nicht mehr so derb. Außerdem gab es Obst in Hülle und Fülle, besonders Trauben und Pflaumen im Überfluß, und es duftete überall nach Most und Heurigem. All dies brachte etwas wie Landluft in die Stadt, es haftete daran das kräftige Aroma von Pflanzen und Säften. Zuweilen trieben wir uns lange auf Straßen herum, wo auf den Gehsteigen umgeworfene Fässer lagen, Kisten und Körbe aufgestellt waren, die unter der Last der Früchte zu bersten drohten. Ileana hatte eine besondere Vorliebe für solche vom Zauber des Herbstes erfüllte Winkel. Übrigens verstanden wir uns auch diesbezüglich sehr gut, denn wir liebten die verborgenen Reize der Stadt, wir liebten sogar den alten Rindermarkt, wo der Staub an den Geruch der nahen Tiefebene erinnerte, wir liebten auch die Dambovitza und ihre grünen Ufer, wo kleine gelbe Blumen das Gras besprenkelten. Und wenn wir uns den Lemaitre-Werken näherten, waren wir geradezu betört von der Umgebung um die ehemaligen Mautschranken herum. Es lag zwar der Geruch von verbranntem Müll in der Luft, doch von draußen kam der Hauch der weiten brachliegenden Felder.

Gegen Mitte Oktober überkam uns abermals Ruhelosigkeit. Einige Tage Nebel und Regen, die vielen neuen Bücher in den Schaufenstern der Buchläden, die wieder erscheinenden Literaturblätter – all dies versetzte mich in meine Welt zurück, rief eingeschlummerte Sehnsüchte und Ambitionen in mir wach. Ich war es gewohnt, mindestens vier Monate im Jahr der Arbeit zu widmen, die übrigen mit Lektüre und Notizen zu verbringen, zwischendurch die Geselligkeit zu pflegen, Theater- und andere Vorstellungen zu besuchen, mich mit einer neuen Freundin zu beschäftigen oder damit, von der gewesenen loszukommen. Mit einem Wort, ich hatte, wie man so sagt, ein fröhliches Junggesellenleben, mehr noch, das eines freien Künstlers geführt. Ileana hatte mir von Anfang an zu einem neuen Lebensgefühl verholfen; und wenn ich auch auf viele Gewohnheiten und Beziehungen, fast ohne es zu merken, verzichtet hatte, so regte sich in mir nach den ersten herbstlichen Regentagen doch wieder die Lust zu schreiben. Wohl wußte ich, wieviel Mühe mir diese Arbeit abverlangen würde. Ich wußte im voraus, daß ich mich nun tage- und nächtelang in meinen vier Wänden abplagen und meine Kräfte aufreiben würde, nie zufrieden mit dem, was ich zu Papier brachte. Ich war schon längst kein Anfänger mehr, kannte alle Phasen der schöpferischen Tätigkeit, die vorangehende Rastlosigkeit, dann die völlige Abkapselung von der Außenwelt, schließlich die frenetische Schreibwut, die aber nach einigen Tagen verrauchte. Gegen Ende jedes Buches wurde mir das Schreiben richtig zur

Qual. Dann empfand ich nicht die geringste Freude an dem Manuskript, und schon der Gedanke, mich an den Schreibtisch setzen zu müssen, war deprimierend. Zugleich aber war der Bann nicht mehr zu brechen, ich wurde zum Sklaven meiner eigenen Phantasie und unterwarf mich zuletzt immer ihrem Gebot, trotz des Widerstandes meines innersten Wesens, das sich dieser ruhmlosen Plackerei mit aller Kraft widersetzte. Dann saß ich so lange wie irgend möglich über das Papier gebeugt und harrte bis zur völligen Erschöpfung aus. Meine einzige Hoffnung war dann, bald damit fertig zu werden, diesem Zwang zu entkommen und wieder frei, jung und gesund zu sein.

Ileana erriet sofort, welche Art Unruhe mich gepackt hatte. Sobald das schöne Wetter uns nicht mehr aus dem Haus lockte und wir gezwungen waren, den ganzen Tag in der Wohnung zu verbringen, saß ich stundenlang am Schreibtisch und rauchte mit halb geschlossenen Augen.

›Der Dämon hat sich eingestellt‹, sagte sie und lachte.

Es fiel mir auf, daß mein Wunsch zu schreiben sie diesmal nicht betrübte. Im Gegenteil, ich hatte den Eindruck, daß sie mich ermutigen und hilfreich sein wollte, indem sie es mir leichter machte, mich zu isolieren, möglichst lange allein zu bleiben. Sie belegte einen Italienisch-Kurs und saß oft stundenlang am Fenster, das Buch auf den Knien, schrieb Vokabeln ab und übte sich im Übersetzen. Dabei tat sie, als wäre ihr selbst daran gelegen, nicht gestört zu werden.

›Du wirst mich entschuldigen, wenn ich mich für drei Monate in eine mürrische Schülerin verwandle‹, sagte sie eines Tages, ›aber ich will mitreden können, wenn wir nächstes Jahr wieder nach Italien fahren.‹

Ich erriet freilich, warum sie dieses Hobby annahm: damit es mich nicht bedrückte, sie Tag und Nacht so lange allein zu lassen. Aber sie sorgte für mich wie zuvor, brachte mir Kaffee, immer pünktlich, in genauen Abständen, um mich dazwischen ja nicht zu stören, trat auf Zehenspitzen herein und stellte das Tablett griffbereit auf meinen Tisch, so behutsam, als fürchte sie, dabei meinen Arm zu streifen. Gegen Abend kleidete sie sich ohne ein Wort zu sagen an und ging, um das Essen zu besorgen, denn wir aßen nun zu Hause, kehrte ebenso lautlos zurück, hantierte lautlos beim Auflegen der Gedecke, und bevor sie mich zu Tisch rief, spähte sie durch den Türspalt herein, um zu sehen, ob sie nicht noch ein bißchen warten sollte, damit ich mich nicht mitten in einem Satz unterbrechen mußte.

Bei Tisch war ich ziemlich wortkarg, denn die Welt der Bilder und Vorstellungen, der ich mich entrissen hatte, ließ mich nicht so leicht los, und Ileana tat, als hinge sie ebenfalls ihren Gedanken nach, um mir völlige Freiheit zu gewähren. Nachts wartete sie lesend, bis ich kam, wie spät es auch sein mochte, wenn ich mich entschloß, vom Schreibtisch aufzustehen. Jedesmal fand ich sie mit ihrer ganzen Wärme wieder, sie hatte jedoch dunkle Schatten um die Augen und schien verängstigt und doch froh, mich wiederzuhaben. Das Buch, an dem ich arbeitete, hat mich ungeheure Mühe gekostet und nie zufriedengestellt. Ich hatte einen viel zu reichhaltigen Lebensabschnitt hinter mir, um gut schreiben zu können. Und ohne es mir einzugestehen, bangte mir vor Ileanas Urteil. Ich hätte gern ihrem Geschmack entsprechend geschrieben: maßvoll, klar und doch voll Leidenschaft.

Dieses Inferno hielt bis zum Beginn des Winters an. Eines Morgens wachte ich zerschlagen wie gewöhnlich auf und dachte mit Abscheu an das unförmige Manuskript, das sich auf meinem Schreibtisch stapelte. Da machte ich kurzerhand Schluß. Ich ließ die Arbeit liegen und nahm die Lebensweise vom vorigen Winter wieder auf. Anders zu leben als mit Ileana war mir unvorstellbar. Trotzdem entschloß ich mich nicht, unsere Beziehung zu legalisieren. Mir schien, wir würden dann nicht mehr so nur einer für den anderen, zu zweit in unserer Abgeschiedenheit bleiben können. Es war etwas Geheimnisvolles, Zauberhaftes an diesem in den Augen anderer Leute sündhaften Verhältnis. So war es vielleicht lebendiger, dramatischer. Was weiß ich. Jedenfalls dachte ich nicht oft darüber nach. Und an die Zukunft dachten wir nicht, weder Ileana noch ich. Wir begnügten uns, damit zu leben und das, was mit uns geschah, zu akzeptieren.

Viele meiner Freunde hatten mich vergessen. Dann und

wann begegnete ich einem von ihnen auf der Straße oder in einer Buchhandlung. Sie erinnerten mich an meine frühere Lebensweise, und ich fand meine damaligen Freiheiten abgeschmackt, die Abenteuer bedeutungslos. Einmal sprach mich ein etwas älterer Kamerad auf der Straße an. Wir hatten uns schon lange nicht gesehen, und er staunte, wie sehr ich mich verändert hatte.

›Ich bin glücklich‹, sagte ich zu ihm.

›Aber ich sehe deinen Namen nirgends‹, bemerkte er. ›Kein neues Buch von dir ist angekündigt ... Ist etwas passiert?‹

›Nein, ich arbeite‹, war meine ausweichende Antwort.

Er klopfte mir lächelnd auf die Schulter und verwies mich auf die Theorie, nach der die überwiegende Mehrzahl der Rumänen scheitert, sobald das Alter der Reife erreicht ist. Als Kinder sind sie genial, als Jünglinge talentiert und brillant, aber als reife Männer – lauter Versager. Ich lachte mit ihm und reichte ihm die Hand zum Abschied mit den Worten:

›Es wird sich schon herausstellen.‹

Trotzdem beunruhigte mich der Vorfall. Als ich ihn Ileana erzählte, wurde sie nachdenklich und blickte zu Boden.

›Er hat recht‹, sagte sie dann. ›Seitdem wir zusammen sind, hast du nichts mehr veröffentlicht. Alle werden glauben, daß ich schuld daran bin ...‹

Ich weiß nicht, warum mich ihre Worte betrübten. Ich fühlte das Bedürfnis, mich zu verteidigen.

›Du weißt doch, daß ich, auch seitdem wir uns kennen, viel geschrieben habe.‹

›Aber du hast nichts zu Ende geführt‹, brachte sie die Dinge auf den Punkt und sah mir forschend in die Augen. ›Das finde ich doch merkwürdig.‹

›Jetzt stelle ich größere Ansprüche an mich‹, versuchte ich mich herauszureden.

Ihre Bemerkung ging mir nicht aus dem Sinn. Sie fand es also merkwürdig, daß ich nichts zu Ende brachte. Das war eine Tatsache. Bis dahin hatte Ileana sich um meine Bücher allerdings nicht sonderlich gekümmert, sich nicht besorgt gezeigt, daß ich mein Manuskript nicht ins reine schrieb und für den Druck vorbereitete. Im Gegenteil, bis vor kurzem schien sie unter meinem Bedürfnis nach Kreativität zu leiden. Ich konnte es nicht vergessen, wie oft sie mir anfangs, wenn ich meinen Gedanken nachhing, traurig lächelnd gesagt hatte: ›Du bist mir wieder davongelaufen!‹ Und jetzt, wo sie zwei Monate ständiger Arbeit ertragen und mich sogar dazu angespornt hatte, wobei ich ihr doch tagelang ›davonlief‹, jetzt sagte sie mir, es sei merkwürdig, daß ich nichts fertigbringe.

›Ich bin doch noch jung‹, fügte ich mit fester Stimme hinzu. ›Es bleibt mir noch genug Zeit, um meine Bücher zu beenden.‹

Plötzlich schien sie bekümmert, ließ mich stehen und ging ans Fenster. Von dort flüsterte sie:

›Ja, da hast du recht, du bist noch sehr jung und hast noch viel Zeit …‹

Diese Worte, die ich damals ganz natürlich fand, begriff ich erst nach mehreren Wochen. Sie stand immer noch am Fenster. Ich ging zu ihr hin, umarmte und küßte sie. Das Schweigen zwischen uns war mir unerträglich.

›Es schneit‹, sagte sie und zeigte auf die fallenden Schneeflocken.

Meine Wange an die ihre legend, sagte ich ihr leise, um sie zu versöhnen:

›Weißt du, warum ich mit keinem Buch zu Rande komme? Weil alle meine Heldinnen dir ähneln und ich nicht den Mut aufbringe, dich zu beschreiben, aus unserer Liebe Literatur zu machen.‹

Sie lachte und sah mich angestrengt blinzelnd an, wie um sich den Blick zu schärfen und mich zu durchschauen.

›Und ohne weibliche Romanfiguren geht es nicht?‹

›Doch, aber es ist nicht interessant‹, erklärte ich.

Da wurde sie wieder nachdenklich.

›Das bedeutet, daß du nichts Bleibendes schreiben wirst, solange wir uns lieben‹, sagt sie ganz leise.

Das hatte ich nicht erwartet. Verlegen lächelnd erwiderte ich:

›Du hast mich falsch verstanden. Die Zeit wird kommen, wo ich von dir schreiben kann, ohne Literatur zu machen.‹

Sie beugte sich wieder vor, die Stirn dicht an der Fensterscheibe, und deutete von neuem auf die Schneeflocken.

›Der Winter ist gekommen‹, sagte ich, um das Schweigen zu brechen.

›Ja, der Winter ist gekommen‹, wiederholte sie leise.

Danach konnte ich sie nicht mehr zum Sprechen bringen, den ganzen Nachmittag nicht. Sie schien zerstreut, und mit der einbrechenden Dunkelheit wurde sie immer unruhiger. Am nächsten Tag war das Gespräch vergessen – oder glaubte ich nur, auch sie habe es vergessen? Den Vormittag verbrachten wir mit einem Spaziergang in Baneasa. Wir stapften durch den frischen Schnee.

Die Feiertage nahten. Wir wollten Weihnachten in Bukarest feiern und am 8. Januar nach Predeal fahren. Ileana begann sich mit den Vorbereitungen zu beschäftigen. Jeden Nachmittag zogen wir durch die Straßen, um die Schaufenster anzugucken und Geschenke auszusuchen. Noch nie hatte ich sie so erwartungsvoll, so kindlich gesehen. Sie blieb lange vor den Spielzeugläden stehen, dabei preßte sie vor Aufregung meinen Arm fest an sich. Den Weihnachtsbaum wählte sie aus, und sie schmückte ihn den ganzen Nachmittag allein. Sie ließ mich nicht in das Zimmer, wo sie sich, von Schachteln und Päckchen umgeben, eingeschlossen hatte.

All dies erinnerte sie sicher an ihre triste Kindheit, dachte ich und gelobte mir, sie mit so viel zärtlicher, inniger Liebe zu umgeben, daß sie der vermißten Geborgenheit nicht mehr nachtrauerte. Auch sagte ich mir, daß sie Weihnachten deshalb mit so freudiger Ungeduld erwartete, weil sie jahrelang in Deutschland gelebt hatte. Und wieder wünschte ich, ihr eine neue, geläuterte Leidenschaft entgegenbringen zu können und dadurch jede Spur der Vergangenheit in ihrem Gedächtnis zu tilgen. Auf das Öffnen der Tür wartend, ging ich in meinem Zimmer auf und ab. Es war abgemacht, daß wir den Weihnachtsabend bis Mitternacht unter uns bleiben würden. Nachher wollten wir zu Alexander gehen.

Als draußen die ersten Weihnachtslieder erklangen, öffnete Ileana die Tür. Der Weihnachtsbaum war über und über mit Spielzeug beladen. Ich lachte hell auf und wollte Ileana umarmen, doch sie entzog sich sanft und lief nach unten, um die Eingangstür zu öffnen. Im Vorjahr, als sie noch in ihrer Mietskaserne wohnte, hatte sie die Weihnachtssinger nicht hereinbitten können, und das hatte sie sehr bedauert, wie sie mir oft gesagt hatte. Allein geblieben, nahm ich die am Baum hängenden Geschenke in Augenschein. Mehrere Päckchen waren mit den Namen unserer Freunde versehen. Für mich gab es einen goldenen Schreibstift. Unter dem Baum lagen Spielsachen. Was sollte das? Ich konnte es mir nicht denken und lächelte konfus vor mich hin. Plötzlich fiel mir ein, daß ich für Ileana nichts gekauft hatte, und war verdrossen. Im selben Augenblick hörte ich sie eintreten, gefolgt von einer Schar Kinder aus dem vorstädtischen Milieu, die schüchtern in der Tür stehenblieben. Sie begannen zu singen, während Ileana zu mir trat und ihren Arm unter den meinen schob. Ihr Gesicht strahlte vor ungewohnter schlichter Glückseligkeit. Ich neigte mich zu ihr und flüsterte ihr ins Ohr:

›Weißt du, daß ich kein Geschenk für dich habe?‹

Sie schüttelte den Kopf und legte die Hand auf meine Lippen, wie um mich zu bitten, dem Weihnachtslied still zu lauschen.

›Verzeihst du mir?‹ flüsterte ich ihr trotzdem zu.

Sie drückte nur meinen Arm an sich, wobei ich sie leise zittern fühlte. Ich deutete auf den goldenen Schreibstift, den sie mir geschenkt hatte, und sagte:

›Diesmal gibt es keine Entschuldigung mehr: Ich muß das Buch fertigschreiben!‹

Sie ging zu den Kindern, um Geld unter sie zu verteilen. Ich dachte, sie würde ihnen auch von den unter dem Baum aufgehäuften Spielsachen etwas geben, obwohl es viel zu große und zu teure Geschenke waren. Aber Ileana gab ihnen nur Geld und Obst.

Als wir wieder unter uns waren, umarmte ich sie und bat sie nochmals um Verzeihung.

›Wenn ich nur reich genug wäre, um dir wenigstens einen Ring zu kaufen, der zu dir paßt!‹

›Mehr als du mir schon geschenkt hast, wirst du mir nie geben können‹, erwiderte sie.

Natürlich dachte ich, sie meine die Liebe, und fragte also nur, was sie mit dem Spielzeug vorhatte. Sie tat geheimnisvoll.

›Es wird schon seine Verwendung finden‹, sagte sie.

Dann näherten wir uns dem Weihnachtsbaum, das Licht wurde ausgeknipst, und Ileana begann, die Kerzen anzuzünden. Sie war gerührt. Wir standen Arm in Arm eng beieinander und schauten schweigend. Draußen ertönten von neuem Weihnachtslieder.

›Bist du glücklich?‹ fragte ich albern, wie es Verliebte tun.

Sie antwortete nicht, sah mir nur aus tiefster Seele in die Augen.

›Weißt du noch, was du mir im Frühling versprochen hast?‹ fragte sie nach einer Weile leise, fast im Flüsterton.

Ich wußte es nicht mehr und versuchte auch nicht, mich daran zu erinnern. Sie würde es mir schon sagen. Da hörten wir Schritte im Treppenhaus, und Ileana ging schnell die Tür aufmachen. Es waren wieder Weihnachtssinger, diesmal eine größere Gruppe besser gekleideter Kinder, offensichtlich der Chor eines Gymnasiums. Sie traten ein, stellten sich in einer Reihe vor der Wand auf und stimmten ihr Lied an:

›Heute ist geboren
Ein Kind vom Heiligen Geist …‹

Sie trugen es feinfühlig vor, mit fast verhaltener Stimme, und wagten kaum, die Augen auf uns zu richten. Ileana nahm wieder meinen Arm, griff nach meiner Hand und streichelte sie.

›Was habe ich dir versprochen?‹ fragte ich leise.

Sie gab keine Antwort. Erst als die Kinder ein zweites Lied anstimmten, deutete sie mit dem Blick auf den Weihnachtsbaum. Plötzlich begriff ich. Ein furchtbarer Schreck schnürte mir das Herz zusammen. Nein, das darf nicht sein, sagte ich mir, das nicht. Das würde alles ändern, und zwar endgültig, das fühlte ich, ein Teil meines Selbst würde mit der Geburt eines Kindes sterben. Doch ich war außerstande, mich jetzt zu widersetzen. Ich liebte Ileana zu sehr, und sie war zu bewegt. Dazu noch der Heilige Abend, die Weihnachtssinger ...

Ich fühlte, daß Ileanas Blick meine Augen suchten, um darin zu lesen. Doch ich versteifte mich darauf, mit gleichgültiger Miene unverwandt geradeaus auf den Baum zu starren. Verschwommen nahm ich wahr, daß die Wunderkerzen brannten. Als mein Blick die Spielsachen streifte, verspürte ich einen Anflug von Zorn. Im Grunde war ich aber eher verwirrt als verärgert. Als die Jungen ihr Lied beendet und einer nach dem anderen die Wohnung verlassen hatten, fragte mich Ileana:

›Erinnerst du dich jetzt?‹

Natürlich erinnerte ich mich sehr deutlich an den Auftritt im Frühjahr. Auch ihrer bewegten Worte von damals entsann ich mich genau.

›Ich hätte aber nicht gedacht, daß wir es so bald müde werden‹, sagte ich und trat zum Baum, um eine Kerze geradezubiegen.

Blaß vor Schrecken kam Ileana mir nach.

›Was willst du damit sagen?‹ fragte sie.

Zunächst gab ich keine Antwort und tat, als müßte die Kerze wirklich dringend aufgerichtet werden, weil sie sonst den Baum in Brand steckte.

›Du hast mir damals versichert, daß wir uns genügen und nichts weiter brauchen, solange unsere Liebe kein Anzeichen von Ermüdung zeigt‹, sagte ich gelassen ... ›Ich verspüre noch keinen Hauch von Überdruß‹, fügte ich hinzu und zwang mich zu einem Lächeln.

Ileana fiel mir um den Hals, streichelte mir die Wangen.

›Aber ich kann so nicht mehr‹, sagte sie bewegt, ›ich kann nicht mehr.‹

Ich küßte sie und versuchte ihr soviel Wärme und Liebe zu zeigen wie immer.

›Und ich habe auch nicht mehr so viel Zeit‹, fuhr sie schnell fort. ›Wer weiß, was alles geschehen kann, an jedem beliebigen Tag ...‹

Sie war zutiefst aufgewühlt, und ihre Erregung ging, wie durch einen unsichtbaren Draht befördert, auf mich über. Ich wollte ihr etwas Wohltuendes sagen, suchte nach tröstenden, beruhigenden Worten. Da wurden wieder Schritte im Treppenhaus hörbar. Ich zuckte verärgert zusammen. Es wäre mir lieb gewesen, wenn Ileana keine Weihnachtssinger mehr hereingelassen hätte. Doch sie lief zur Tür. Wieder waren es ein paar Jungen mit frostgeröteten Wangen, die sich kaum hereintrauten wegen der Dunkelheit, denn es brannten nur die Kerzen am Tannenbaum. Sobald sie ihren Glückwunsch hergesagt hatten, stimmten sie ein trauriges Lied an, das nichts mit Weihnachten zu tun hatte. Ich setzte mich auf das Kanapee und hörte, von wirren Gedanken bedrängt, zerstreut zu. Ileana trat zu mir und fragte:

›Wo denken die hin, uns gerade das vorzusingen?‹

›Es ist schön‹, flüsterte ich.

›Die Weihnachtslieder sind doch schöner‹, meinte sie und senkte die Stirn. ›Die althergebrachten Lieder von ...‹

Ich fühlte mit untrüglicher Sicherheit, wie sie sich anstrengte, den Satz nicht zu beenden: ›von der Geburt des Erlösers‹. Ich sagte kein Wort. Ein unerklärliche Traurigkeit, eine lähmende Ermattung überkamen mich. Und trotzdem, wie lebendig und von dieser Verwirrung unangetastet blieb dabei mein Bild von Ileana. Das konnte mich nicht verlassen.

Der Chor hatte sein Lied beendet und wartete. Doch Ileana rührte sich nicht. Ich saß wie ausgelaugt auf dem Kanapee. Einige Minuten herrschte peinliches Schweigen. Dann erklang ein anderes, heiteres Lied. Die Jungen versuchten, es dreistimmig zu singen, was ihnen nicht recht gelang.

›Schau mal, du wirst *immer* schaffen können, jederzeit‹, sprach Ileana plötzlich, die letzten Worte betonend, ›und je älter du wirst, desto besser wirst du schreiben.‹

Ich wollte sie unterbrechen, brachte aber den Mut nicht auf und nicht die Kraft, mich irgendwie zu entscheiden. Meine Müdigkeit wurde immer lähmender, und damit wuchs auch meine Verunsicherung. Ich konnte nicht einmal mehr daran denken, was diese Kinder, die in den tanzenden

Schatten fast ohne uns zu sehen für uns sangen, von uns halten mußten. Ich fühlte nur, daß in mir etwas zerbrach und daß mir eine große unheilvolle Veränderung drohte.

›Du denkst wohl an etwas *anderes*‹, sagte Ileana, ohne den auf den Teppich gehefteten Blick zu erheben.

›Nein‹, sagte ich, ›ich denke an gar nichts.‹

Ileana richtete sich mit einer brüsken Bewegung auf und ging zögernd zu den Kindern. Sie wartete, bis das Lied zu Ende war, dann zog sie die Schublade auf, wo das Geld vorbereitet lag, und verteilte es unter sie. Die Buben standen aber noch befangen herum, sie brachten es nicht über sich, einfach fortzugehen. Vor Verlegenheit stimmten sie laut das ›Hoch mögen sie leben‹ an. Das war ziemlich lächerlich, und ich erhob mich und ging mit einem gezwungenen Lächeln auf sie zu, um ihnen etwas zu sagen. Mir fiel nichts Besseres ein, als sie zu fragen:

›In welcher Klasse seid ihr?‹

Einige antworteten mit halber Stimme. Dann sagte einer, ein hochaufgeschossener Junge, verlegen:

›Ich kenne Sie ... Ich habe ein Werk von Ihnen gelesen ...‹

Ich mußte lachen. Nicht weil er meinen Namen nannte, sondern wegen des gehobenen Ausdrucks, den er gebraucht hatte: ›ein Werk‹ ... Auch Ileana lachte. Nachdem sie die Tür hinter ihnen geschlossen hatte, stellte sie sich vor mich hin und sagte:

›Ich, ich habe nichts vorzuweisen!‹

Da schloß ich sie in die Arme und verlegte mich aufs Bitten, begann sehr bewegt, mich zu rechtfertigen, ihr meinen Standpunkt klarzumachen, sozusagen für meine Freiheit, für die Unantastbarkeit meiner Person zu kämpfen. Ich führte noch einmal aus, diesmal pathetisch, daß ein Künstler nur auf seine Art und mit seinen Mitteln schöpferisch sein konnte, daß wir beide nicht von dieser Welt waren, daß wir uns unserem Schicksal nicht widersetzen durften, wenn es uns nun einmal füreinander und zu einer solchen Art des Beisammenseins ausersehen hatte. Sie hörte mir wie immer schweigend und erschrocken zu. Es war ihr unmöglich, sich mir zu widersetzen, das fühlte ich und kämpfte nur um so heftiger.

›Hast du an mir nicht genug?‹ fragte ich.

Ihre Antwort war, daß sie mich küßte. Aber sie war bleich und nachdenklich.

›Also dann‹, begann sie zögernd, ›ist Weihnachten vergebens gekommen‹, und erhob sich mühsam. Von wilder Verzweiflung gepackt, rief ich:

›Du glaubst vielleicht, ich habe Angst, ich will mich nicht an dich binden. Aber ich werde dir beweisen ...‹

›Es ist spät‹, unterbrach sie mich und ging zum Weihnachtsbaum, ›wir müssen zu Alexander gehen.‹

Und sie begann, die Kerzen auszublasen.«

VIII

»Der Abend bei Alexander wurde zu einem der deprimierendsten meines Lebens. Es war noch lange nicht Mitternacht, als wir bei ihm eintrafen. Wir waren unter den ersten Gästen, und die Räume, in denen wir uns vor einem Jahr kennengelernt hatten, schienen nun viel zu groß und viel zu öde. Vielleicht kamen sie nur mir so vor. Wir nahmen auf einem Kanapee Platz. Mir fiel kein Gesprächsthema ein, und so bat ich um ein Glas Wein. Ich hoffte, mich ein wenig zu berauschen, um meine tödliche Traurigkeit zu vertreiben. Und wie einfach ist es doch, glücklich zu sein, sagte ich mir, wie leicht wäre es für uns beide, glücklich zu sein.

›Was habt ihr?‹ fragte Alexander.

‚Nichts‹, sagte ich. ›Ileana ist heute den ganzen Tag herumgelaufen, sie ist müde.‹

Ich leerte mein Glas und verlangte noch eins. Ileana sah mich erschrocken an. In ihren Augen lag der mir wohlbekannte Ausdruck panischer Angst. Da dachte ich, wenn sie mich so tief unglücklich sieht, daß ich im Rausch Trost suche, wird sie mich vielleicht verstehen und mich nicht mehr an das Versprechen erinnern. Später wurde mir bewußt, was für ein Feigling und Komödiant ich in jenem Augenblick gewesen bin. Doch damals sagte ich mir nur: Ileana sieht, wie traurig, wie unglücklich ich bin. Sie weiß, daß ich nicht leben kann, ohne ein Künstler zu sein, und schließlich wird sie mich wohl weiterhin so akzeptieren, wie sie mich bisher akzeptiert hat.

In der Tat, als ich das dritte Glas geleert hatte und mich erhob, um mir selbst nachzuschenken, schlich sich Ileana geschwind zu mir durch und faßte mich am Arm.

›Andrei‹, flüsterte sie ganz ergriffen, ›verzeih, daß ich dich gekränkt habe.‹

›Aber du hast mich doch gar nicht gekränkt‹, erwiderte ich gewissermaßen mit Genuß. ›Was geschehen mußte, ist geschehen. Du kannst nichts dafür.‹

Sie wurde noch blässer.

›Woher weißt du das?‹ fragte sie fröstelnd.

Im Grunde wußte ich gar nichts. Ich hatte nur aufs Geratewohl ein paar vage Worte gesagt. Jetzt tappte ich völlig im dunkeln.

›Ich hab's mir gedacht‹, erwiderte ich trocken. Nach einer Pause fügte ich mit brutaler Härte hinzu: ›Aber das ist ohne Belang.‹ Und leerte mein Glas bis zur Neige.

Ileana biß sich auf die Lippen.

›Verzeih mir‹, flüsterte sie noch einmal.

Da traten mehrere neue Gäste ins Eßzimmer. Wir waren nun zahlreich genug, und der Gastgeber begann, die Kerzen anzuzünden. Wir beide sahen ihm ganz benommen zu, wir waren wie betäubt.

›Unser Weihnachtsbaum ist schöner‹, flüsterte mir Ileana zu, ›nicht wahr?‹

›Ja, tatsächlich‹, sagte ich und suchte ihren Blick.

Ihre Augen schwammen in Tränen. Wahrscheinlich war mir anzumerken, daß auch ich gerührt war, denn Ileana lächelte mich ungemein liebevoll an. Ich ergriff ihre Hand und küßte sie. Weitere Paare traten ein. Bei der Begrüßung fragte mich eine der Damen:

›Was ist denn mit Ihnen los? Man sieht Sie nirgends mehr!‹ Sie tat, als bemerkte sie Ileana nicht.

›Ich weiß nicht, ob Sie sie bereits kennen. Meine Verlobte‹, stellte ich Ileana vor. Das sagte ich hauptsächlich, weil ihre Art, Ileana zu übersehen, als ob sie Luft wäre, meinen Stolz verletzt hatte.

›Nein, wirklich?‹ rief die Dame aus und tat erstaunt.

Ileana zwang sich ein Lächeln ab. Ich konnte feststellen, wie gut sie sich zu beherrschen wußte.

›Alexander!‹ rief die Dame wieder aus. ›Warum haben Sie uns nichts davon gesagt?‹

Im Nu waren alle um uns versammelt, drängten sich heran, beglückwünschten uns. Die Weihnachtsfeier war inzwischen schon so gut wie vergessen. Alexander umarmte uns gerührt.

›Endlich!‹ rief er. ›Ich habe die richtige Frau für ein Genie entdeckt!‹

Ileana begann still zu weinen, den Kopf tief gesenkt, wie immer. Sie war sehr blaß, ihre Lippen zitterten, und sie rang die Hände. Ich versuchte, aus dem erdrückenden Kreis auszubrechen.

›Sie ist sehr müde‹, erklärte ich.

›Aber nein, ausgeschlossen!‹ sagte jemand. ›Sie weint vor Glück!‹

Alexander machte sich daran, Sektflaschen zu entkorken. Alle stießen auf unsere Gesundheit an. Ich saß nun neben Ileana und hielt ihre Taille umschlungen.

›Still! Still!‹ rief eine junge Frau von der Schwelle des Nebenzimmers aus.

Alle drehten die Köpfe um: Der Hochzeitsmarsch aus Lohengrin ertönte von einer Schallplatte. Eine peinlich feierliche Stimmung, mit der niemand etwas anzufangen wußte, senkte sich über den Salon. Im gegebenen Moment begann jemand in die Hände zu klatschen, und alle folgten seinem Beispiel.

›*Ich* hatte das Glück der beiden herbeigeführt‹, brüstete sich Alexander. Auch seine Augen schwammen in Tränen, warum weiß ich nicht.

›All das müssen Sie in einem Buch schildern!‹ sagte die Dame, die als erste von unserer Verlobung gehört hatte.

Dann begaben wir uns zu Tisch. Wir beide nahmen die Ehrenplätze ein. Ein Studentenchor sang uns fast eine Stunde lang Lieder vor. Ileana kämpfte noch lange mit den Tränen. Später, als das Fest in vollem Gange und die Gemüter so richtig erhitzt waren, gab mir Ileana durch ein Zeichen zu verstehen, daß sie es nicht länger aushielt. Wir machten uns genau wie in jener Nacht vor einem Jahr davon, schlichen uns durch das Badezimmer hinaus und stiegen die Treppe hinunter wie im Rausch. Im Taxi brach Ileana in Tränen aus. Ich fand die Kraft nicht, sie zu trösten, ihr gut zuzureden, stieß nur Seufzer aus, und in wenigen nüchternen Augenblicken versuchte ich nachzudenken: Was war eigentlich geschehen? Was konnte geschehen sein? Ich begriff es nicht. Ich fühlte nur, daß etwas zerbrochen war, unwiderruflich, daß ein Riß entstanden war und daß ich nie wieder, wie sehr ich mich auch bemühte, die frühere Glückseligkeit wiederfinden würde. Diese lichterfüllte Zeit, die zwischen unserer ersten Begegnung und dem Augenblick, wo Ileana die Kerzen am Lichterbaum ausblies, verstrichen war, schien mir in ferner Vergangenheit zu liegen, wie ein verlorenes Paradies.

Als wir wieder allein in unserem Zimmer waren, streckte sich Ileana todmüde auf dem Kanapee aus und blieb wortlos liegen, ohne die Kraft aufzubringen, den Mantel abzulegen. Ich wollte ihr behilflich sein, doch sie gab mir mit einer abweisenden Handbewegung zu verstehen, ich solle mich ihr nicht nähern. Nach einer guten Weile wurde mir klar, daß ich trotz allem eine Aussprache herbeiführen mußte.

›Ich verstehe nicht, warum du so unglücklich darüber bist, daß ich dich als meine Verlobte vorgestellt habe‹, begann ich. ›Diese Absicht stand bereits fest, und hättest du mich nicht unterbrochen, so hätte ich sie zuallererst dir mitgeteilt, heute Abend, als du zum Weihnachtsbaum gingst, um die Kerzen auszublasen.‹

Sie gab keine Antwort, lag still und geistesabwesend auf dem Kanapee. Man hätte glauben können, sie sei eingeschlafen.

›Vielleicht betrübt dich diese Neuigkeit‹, fuhr ich fort, indem ich an sie herantrat. Dann kniete ich neben dem Kanapee nieder und legte meine Stirn an ihre Brust.

›Was ist denn los?‹ fragte ich wieder, mit erlöschender Stimme.

Sie schlug die Augen auf und lächelte mir traurig zu.

›Auch ich wollte es dir noch heute sagen‹, sagte sie, ›ich hab mich nur nicht getraut.‹

Ich begann zu verstehen. Aber ich litt so sehr unter der Traurigkeit, die sich unser bemächtigt hatte, daß es mir gleichgültig war, was nachher geschehen würde. Ich wünschte nur, diese Nacht möge irgendwie zu Ende gehen, damit wir endlich unsere Ruhe wiederfänden.

›Das macht nichts‹, sagte ich, ›nun Schluß damit.‹

Wahrscheinlich blickte ich aber so resigniert drein und sprach mit so müder Stimme, der Stimme eines Besiegten, daß Ileana ihr Gesicht in beide Hände vergrub.

›Aber nicht so‹, murmelte sie, ›nicht so …‹

Die Weihnachtsfeiertage verbrachten wir, indem wir uns mit allen Kräften bemühten, dem anderen eine fröhliche, glückliche Miene zu zeigen. Wir waren aber beunruhigt und ängstlich, als drohe uns eine große Gefahr. Ich konnte es kaum erwarten, nach Predeal zu kommen. Dort, so hoffte ich, würden alle Schatten von uns weichen und die Unruhe verschwinden. An einem Morgen vor Neujahr fragte ich sie, ob sie schon irgendwelche Vorbereitungen für die Reise getroffen habe.

›Ich kann nicht verreisen‹, sagte sie betreten. ›Es ist mit dem Arzt abgemacht: Morgen lasse ich mich in die Klinik aufnehmen …‹

Erschrocken griff ich nach ihrem Arm, wie um sie zurückzuhalten, und rang nach Worten.

›Es ist zu spät‹, flüsterte sie und senkte den Blick.

Wir schwiegen beide, von Grauen gepackt. Keiner wagte es, das Schweigen zu brechen. Was konnte ich ihr sagen? Ich begriff nicht recht, was da vor sich ging. Wann hatte sie einen Arzt aufgesucht? Warum mußte sie in eine Klinik? Und warum jetzt sofort, während der Feiertage?

›Muß das unbedingt sein?‹ fragte ich nach einer Weile, da mir nichts Besseres einfiel.

Sie nickte nur. In den letzten Tagen hatte sich ihr Aussehen sehr verändert. Es lag kein Licht mehr über ihrer Stirn, ihre Augen schweiften stets in weite Ferne, ihr großer blutroter Mund war herb und blaß geworden.

›Ist es etwas Schlimmes?‹ fragte ich weiter.

Die ewige Feigheit des Mannes war in mir wiedererwacht. Eigentlich ging es mir hauptsächlich um meine Seelenruhe. Ich wollte unbedingt die Gewißheit haben, daß uns nichts Schlimmes bevorstand, daß sie nicht zu sehr meinetwegen litt. Und ich wollte, ohne mir darüber Rechenschaft abzulegen, jede Verantwortung von mir abwälzen.

›Aber nein, es wird bestimmt nicht so schlimm sein‹, sagte sie. Um meine Besorgnis zu zerstreuen, redete sie mir zu wie einem kranken Kind.

Dann löste sie sachte den Arm aus meiner Umklammerung und entfernte sich, um nach irgend etwas zu sehen. Da stand ich nun ganz verstört und gedankenleer mitten im Zimmer. Ich zündete mir eine Zigarette an. Ileana hörte es und wandte sich nach mir um:

›Rauch doch nicht so viel!‹

Ich setzte mich auf den Bettrand. Es ist zu spät, hatte sie gesagt. Wieso? Was war geschehen? Was konnte noch geschehen?

Es folgte eine fürchterliche Nacht. Ileana hatte Angst vor mir. Sie schien mich fliehen zu wollen, und zugleich wollte sie mich beruhigen und trösten.

›Warum versuchst du nicht, dich irgendwie zu beschäftigen?‹ sagte sie, als sie sah, daß meine Nervosität nicht nachließ. ›Lies doch etwas!‹

Sie möchte allein sein, dachte ich und ging in mein Arbeitszimmer, war aber außerstande, etwas anzufangen. Die quälende Unruhe ließ mich nicht los. Vergeblich versuchte ich ihrer Herr zu werden, indem ich mir ausdachte, wie ich ohne Ileanas Wissen die Vorbereitungen für die Trauung treffen würde, wie wir dann für einige Monate in die Schweiz fahren würden. Dabei versuchte ich mich an konkrete Einzelheiten zu klammern. Mein Geldvorrat war zusammengeschrumpft, also würde ich mir das Geld für die Reise borgen oder eine meine Schwestern darum bitten müssen. Umsonst: Keine vorgestellte Landschaft, keine erdachte Reise konnte mich beruhigen.

... Ileana ließ es nicht zu, daß ich sie begleitete, gab mir aber die Adresse des Sanatoriums; natürlich könne ich sie jeden Tag besuchen. Als sie fort war, wanderte ich ziellos durch die Straßen. Schließlich ging ich zu ihr. Ich verlangte, mit ihrem Arzt zu sprechen. Es dauerte ziemlich lange, bis er mich empfing. Ich begann einige Entschuldigungen hervorzubringen, wie: eine dringende Reise, Studien, eine Menge unvorhergesehener Ereignisse. Er beruhigte mich: Es sei nichts Schlimmes …

Am nächsten Tag durfte ich sie besuchen. Sie empfing mich lächelnd. Widersprüchliche Gefühle und Gewissensbisse überwältigten mich. Ich hatte einen Strauß weißen Flieders mitgebracht. Nun saß ich schüchtern und ratlos an ihrem Bett. Zum Abschied sagte ich ihr:

›Weißt du, es wäre gut zu verreisen. Nach Tirol zum Beispiel …‹

Sie schwieg, hielt meine Hand lange fest und streichelte sie. Ich verließ sie von guten Absichten erfüllt. Ich wollte ihr nie wieder ein Leid zufügen, sie sollte von nun an restlos glücklich sein … Als ich sie am nächsten Tag wieder besuchen wollte, wurde mir gesagt, ich dürfe nicht zu ihr, während der Nacht sei ein chirurgischer Eingriff vorgenommen worden. Mir war, als stürze alles um mich zusammen. Ich ließ mich auf einen Stuhl fallen. Wie aus weiter Ferne vernahm ich eine Stimme.

›Es ist nichts Schlimmes …‹

Diese Worte wiederholte ich still für mich in einem fort. Ich ging, ohne zu wissen, was ich anfangen sollte, bis wir uns wiedersahen. Ich suchte Alexander auf, sagte ihm, Ileana sei im Sanatorium und fragte ihn schnell, ob er mein Trauzeuge sein wolle. Ich war furchtbar nervös und begann vor Fieber zu glühen.

›Was ist eigentlich mit euch los?‹ fragte er mich brüsk.

Einige Augenblicke dachte ich sprachlos nach: Mir war, als hätte ich diese Frage schon einmal gehört, mir wurde aber nicht klar, ob das eine von der Erschöpfung herrührende Täuschung war oder ob ich eine weit zurückliegende Szene wiedererlebte, die ich nicht genau zu lokalisieren wußte.

›Du bist ja auch krank‹, sagte Alexander und griff nach meiner Hand, ›du hast Fieber.‹

Er schüttelte mich, als hätte mich in der Tat ein Fieberanfall gepackt. Dann ging ich. Draußen war klirrender Frost. Mir graute davor, nach Hause zu gehen. Allein zu sein und trotzdem Ileanas Gegenwart um mich zu spüren, das würde mich vollends kaputtmachen. Schließlich mußte ich aber doch nach Hause. Unterwegs fiel mir ein, daß eine meiner Romanfiguren Margarete heißt. Diese Einzelheit ging mir ohne Unterlaß im Kopf herum und ohne jeden Sinn, denn ich kam nicht darauf, was es bedeuten sollte. Margarete, Margarete, wiederholte ich immerfort. Plötzlich fiel mir Fausts Margarete ein. Sie hatte ihr Kind umgebracht, das war es. Aus Angst vor der Schande hatte sie es getötet. Aber Ileana hatte vor niemandem Angst, sie schämte sich vor niemandem. Da war etwas anderes geschehen: Sicherlich war etwas anderes geschehen, und keine Schuld traf sie. Sie hatte es nicht gewollt, hatte sich diesem Schicksal widersetzt. Die Idee kam von anderswoher: Von mir ging sie aus, von mir allein.

Da überwältigte mich das düstere Gefühl erdrückender Verantwortung. Es war mir nicht ganz klar, welche Sünde ich begangen hatte, aber es bedrückte mich, eine unbekannte, schwere Schuld auf mich geladen zu haben.

Erst als Ileana nach Hause kam, gewann ich einigermaßen die Fassung wieder. In den letzten Tagen hatte ich sie häufig besucht. Sie war stark abgemagert und nun vor der Aufregung noch blasser als sonst. Wie nach monatelanger Abwesenheit lief sie freudig durch die ganze Wohnung, sah sich in allen Ecken und Winkeln um, küßte mich gerührt, sehnsuchtsvoll und war trotzdem von großer Unruhe geplagt. Sie wollte mich ständig um sich haben, die Wärme meiner Hand oder meines Armes fühlen, und war kaum zum Ausgehen zu bewegen. Mich aber bedrückten diese Räume, in denen ich erst kürzlich unter dem Alleinsein gelitten und Ileanas Rückkehr so schmerzlich herbeigesehnt hatte, und ich wollte möglichst bald verreisen. Auf Predeal hatten wir verzichtet. Ich konnte es kaum erwarten, jenseits der Landesgrenze zu sein, wollte aber noch vor der Abreise heiraten. Als ich es Ileana sagte, fühlte ich trotz ihres warmen, zufriedenen Lächelns, trotz ihrer Umarmung, daß diese Nachricht sie nicht so erfreute, wie ich gehofft hatte.

›Bist du nicht glücklich, meine Frau zu werden?‹ fragte ich sie.

›War ich es bisher etwa nicht?‹ erwiderte sie. ›Ja, vielleicht war ich es früher noch mehr!‹

Die ersten Worte hatte sie ganz schlicht und spontan gesagt, dann aber brach sie in Tränen aus und warf sich mir völlig aufgelöst in die Arme.

›Was hast du? Was hast du?‹ fragte ich töricht ein übers andere Mal.

Ohne zu antworten, hielt sie sich schluchzend, mit verkrampften Händen an mir fest, und ich fühlte ihr Herz heftig pochen.

›Ich weiß schon, woran du denkst‹, sagte ich. ›Von nun an aber, wenn du es willst ...‹

Sie legte ihre Hand auf meine Lippen, und ein Zittern überlief sie. Ich sah sie erstaunt an und dachte, sie wolle nicht an diese Dinge erinnert werden.

›Verzeih mir‹, sagte ich und küßte ihr die Hand.

›*Du* mußt *mir* verzeihen ...‹

Das war die gewohnte Antwort, jedesmal, wenn ich sie um Verzeihung bat, also machte ich mir keine weiteren Gedanken darüber. Ihre tiefe Liebe, ihre große Sanftheit rührten mich unsagbar.

›Wirst du mir auch wirklich verzeihen können?‹ kam sie darauf zurück. ›Jetzt bin ich so, wie du mich haben wolltest: geläutert.‹

Das begriff ich nicht. Doch es beunruhigte mich, ich wagte aber nicht, mit Fragen in sie zu dringen. Ileana wollte mir aber alles sagen.

›Du brauchst dich von nun an nicht mehr vor mir zu fürchten‹, sagte sie mit erlöschender Stimme.

›Vielleicht doch, nach einiger Zeit‹, meinte ich versonnen.

Sie schüttelte den Kopf. Ihre Augen brannten, ihr Blick war erschreckend starr.

›Jetzt habe ich nur noch dich‹, fügte sie hinzu. ›Du mußt mich stark lieben, ganz stark, bis zuletzt ...‹

Wie gern hätte ich ihr irgendein liebes Wort gesagt, sie getröstet, ihr zu verstehen gegeben, wie endgültig ich ihr angehörte. Doch ich brachte nichts hervor, starrte sie nur an und sagte mir: vielleicht später einmal ... Aber darauf hatte sie nur den Kopf geschüttelt.

Törichterweise, wie es unter ähnlichen Umständen vorkommt, fiel mir der Refrain aus *Der Rabe* von Edgar Allan Poe ein: *Nevermore.* Ich schaute ihr unverwandt ins Gesicht, bis ihr Bild vor mir verschwamm und ich sie gar nicht mehr sah.

›Woran denkst du?‹ fragte sie. ›Warum bist du wieder so weit weg von mir?‹

›Ich bin nicht weit weg‹, log ich.

Es war mir aber unmöglich, mich zu konzentrieren und ein Wort der Liebe zu finden, wie sie es erwartete. Immer wieder kam mir der Refrain ›Nie mehr‹ in den Sinn ... Und zugleich ein Hoffnungsschimmer: Womöglich irrt sie sich ...

›Warum sagst du nichts?‹ fragte sie wieder.

Ich versuchte es mit einer letzten Anstrengung:

›Alles, was ich dir sagen könnte, weißt du schon.‹

›Ich höre dir aber so gern zu ...‹

Vergebens, es überstieg meine Kräfte. Sie zog meinen Kopf an sich, legte ihn auf ihren Schoß und begann mir übers Haar zu streichen.

›Hast du ein wenig gearbeitet, während ich nicht da war?‹ fragte sie mit schwacher Stimme.

Das bereitete mir großen Kummer. Wie hätte ich arbeiten können, während sie im Sanatorium war?

›Ich habe an Schlaflosigkeit gelitten‹, mehr sagte ich nicht.

›Du mußt aber arbeiten‹, sagte sie eindringlich. ›Du mußt aus diesem Winterschlaf erwachen.‹

Ich wollte sie unterbrechen, ihr sagen, wie weh sie mir tat mit diesen Worten, aber Ileana hielt meinen Kopf fest und fuhr fort:

›Weißt du, mittlerweile habe ich viel über dich nachgedacht. Wie egoistisch bin ich doch gewesen! Ich wollte dich für mich behalten ... Das ist absurd! Du bist nicht wie die anderen, wie wir ... Die Frau des Baumeisters Manole ließ sich einmauern*, und ich, ich schrak vor einem viel kleineren Opfer zurück ...‹

Sie sprach mit so schwacher Stimme, daß ich dachte, das verhaltene Weinen schnüre ihr die Kehle zusammen und müsse im nächsten Augenblick aus ihr hervorbrechen. Doch sie verlor die Kontrolle über ihre Rede nicht. Es waren vorbereitete, einstudierte Sätze, das war offensichtlich, sie mußte sie sich im Sanatorium wiederholt zurechtgelegt haben. Ich fühlte, wie ihre Hand zitterte, während sie mir übers Haar strich.

›Du mußt ein neues Leben beginnen‹, fuhr sie im gleichen Tonfall fort. ›Du hast nicht das Recht, dich an meiner Seite lebendig zu begraben.‹

Ich war erschüttert und ahnte, daß etwas Furchtbares im Anzug war.

›Habe ich nicht das Recht, einfach glücklich zu sein?‹ fragte ich.

Ileana biß sich auf die Lippen, und erst jetzt trübten sich ihre Augen vorübergehend. Dann senkte sie die Stirn, als gäbe sie sich geschlagen, und murmelte:

›Ich weiß nicht mehr ...‹

Schon am nächsten Tag begann Ileana, mein Leben neu zu organisieren. Unsere Reise sowie die Formalitäten der Eheschließung schob sie ohne jeden Grund immer wieder auf. Sie interessierte sich vielmehr für meine Buchpläne und bat mich um die Erlaubnis, meine Manuskripte durchzusehen. Es blieb mir weiter nichts übrig, als sie gewähren zu lassen. Noch nie hatte ich sie so gänzlich in die Prüfung und das Verstehenwollen meiner Schriften vertieft gesehen.

›Jetzt habe ich kein Mitleid mehr mit dir‹, sage sie lä-

---

* Anspielung auf eine rumänische Volksballade, deren Handlung auf dem ehemaligen Glauben gründet, daß ein Bauwerk nur durch ein darin eingemauertes Lebewesen gut geraten und von Bestand sein könne. Der Legende und ihren Ursprüngen in der südosteuropäischen Folklore geht M. Eliade in *Comentarii la Leganda Mesterului Manole*, Bukarest 1943, und in *Le mythe de l'Eternel retour*, Paris 1949 (deutsch: *Der Mythos der ewigen Wiederkehr*, 1953), nach.

chelnd. ›Von nun an mußt du immer alles, was du begonnen hast, auch zu Ende bringen.‹

Ich war aber außerstande, auch nur eine Seite zu schreiben. Um sie trotzdem zu beruhigen, tat ich, als ob ich das Manuskript korrigieren würde, schloß mich stundenlang in meinem Arbeitszimmer ein und las die vor Monaten beschriebenen Blätter durch. Meine Gedanken wanderten aber fort, sie drehten sich um die Reise, die Ileana ständig aufschob, um die Liebesnächte, die ich mit Gewißheit wiederzufinden glaubte, wenn wir nur einmal Bukarest verlassen hätten.

Den Jahrestag unserer Begegnung feierten wir zu Hause unter uns. Ileana gab sich mir mit der ehemaligen wilden Begierde hin, wie ich es von ihr schon lange nicht mehr gewohnt gewesen war. Sie wollte mich gleichsam für ewig in ihrer Nähe haben, als wäre ich ein Teil von ihr, ihr entsprossen, mit ihrem Blut, ihrem Atem genährt.

Tags darauf hatte ich mehrere langwierige Geschäfte zu erledigen. Es war mir gelungen, Ileana zu überzeugen, wie gut es uns tun würde zu verreisen, wenigstens für einen Monat: Sonst würde es mir äußerst schwerfallen, meine Arbeit wieder aufzunehmen. Nun war es soweit, daß ich Geld für die Reise auftreiben und die Urkunden für das Standesamt beschaffen mußte. Ich kam abends ermüdet heim und wunderte mich, daß Ileana mir nicht die Tür öffnete, wie sie es immer tat, wenn sie meine Schritte auf der Treppe hörte. Sie wird wohl ein wenig unpäßlich sein, sagte ich mir, holte den Schlüssel hervor und öffnete. Sie war nicht zu Hause. Sollte sie ausgegangen sein? Sie hatte mir nichts davon gesagt, zumindest erinnerte ich mich nicht daran. Ich entkleidete mich ziemlich enttäuscht, zündete mir eine Zigarette an und ging in mein Arbeitszimmer. Sie wird sich freuen, wenn sie nach Hause kommt und mich bei der Arbeit findet, dachte ich. Da erblickte ich einen Briefumschlag mit ihrer Handschrift. Ohne Zweifel teilte sie mir darin mit, wohin sie gegangen war. Ich öffnete den Umschlag und stand eine Weile wie versteinert, mit stockendem Atem da. Es waren vier vollgeschriebene Seiten ...«

Mavrodin hielt erschöpft inne, starrte in die Finsternis und rieb sich die Knie. Dann fuhr er unvermittelt wieder fort:

»Sie schrieb mir, sie gehe fort, und bat mich, nicht nach ihr zu suchen. Ansonsten waren es lauter Dankesworte für die Liebe, die ich ihr geschenkt hatte, sie beteuerte, sehr glücklich gewesen zu sein, bat mich von neuem eindringlich, nicht nach ihr zu suchen, denn es sei ihr unmöglich, unsere Liebe weiterhin zu ertragen, so wie sie war – unfruchtbar.

Sie hatte sichtlich gezögert, ehe sie dieses Wort niederschrieb. Erst hatte sie ein anderes gebraucht und es dann sorgfältig durchgestrichen ... Zuletzt kam sie wieder darauf zurück, wie glücklich sie mit mir gewesen sei. Was immer von nun an geschehen würde, so hätte sie doch in ihrem Leben eine Erfüllung gekannt ...

Ich las und las, ohne recht zu begreifen. Daß Ileana fort war, das begriff ich, aber daß sie nicht zurückkehren würde, das konnte ich nicht glauben. Ich legte den Brief auf den Tisch und begann, im Zimmer auf und ab zu gehen. Zufällig fiel mein Blick auf einen Gegenstand, der ihr gehörte. Da fing ich an, überall herumzustöbern, im Schrank, im Badezimmer, in der Küche. Alles war auf seinem Platz, sie hatte ihre Sachen nicht mitgenommen. Ein Zittern überlief mich: Sollte sie unterdessen im Begriff sein, eine Dummheit zu begehen?! Ich kleidete mich hastig an und lief aus dem Haus.

Aber wohin? Zunächst nahm ich ein Taxi und fuhr zu Alexander. Unterwegs dachte ich fortwährend: Das kann nicht wahr sein, sie wird zurückkommen.

›Ileana ist verschwunden‹, rief ich, sobald ich eintrat, ohne erst den Mantel abzulegen.

Alexander versuchte, mich zu beruhigen. Dann telephonierte er mit verschiedenen Personen. Ich hatte mich in einen Sessel fallen lassen und rauchte ohne Unterlaß, den Kopf auf die Hand gestützt. Jemand brachte mir ein Glas Kirschgeist.

›Nein, danke, ich trinke nie was vor dem Essen‹, sagte ich und merkte erst im nachhinein, daß ich ganz mechanisch und gedankenlos gesprochen hatte. Wie sollte ich essen können? Wie sich vorstellen, daß die Tageszeiten, die Tage und Nächte weiterhin im gewohnten Trott aufeinanderfolgen würden wie bisher? Alexander war noch immer am Telephon.

›Was hast du erfahren?‹ fragte ich ihn, als er zu mir trat.

Ich war überzeugt, daß alle diese Leute, mit denen er telephoniert hatte, etwas Genaues über sie wissen mußten. Jemand mußte sie doch auf der Straße oder in einem Fahrzeug gesehen haben.

›Gehen wir!‹ sagte Alexander.

›Wohin denn?‹ fragte ich.

›Zu dir.‹

Ich kehrte also nach Hause zurück. Vor der Tür sagte ich lächelnd zu Alexander:

›Ich bin es nicht gewohnt, die Tür selbst aufzusperren. Bisher hat mir immer Ileana aufgemacht ...‹

Warum weiß ich nicht, aber als ich nun zum zweitenmal in mein Zimmer trat, erfüllte mich für einen Augenblick die Zuversicht, sie würde am Tisch sitzen und mir entgegenlächeln. Vielleicht war es ihr doch zu schwer gefallen, mich endgültig zu verlassen ...«

Mavrodin hielt inne. Er hatte mit einem Hustenanfall zu kämpfen. Er fröstelte und begann, sich die Arme um den Leib zu schlagen, um sich aufzuwärmen.

»Es ist kalt geworden«, sagte er. »Sollten wir nicht hineingehen? Die Nächte sind nicht mehr so warm.«

Sein Gefährte folgte ihm, ohne ein Wort zu sagen, und blieb auf der Schwelle stehen, bis der andere ein Streichholz angezündet hatte und sich damit der Petroleumlampe näherte.

IX

Mavrodin ließ sich müde aufs Bett fallen. Er lag einige Minuten regungslos, die Arme unter den Kopf geschoben, mit halbgeöffneten Augen. Plötzlich fiel ihm ein, daß er seinem Freund keinen Platz angeboten hatte, und wies auf einen der Korbstühle. Erst jetzt merkte er, wie bewegt Hasnas war. Er sah ganz verändert aus, wie gealtert. Sein strenges Profil schien viel härter als zuvor, die Lippen waren zusammengepreßt.

»Sind Sie vielleicht müde?« fragte er ihn.

Der andere schüttelte den Kopf, vermied es aber, seinem Blick zu begegnen. Dann setzte er sich auf den Sessel und zündete sich ganz mechanisch eine Zigarette an.

»Möchten Sie Kaffee?« fragte Mavrodin.

»Gern.«

Mavrodin trat zum Tisch, goß Spiritus in den Kocher und zündete ihn an. Dann sah er lange dem Spiel der blauen Flammen zu. Hasnas wartete gespannt auf die Fortsetzung der Geschichte.

»Die ganze Nacht wird womöglich draufgehen«, sagte Mavrodin. »Und morgen müssen wir bei Tagesanbruch aufstehen. Aber mir ist nicht nach Schlafen zumute.«

»Mir auch nicht«, beeilte sich Hasnas, ihm zu versichern. »Diese Ihre Geschichte ist ...«

»Bizarr« war das Wort, das ihm auf der Zunge schwebte, er sprach es aber nicht aus. Er wartete, bis der Kaffee gekocht und Mavrodin zum Weitererzählen bereit war. Nach einer Weile ließ er die Bemerkung fallen:

»Seltsamerweise ist mir etwas Ähnliches widerfahren.«

Doch Mavrodin hörte es nicht. Die züngelnden blauen Flammen fesselten seine Aufmerksamkeit. Das Aufwallen des Wassers im Topf brachte ihn wieder zu sich.

»Es wäre vielleicht ratsam gewesen, Tee zu kochen«, meinte er, während er den Kaffee in die Tassen goß, »die Nächte sind bereits recht kühl.«

Er stellte das Tablett mit den Tassen auf die Liege, zündete sich eine neue Zigarette an und verharrte lange Zeit in Schweigen. Ab und zu rieb er sich die Arme. Endlich nahm er den Faden wieder auf.

»Ich habe sie nie wiedergefunden. Monate später gestand mir Alexander, mit welcher Angst er damals jeden Morgen die Zeitungen durchgeblättert hat. Er befürchtete, auf die Nachricht von Ileanas Selbstmord oder einer tot aufgefundenen Unbekannten zu stoßen. Ich wußte, daß sie einen Bruder hatte, aber nicht, in welcher Stadt er lebte. Alexander kannte ihn als unverbesserlichen Kartenspieler, der seinen Wohnsitz ständig wechselte, um seinen Gläubigern zu entgehen. Endlich gelang es mir, ihn aufzuspüren, aber vergeblich: Er wußte nicht einmal, daß Ileana mich verlassen hatte. Außerdem war er es gewohnt, monatelang keine Nachricht von ihr zu erhalten. Dann dachte ich, sie könnte im Ausland sein. Meine Nachforschungen ergaben jedoch, daß kein Paß auf ihren Namen ausgestellt worden war, auch keiner mit einem Foto, das ihr ähnelte. Ich schrieb sogar an die Rumänische Botschaft in Berlin ... umsonst. Keine Nachricht, kein Anhaltspunkt, von nirgendwo und von niemandem.

Die ersten Nächte allein waren schrecklich. Ich glaubte sie überall vor mir zu sehen. Auf dem Bettrand, wo sie so oft gesessen hatte, wenn sie mir, das Gesicht auf die Hand gestützt, zuhörte; in der Tür, durch die sie stets lächelnd hereingekommen war; oder am Fenster, die Stirn an die Scheibe gedrückt, auf mich wartend. Mir graute geradezu davor, bei Nacht heimzukehren, unser Bett leer zu finden, dafür aber ihren Regenmantel im Vorzimmer neben dem Spiegel hängen zu sehen. In jenen Wintermonaten verbrachte ich fast meine ganze Zeit bei Alexander. Und ich hoffte immer noch, mit aberwitziger Zuversicht. Nichts konnte mich davon überzeugen, daß Ileana mich wirklich verlassen hatte. Manchmal, wenn ich wie gewöhnlich mit gesenktem Kopf durch die Straßen wanderte, überkam mich plötzlich eine große Erregung, mir stockte der Atem vor hoffnungsvoller Unruhe: Und wenn, fuhr es mir durch den Kopf, Ileana eben jetzt, nur wenige Schritte von mir entfernt, etwa vor einem Schaufenster stünde und ich sie erblickte, wenn ich nur rasch aufschaute?! Ich fürchtete mich aufzuschauen und zog diesen Zustand der Hoffnung und Panik möglichst lange hinaus. Es war ein Leid, dem ich nicht entrinnen wollte, bitter und tröstlich zugleich. Wenn ich dann nach vielen zögernden Schritten den Kopf plötzlich hob und um mich blickte, schien mir das Tageslicht noch düsterer, die Welt noch kälter und ohne Sinn.

Ich hoffte, sie würde mir schreiben. Sie mußte sich in irgendeinem gottverlassenen Nest versteckt haben, dachte ich, oder über die Grenze geflohen sein, obwohl es unvorstellbar war, wie sie das hätte fertigbringen sollen, ohne eine Spur zu hinterlassen. Mit der Zeit würde die Sehnsucht nach mir aber gewiß in ihr überhandnehmen, und sie würde mir schreiben. Ich dachte mir allerlei Szenen aus: wie ich zum Beispiel einen Brief mit dem Poststempel irgendeines Landes erhielte, den Ileana Freunden anvertraut hatte, damit sie ihn im Ausland aufgaben, um mich glauben zu machen, daß sie sich in jenem Land aufhalte, und ich tat, als ob ich mich täuschen ließe. In meinen Phantasiebildern war ich bereit, alles zu glauben, alles zu akzeptieren, wenn ich nur ein Zeichen von ihr erhielte, wenn ich nur fühlen konnte, daß sie lebte und mir nahe war.

So verging der Winter, ohne daß ich das mindeste erfahren hatte. Ich führte ein Larvendasein, stundenlang auf dem Bett liegend, den Blick an die Decke geheftet, ohne an etwas zu denken, und rauchte ununterbrochen. Dann zuckte ich zusammen, jede Fiber meines Körpers krampfhaft angespannt, denn ich meinte, ihre zögernden Schritte vor der Tür vernommen zu haben. Ich sprang auf, lief zur Tür, fürchtete mich aber, sie zu öffnen, preßte das Ohr an die hölzerne Türfüllung und horchte lange mit angehaltenem Atem. Manchmal glaubte ich draußen ein leises Atmen zu hören. Auch sie wartet, dachte ich, auch sie lauscht und fürchtet sich zu klingeln. Ich riß die Tür auf – niemand.

Wenn ich dann wie vor den Kopf geschlagen ins Zimmer zurückkehrte, suchte ich ihren Brief hervor, obwohl ich ihn längst auswendig kannte; oder ich stöberte wieder einmal in den Schränken, um das allmählich sich verflüchtigende Parfüm in ihren Kleidern einzuatmen, um die Berührung mit dem weichen Stoff der Blusen an meiner Hand zu spüren, die sie so oft vor meinen Augen angezogen hatte. Die geheimnisvollen Schatullen, in denen sie ihre Briefe aufbewahrte, hatte ich bereits in den ersten Tagen meines Alleinseins eingehend durchsucht: Sie waren leer, abgesehen von einigen Fotos aus Ileanas Berliner Zeit und einigen nichtssagenden Ansichtskarten. Zunächst, als ich sie entdeckte, schienen sie mir völlig belanglos zu sein. Später aber, nachdem ich vergeblich in allen Ecken und Winkeln gestöbert hatte, holte ich sie immer wieder hervor und konnte mich an ihnen nicht satt sehen. Mir sagten sie zwar nichts, diese Ansichtskarten, aber Ileana hatte sie einst bekommen, in den Händen gehalten, und sie waren von ihrer Gegenwart durchtränkt.

Dann durchblätterte ich ihre Bücher Seite für Seite. Es waren einige Lesezeichen, hier und da ein Briefumschlag, eine beglichene Rechnung daringeblieben. Eine Zeitlang glaubte ich, Ileana hätte mir vielleicht noch andere Briefe geschrieben und sie in meinen Büchern versteckt. Manchmal stand ich lange vor meinem Bücherregal und versuchte zu erraten, welcher Band ihr ins Auge gestochen haben oder als gutes Versteck für einen Brief vorgekommen sein konnte. Es war dann, als würde mir jemand plötzlich einen Buchtitel nennen, oder ich hielt es für bedeutungsvoll, wenn mein Bild von der äußeren Erscheinung eines Buches sich mir aufdrängte. Ich nahm es in fieberhafter Erwartung aus dem Regal und blätterte es in aller Ruhe durch, als befürchtete ich, auch diese letzte Hoffnung allzubald zu zerstören ...

Merkwürdigerweise dachte ich nie an die wenigen leidvollen Augenblicke zurück, die ich mit Ileana erlebt hatte. Meine Eifersuchtsanfälle zum Beispiel wollte ich mir nicht ins Gedächtnis zurückrufen, auch nicht die fürchterlichen Zweifel, die mich so sehr geplagt hatten. Diesem großen

Leid, Ileanas Verschwinden, wollte ich aber nicht ausweichen, und ich tat nichts, um mich dagegen zu wehren. Hätte ich mehr an die Zeit vor unserer Begegnung oder an die Angst gedacht, die ich in der ersten Nacht unserer Bekanntschaft ausgestanden hatte, so wäre es mir vielleicht leichter gefallen zu resignieren oder sogar Trost zu finden. Ich überließ mich jedoch gänzlich meinem Kummer, meiner Liebe ... Ganz Bukarest hatte von Ileanas fluchtartigem Verschwinden gehört und wußte von meiner Verzweiflung. Die ehemaligen Freunde begannen mich häufig zu besuchen, mir zu schreiben. Wenn ich einen Brief bekam, öffnete ich ihn aufgeregt und überflog ihn hastig, immer in der Hoffnung, daß einer von ihnen die Lösung des Rätsels enthalten und mir Auskunft darüber geben würde, wo Ileana sich verbarg.

Letztes Jahr kam der Frühling vor der Zeit. Sobald der Schnee geschmolzen war, schöpfte ich neue Hoffnung aus einer Idee, die mich aus meiner Benommenheit riß. Ich war sogar ärgerlich auf mich selbst, daß ich so blind gewesen und nicht früher auf etwas so Einfaches gekommen war. Nun sagte ich mir: Wenn ich das im Herbst begonnene Buch zu Ende bringe und veröffentliche, wird Ileana es lesen und mir bestimmt ein Lebenszeichen geben. Hatte sie mich nicht viele Male, besonders in der letzten Zeit des Zusammenseins, inständig gebeten, an diesem Buch zu arbeiten und es zu beenden?!

Diesmal täuschte ich mich nur halb. Ich fand die Handschrift durchwühlt, an manchen Stellen standen mit Bleistift geschriebene Anmerkungen. Offensichtlich hatte sie sie gelesen, vielleicht sogar noch kurz, bevor sie fortging, in der Hand gehabt. Auf die letzte, nicht beendete Seite hatte sie mehrmals die Worte geschrieben: ›Mein Geliebter, mein Geliebter, mein Geliebter‹...

Ich machte mich mit unheimlicher Energie an die Arbeit. In meiner Vorstellung wartete Ileana irgendwo, vielleicht im Ausland, tief unglücklich auf das Erscheinen dieses Buches. Ich sagte mir, sie habe sich freiwillig das Exil auferlegt, bis zur Veröffentlichung des Manuskripts, zu dessen Fertigstellung mir die Kraft gefehlt hatte, solange sie an meiner Seite war. In wenigen Nächten wurde das Buch fertig. Das Blatt mit ihren Worten lag ständig vor mir auf dem Tisch. Es genügte, einen Blick darauf zu werfen, und meine Müdigkeit war wie weggeblasen ...

Das Buch erschien im Mai. Es wurde mit einigem Erstaunen aufgenommen. Als wäre es von einem anderen Autor, sagte man mir. Diesmal interessierten mich jedoch weder Bewunderung noch Kritik. Ich wartete voller Hoffnung auf Ileanas Rückkehr oder zumindest ein Lebenszeichen von ihr, aus welchem Winkel der Erde auch immer. Sie kehrte nicht zurück. Und ich erhielt auch keine Nachricht. Ich weiß nicht, was aus ihr geworden ist.«

Mavrodin hielt inne. Er füllte seine Tasse noch einmal mit dem inzwischen kalt gewordenen Kaffee. Dann begann er, im Zimmer hin und her zu gehen.

»Ich glaube kaum«, fuhr er fort, »daß ich sie je wiedersehen werde. Alexander glaubt es auch nicht, schon lange nicht mehr. Er hat es mir anvertraut, bevor ich Bukarest verließ. Das war im Hochsommer, Mitte Juli. Die Hitze war unerträglich, und er redete mir beständig zu: ›Du solltest verreisen, in irgendeinen Ort in den Bergen, und dich ausruhen ... Du bist furchtbar abgemagert. Vielleicht wirst du dort etwas schreiben. Sei doch ein Mann!‹ Zuletzt hat er noch gesagt: ›Im Grunde – wer weiß, was mit ihr los ist? Kein Mensch kennt sie wirklich. Und sie hat sich doch schon einmal ins Ausland abgesetzt!‹

Der Gedanke an ihre Flucht nach Berlin beruhigte mich etwas. Auch war ich nicht mehr eifersüchtig auf ihre Vergangenheit. Alles, was vor mir gewesen war, diese unbekannte Größe, hatte aufgehört, mich zu plagen. Sogar der Geliebte, den sie so schwer hatte vergessen können, ließ mich unberührt. Nur was von nun an alles geschehen konnte, versetzte mich in Angst und Bangen. Diese Angst wohnte in mir, ohne daß ich daran gedacht hätte, daß Ileana von neuem leidenschaftlich verliebt sein könnte. Es war mir unvorstellbar, daß sie sich wieder verlieben würde. Ich bezweifle auch, daß ich je wieder lieben werde. Aber das Leben geht weiter. Und mir graut vor dem Dunkel, in dem sie untergetaucht ist, vor diesem mir unbekannten Leben, das sie verschlungen hat ...

Ich verließ eiligst Bukarest, ohne recht zu wissen, wo ich mich niederlassen würde. Jedenfalls hatte ich bereits die Erzählung im Sinn, die ich jetzt schreibe. Ich blieb erst einige Zeit im Prahova-Tal, dann in Brasov*. Ich wollte die Geschichte unserer Liebe absolut wahrheitsgetreu erzählen, und zwar eher Ileana als mir selbst zuliebe. Das pathetische Bedürfnis, ein Geständnis abzulegen, lastete auf mir wie eine Bürde.

Wie sonderbar ist doch dieser Drang, alles zu beichten und jemanden durch ein Buch um Verzeihung zu bitten! Vielleicht erinnern Sie sich an die mittelalterliche Legende, die Anatole France aufgegriffen hat. Es ist die Geschichte eines Gauklers, der Mönch wird und, weil er der Heiligen Jungfrau nicht besser zu huldigen weiß, sich in die ihr geweihte Kapelle einschließt und dort, ganz allein, vor dem Madonnenstandbild alle seine Kunststücke und alle Tricks seines Gewerbes vorführte.

Das erwähne ich nicht, um mich zu entschuldigen. Die himmelschreienden Indiskretionen, die Schriftsteller zuweilen in ihren Büchern begehen, sind wahrscheinlich eine Huldigung an die Frau, die sie geliebt und der sie, meist ohne es zu wollen, Leid zugefügt haben. Wie könnten sie besser um Verzeihung bitten, wie sollten sie ihr mehr Ehre erweisen, ihr eine schönere, aufrichtigere Huldigung darbringen als schreibend? Sie können ja sonst nichts. Sie verstehen sich ja zum Beispiel nicht aufs Beten oder aufs Singen ...

Darum geht es jetzt aber nicht«, fuhr Mavrodin schnell, mit veränderter Stimme fort. »Mein Buch entsprang ohne Zweifel dem Bedürfnis, Ileana um Verzeihung zu bitten. Schon der Titel, ›Hochzeit im Himmel‹, besagt es zur Genüge, denke ich. Ich hoffte, daß die Geschichte unserer Liebe, falls ihr das Buch unter die Augen käme, sie endlich zur Rückkehr bewegen würde. Es bleibt uns noch so vieles

* Kronstadt in Siebenbürgen

zu erleben übrig! Manchmal scheint mir das Leben, wie immer, wann immer, lebenswert. Genau das hätte ich Ileana gern gesagt …

Ich habe auf sie gewartet. Manchmal sehe ich mich als alten Mann, immer noch allein mit meinen Büchern, über denselben Tisch gebeugt, so wie mich einst Ileana viele Abende hintereinander gesehen hat. Und ich stelle mir vor, wie eines Abends jemand an meine Tür klopft, und ich zerstreut öffnen gehe. Und da steht sie vor mir. Das stelle ich mir immer wieder vor.

Die Dinge könnten sich aber auch ganz anders abspielen. Das Leben wird weiterfließen, wie es auch jetzt dahinfließt, und wer weiß, auf welche Weise es jeden von uns verschlingen wird.

Noch etwas anderes wollte ich sagen. Ich wollte gestehen, wie schnell mich die Kunst wieder in ihren Bann gezogen hat, wie sehr mich das Handwerkliche beim Schreiben fesselt. Während ich schreibe, ist mir Ileana stets gegenwärtig, und trotzdem spielt sich im Buch alles ein wenig anders ab. Der Zauber der Lüge nimmt mich gefangen, ohne daß ich es merke, und obwohl die Geschichte die gleiche bleibt, sind weder Ileana noch ich, noch die Ereignisse genau so, wie sie in Wirklichkeit waren. Manchmal empfinde ich es als furchtbar deprimierend, nicht imstande zu sein, ein volles Geständnis abzulegen, offen, menschlich, christlich … Sie werden mein Buch lesen und sehen, wie weit es sich von all dem entfernt, was ich Ihnen eben erzählt habe. Vielleicht ist es dadurch schöner, das ist aber auch alles.«

Eine Weile herrschte verlegenes Schweigen. Im Zimmer war es kalt geworden. Hasnas hielt die Augen nachdenklich auf den Fußboden gerichtet, Mavrodin warf sich wieder aufs Bett.

»Ich ruhe mich nur ein wenig aus, dann koche ich Tee«, sagte er.

Glauben Sie, daß Sie ihr doch noch einmal begegnen werden?« fragte Hasnas, anscheinend einen Gedanken aussprechend, der ihn seit geraumer Zeit beschäftigte. »Will sagen: Haben Sie das *Gefühl*, daß Sie sie wiedersehen werden?«

Mavrodin lag still, die Arme unter dem Kopf verschränkt, und starrte zur Decke.

»Ich weiß es nicht«, sagte er nach einer Weile zögernd. »Ich stelle mir so manches vor«, fügte er dann hinzu, »auch das ...«

Hasnas wandte ihm schnell das Gesicht zu, um ihn genau zu betrachten, dann senkte er verwirrt die Stirn.

»Was haben Sie jetzt vor?« fragte er dann. »Sie sind noch so jung, kaum dreißig ...«

Auf Mavrodins Gesicht erschien ein gequältes Lächeln.

»Ich weiß nicht, was ich anfangen werde. Zunächst dieses Buch schreiben, dann wahrscheinlich auf sie warten.«

»Das sagen wir alle«, entgegnete Hasnas, ohne die Augen zu erheben. »Es ist aber nicht wahr. Keiner wartet. Das Leben reißt uns mit sich fort, ohne daß wir es merken. Und wenn man erwacht, ist nichts mehr zu machen.«

»Weil es zu spät ist?« fragte Mavrodin, indem er versuchte, seine Besorgnis zu verbergen.

»Für einen Mann, der einmal eine große Liebe erlebt hat, ist es immer zu spät«, sagte Hasnas hart. »Was immer er versucht, es ist zu spät. Das beste, was er tun kann, ist: nicht mehr zu denken ...« Er hielt inne, als fürchtete er, zuviel gesagt zu haben.

»An was soll er nicht mehr denken?« fragte Mavrodin.

»An nichts Ernsthaftes, nichts Bleibendes«, antwortete Hasnas. »Er muß leben, wie es ihm beschieden ist, auf gut Glück, die Dinge hinnehmen, wie sie kommen, ohne sich etwas Bedeutendes vorzunehmen, ohne ein neues Wunder zu erwarten. Etwas Großartiges, etwas wirklich Großes erlebt man nur einmal. Was sich nachher ereignet, ist von keinerlei Bedeutung. Ich will sagen: Es ändert nichts. Die Erlebnisse sind nicht mehr durchsichtig, man sieht nicht hindurch, nicht darüber hinaus. Es sind Geschehnisse, nichts weiter. Alles, was man tun kann, was man als seine Pflicht anzusehen hat, ist, sich gefaßt und würdevoll dem Tod entgegentreiben zu lassen, ohne zu lamentieren und insbesondere ohne zu verkommen. Viele von uns verkommen in dem Maße, in dem sie dem Tod näherrücken. Ängste, Laster, Feigheiten gibt es jede Menge. Ein billiges Opium ...«

Mavrodin hörte ihm schweigend zu. Im Zimmer war es noch kälter geworden, und der dichte Zigarettenqualm war zum Ersticken. Er zögerte eine Weile, benommen, seinen Gedanken nachhängend, dann sprang er auf, ging zum Fenster und riß es weit auf.

»Es muß sehr spät sein«, sagte er nach einem Blick nach draußen. »Der Mond im letzten Viertel ist eben aufgegangen ... Trinken wir eine Tasse Tee«, fügte er zerstreut hinzu.

Hasnas trat nun auch ans Fenster. Die vom Mondschein wie von dünnem Nebel überzogenen Berge schienen ganz nahe zu sein. Kein Laut war zu hören. Das Haus war wie im Wald versunken. Die einsame Laterne am Ende des Flurs war erloschen.

»Sind Sie nicht schläfrig?« fragte er, ohne sich umzuwenden.

»Gar nicht. Ich glaube, mir steht eine schlaflose Nacht bevor.«

Dann schwiegen beide wieder. Mavrodin schaute dem Spiel der Spiritusflammen zu. Hasnas stand noch am Fenster.

»Wenn Sie wirklich kein Bedürfnis nach Schlaf verspüren«, sprach er nach einer langen Pause, »dann möchte auch ich Ihnen eine Begebenheit erzählen. Sie liegt viel weiter zurück. Sie hat sich vor etwa acht bis neun Jahren zugetragen. So ganz jung war ich übrigens auch damals nicht mehr ...«

Er drehte sich lächelnd zu seinem Gesprächspartner um.

»Es wäre denkbar, daß Sie diese Geschichte einmal in einem Ihrer Bücher verwenden«, fügte er mit einem bitteren Lächeln hinzu. »Mir ist übrigens der Schlaf auch völlig vergangen ... Ihre Erlebnisse haben mich an eine Frau erinnert, die ich sehr geliebt habe. Das ist meistens so. Man glaubt, zwischen seiner Geliebten und der Heldin einer Liebesgeschichte eine auffallende Ähnlichkeit zu entdekken. Diesmal ist es aber vermutlich wahr, daß sie sich ähneln ...«

Er ließ eine geraume Zeit verstreichen, während er schweigend seinen Gedanken nachhing und nach dem richtigen Ausgangspunkt zu suchen schien. Dann begann er ruhig, mit gleichmäßiger, verhaltener Stimme, die mit seiner bisherigen Unruhe in lebhaftem Kontrast stand.

X

»Als der Weltkrieg ausbrach, war ich vierundzwanzig. Ich studierte an einer Ingenieurschule in Frankreich. Ein Onkel, ein Bruder meiner Mutter, schickte mir monatlich ein Stipendium, von dem ich meinen Lebensunterhalt knapp bestreiten konnte. Meine Eltern waren reich gewesen. Doch mein Vater starb jung, als ich noch in der Grundschule war, und meine Mutter verstand sich nicht darauf, das Vermögen zu verwalten. Damit befaßte sich dieser Bruder, der Onkel, der mir später das Studium ermöglichte. Innerhalb von etwa zehn Jahren hatten wir alles verloren. Meine Mutter war eine leidenschaftliche Kartenspielerin geworden und hat noch in ihrem letzten Lebensjahr ein ganzes Landgut verspielt. Sie starb aber, bevor sie die Demütigung der Armut kennengelernt hatte. Sie starb in einem großen, luxuriös eingerichteten, mit Hypotheken über und über belasteten Haus, das dann von den Gläubigern verkauft wurde.

Ich war kein besonders begabter Student, und mir gefiel auch die Laufbahn nicht, die ich gewählt hatte. Ich wäre gern Offizier geworden, wußte aber, daß dieser Beruf meiner Mutter mißfiel. Sie hatte sich längst geschworen, aus ihrem Sohn einen Ingenieur zu machen. Die Kriegserklärung bedeutete für mich den Beginn eines neuen Lebens. Nach der Schlacht von Charleroi meldete ich mich freiwillig zum Dienst in der französischen Armee, so wie andere rumänische Studenten in Frankreich, und ich wurde gleich in den ersten Kämpfen leicht verwundet. Dann wurde ich in eine Offiziersschule geschickt und kehrte nach einigen Monaten als Leutnant an die Front zurück. Ich weiß nicht, ob ich das war, was man einen Helden nennt, aber ich schlug mich tapfer und wurde zweimal dekoriert. Ich hatte mich an den Krieg gewöhnt und mich sehr bald auch mit dem Gedanken an den Tod abgefunden. Übrigens banden mich nicht viele Dinge ans Leben. Ich war verweist, hatte keine Geschwister, und mein einziger Freund, ein Schulkamerad, war im ersten Kriegsjahr gefallen. Ich war glücklich, als Offizier in der französischen Armee kämpfen zu dürfen. Mich beschäftigte sogar der Gedanke, nach dem Krieg in den französischen Kolonialtruppen weiterzudienen.

Nach dem Eintritt Rumäniens in den Krieg entschloß ich mich jedoch, ins Vaterland zurückzukehren. Das berührte mich außerordentlich; die Tränen traten mir in die Augen schon bei dem Gedanken, ich könnte diesmal auf rumänischer Erde fallen. 1917 wurde ich mit der französischen Militärmission in die Moldau geschickt. Nun will ich mich nicht über die Ereignisse jenes traurigen Winters auslassen. Meine Freude, nach fünfjähriger Abwesenheit wieder daheim zu sein, wurde von allzu vielen Katastrophen überschattet. Im Gegensatz zu vielen jungen rumänischen Offizieren zweifelte ich am Sieg der Alliierten. Trotzdem erfüllte ich weiterhin meine Pflicht. Ich blieb der französischen Mission zugeteilt und war oft unterwegs zwischen Barlad und dem Hauptquartier in Jassy.

Einmal, im April, fuhr ich in einem überfüllten Zug. Meinen Platz im Abteil hatte ich einer älteren Dame angeboten und stand nun auf dem Gang, direkt an der Wagentür. Es dämmerte bereits, und ich lehnte mich zum Türfenster hinaus, um den Blick über die Felder schweifen zu lassen, wo der Schnee eben erst geschmolzen war. Ich weiß nicht, auf welchem Bahnhof es war, der Zug setzte sich eben wieder in Bewegung, als mich jemand kräftig beiseite stieß, um zur Wagentür zu gelangen. Ich hatte aber, als das Signal zur Weiterfahrt gegeben wurde, die Tür verschlossen. Auf den Stufen stehend hielten sich einige Bauern fest, und ich war zwischen Fahrgästen eingezwängt. Mit einiger Mühe drehte ich mich um: Es war ein etwa fünfzehnjähriges Mädchen, das um jeden Preis aussteigen wollte. Vom Ende des Bahnsteigs her, wo unser Wagen angehalten hatte, hatte ich eine Frauenstimme aus der Dunkelheit rufen gehört: ›Lena! Lena!‹ Einige Augenblicke vor der Abfahrt hatte ich auch hastige Schritte gehört, die sich vom anderen Ende des Wagens über den Gang näherten. Das junge Mädchen vor mir war wie versteinert, als es merkte, daß der Zug sich in Bewegung gesetzt hatte und den Bahnhof verließ. Sie steckte den Kopf durchs Fenster und rief mehrmals: ›Tante Emilie ...!‹

Mir fiel die perfekte Aussprache dieser französisch gesprochenen Worte auf und zugleich der feine Duft von Parfüm in ihrem Haar, etwas Ungewöhnliches in jener Zeit des Elends. Das Mädchen rief immerfort, zum Fenster hinausgebeugt. Dann versuchte es nochmals, die Tür aufzureißen und hinauszuspringen. Ich hielt sie am Arm fest.

›Die Tür ist zugeriegelt‹, sagte ich zu ihr.

Sie betrachtete mich prüfend, ihre Lippen begannen zu zittern. Sie kämpfte gegen das Weinen an. Der Vorfall kam mir komisch vor. Damals rührten mich nicht einmal die traurigen Geschehnisse, um so weniger dieser unbedeutende Zwischenfall.

›Bist du allein geblieben?‹ duzte ich sie auf französisch

Ich trug die rumänische Offiziersuniform, und das Mädchen sah mich anfangs mißtrauisch an. Aber mein Lächeln und daß ich französisch sprach, schienen sie zu beruhigen.

›Meine Tante ist ausgestiegen, weil sie sich mit einem Bekannten treffen wollte‹, antwortete sie verwirrt. ›Sie hat geglaubt, daß der Zug hier lange hält.‹

Der Eisenbahnwagen war nur spärlich beleuchtet. In dem trüben Licht konnte ich trotzdem erkennen, daß ihre außergewöhnlich großen Augen sich mit Tränen füllten, und ich strich ihr übers Haar. Sie wich ein wenig zurück und holte ein Taschentuch hervor, um die Tränen abzuwischen. Als sie dabei den Arm hob, sah ich den Titel des Buches, das sie in der Hand hielt; es war *Anna Karenina.* Offensichtlich war sie in die Lektüre vertieft im Abteil geblieben, während ihre Tante sich auf dem Bahnhof aufhielt.

›Du warst nahe daran, unter die Räder zu kommen, wie die Heldin in deinem Roman‹, sagte ich lachend und zeigte auf das Buch. ›Aber du hast ihn ja noch nicht ausgelesen.‹

›So bringt sich Anna also um?‹ fragte sie, immer noch französisch, schon etwas ruhiger.

Mich überraschte ihre Vertrautheit mit der Heldin des Buches. Ich nickte nur traurig.

›Ja, sie wirft sich unter die Räder‹, sagte ich dann und betrachtete sie aufmerksam.

Sie schaute nachdenklich und betroffen drein. Dann legte sie die Hand an die Stirn und stieß einen Seufzer aus. Es war eine bedauernde Gebärde, wie Kinder sie machen, wenn sie so tun wollen wie die Erwachsenen. Der Zug rollte bereits mit größerer Geschwindigkeit. Sie sah zum Fenster hinaus, und ich merkte, wie sie erschrak, weil es schon dunkel wurde.

›Du bist also Lena?‹ fragte ich. ›Jemand hat mehrmals deinen Namen gerufen.‹

›Ich hab' es gehört‹, sagte sie betrübt, ›Aber ich konnte mich nicht rechtzeitig durchzwängen ...‹

Sie wollte fort, zurück in ihr Abteil, doch ich hielt sie zurück. Ich fragte sie, ob sie nach Hause fahre. Dann wäre es ziemlich einfach gewesen, sie hätte es ohne Hilfe geschafft. Ich fragte sie auch, wie alt sie sei, und sie sagte: ›Fünfzehn.‹ Aber sie wollte nicht nach Hause, sondern nach Balteni. Sie hatte Verwandte, die dorthin geflüchtet waren. Ich versuchte, sie zu beruhigen. Die Tante werde bestimmt mit dem nächsten Zug nachkommen. Und sie selbst brauche bei der Ankunft nur nach der Adresse ihrer Verwandten zu fragen oder auf dem Bahnhof auf die Tante zu warten. Sie sah mich verwundert an.

›Aber ich habe keine Fahrkarte dabei‹, sagte sie zögernd.

›Das macht nichts‹, beruhigte ich sie weiter. ›Wenn der Schaffner kommt, sage ich ihm, daß du mit mir fährst ...‹

So kamen wir ins Gespräch. Bei jedem Halt hielt ich den Arm schützend vor sie, damit die Leute sie nicht stießen, damit die aus und ein strömende Menge der Reisenden, die sich wie wild um die Plätze drängelten, sie nicht niedertrampelte. Sie erzählte mir, wie sie mit ihren Tanten in die Moldau geflüchtet war. Jetzt war sie an das Inferno der überfüllten, stundenlang auf Bahnhöfen haltenden Züge bereits gewöhnt und auch an die ständige Furcht vor feindlichen Luftangriffen. Sie fragte mich ohne aufdringliche

Neugier, ob ich von der Front komme. Sie sprach sehr gut französisch, und dieses Gespräch mit einem Kind war mir ein Vergnügen.

Kurz vor Mitternacht stieg ich mit ihr aus, nachdem ich eine halbe Stunde vorher ihr Gepäck mit Müh und Not aus dem Abteil zur Wagentür gebracht hatte. Ich faßte sie am Arm und brachte sie in eine Bahnhofsdienststelle, wo ein Bekannter von mir Beamter war. Ich wollte sie nicht allein lassen. Andererseits aber konnte ich mich nicht länger um sie kümmern, denn ich mußte früh am Morgen in Barlad sein. Ich übergab sie der Obhut meines Freundes und sagte ihm, ich würde auf dem Rückweg vorbeikommen, um zu sehen, was er für sie getan habe.

Beim Abschied wünschte ich ihr viel Glück, und ihre Augen füllten sich wieder mit Tränen. Ich streichelte ihr Haar und strich ihr dann über die Wange. Da fühlte ich, daß sie zitterte.

›Und jetzt‹, sagte ich lachend, ›darf ich dir einen Kuß geben?‹

Sie hob den Kopf und sah mir in die Augen. Wie sie so zu mir aufsah, schien sie mir die Lippen zum Kuß hinzuhalten. Ich küßte sie auf die Wange, wünschte ihr noch einmal viel Tapferkeit und Glück und kehrte in meinen Waggon zurück.

Dann dachte ich nicht mehr an den Vorfall. Etwa eine Woche später, als ich nach Jassy zurückfuhr und jenen Bahnhof passierte, fiel mir Lena ein, und ich stieg aus, um meinen Bekannten nach ihr zu fragen. Er erzählte mir lächelnd, daß das Mädchen, gleich nachdem ich fort war, auf den Bahnsteig lief, um auf die Ankunft des nächsten Zuges zu warten. Sie sei die ganze Nacht wach geblieben, sooft ein Zug anhielt, die Wagen entlang gelaufen, um ›Tante Emilie, Tante Emilie!‹ zu rufen. Gegen Morgen habe sie sich bereit gezeigt, auf dem Kanapee im Büro auszuruhen, und ein wenig geschlafen, den Kopf auf einem Koffer, über den sie die ganze Zeit sorgfältig gewacht hatte. Am nächsten Tag, als mein Bekannter die Hoffnung aufgegeben hatte, die Verwandten des Mädchens ausfindig zu machen, und sich fragte, was er mit ihr anfangen sollte, falls die Tante abends noch immer nicht ankäme, kam Lena fröhlich ins Büro, in Begleitung eines jungen Offiziers, mit dem sie eingehängt ging und französisch sprach. Sie sagte, er sei ihr Cousin und stieg mit ihm in ein Kabriolett des Offizierskorps, nachdem sie ihr Gepäck darin verstaut hatte. ›Ich sah noch, wie sie ihn küßte, sobald der Kutscher den Pferden die Peitsche gab ...‹

Das brachte mich zum Lachen. Dann stieg ich in den Zug nach Jassy und vergaß das Ganze, diesmal vollends. Ein einziges Mal, als ich nach dem Waffenstillstand mit dem Bekannten zusammentraf, gedachten wir gemeinsam der kleinen Lena, unter vielen anderen Begebenheiten und Abenteuern, die jeder von uns erlebt hatte. Bald darauf starb mein Freund. Die Nachricht von seinem Tod erreichte mich wenige Monate später.

Damals war ich eben nach Bukarest gekommen, um eingegangene Materiallieferungen entgegenzunehmen. Kaum hatte ich die Uniform abgelegt, fragte ich mich, welchen Weg ich einschlagen sollte. Ich war zu alt, um nach Frankreich zurückzukehren und mein Ingenieurstudium zu beenden. Dazu kam, daß das Ende des Krieges – den ich von den ersten Monaten an mitgemacht hatte –, die Siegestrunkenheit, die Vereinigung* und alles, was noch folgte, mich weitgehend verwandelten. Die Lebenslust aber war mir geblieben. Ich wünschte mir nur eines: leben, möglichst gut leben, reich sein, frei sein, zumindest einige Jahre mein eigener Herr sein. Mein Cousin, Sohn des Onkels, der mein Studium finanziert hatte, war während des Krieges gestorben. Bald darauf starb auch mein Onkel, und ich erbte ein beträchtliches Vermögen. Es war eine Zeit, in der man schnell reich werden konnte. Ich kaufte Grundstücke in Bukarest, wurde Mitglied verschiedener Komitees für technische Angelegenheiten. All dies ist nicht von Belang, ich erwähne es nur, damit Sie verstehen, wie es kam, daß ich bald nach dem

---

* Als nationale Vereinigung gilt in der rumänischen Geschichte der aufgrund des Friedens von Versailles erfolgte Anschluß der Provinzen Siebenbürgen, Banat, Bukowina und Bessarabien an das Altreich.

Krieg, gegen 1921, ein reicher und unternehmungslustiger, ehrgeiziger Mann geworden bin. Kaum dreißigjährig, verfügte ich über Erfahrungen, die die Zahl meiner Jahre weit überstieg. Erfahrungen, die mich vor vielen Gefahren schützten. Besonders was die Frauen und die Liebe betraf; diesbezüglich war ich vielleicht sogar zynisch. Ich hatte nie geliebt. Eine unbedeutende Liebschaft während der Studienzeit war meine einzige Herzensaffäre geblieben. Der Krieg hatte mich davon geheilt, übrigens von jeder Art Liebe. Ich hatte viel zuviel Schlimmes gesehen, um an Gelöbnisse und Treue zu glauben. Nur häßliche Frauen sind ehrlich, meinte ich. Denn ich war noch nie auf eine schöne Frau gestoßen, die mir gefallen und mir widerstanden hätte. Das war nicht nur meine Erfahrung. Damals, während des Krieges und in den Nachkriegsjahren, war ja die halbe Menschheit verrückt, alles war erlaubt, wenn man nur den Mut und die Kraft dazu aufbrachte.

In Bukarest hielt ich mich nach 1920 eigentlich nie lange auf. Den Großteil meiner Zeit verbrachte ich im Ausland. Ich gehörte noch immer den verschiedenen Komitees und Kommissionen an, die nach dem Frieden noch jahrelang tätig waren. Damals war ich der Ansicht, daß keine andere Lebensweise so gut zu mir passen würde wie diese, und war froh, die Freiheit und den Wohlstand erlangt zu haben, von denen ich mir als Student in Paris nicht hätte träumen lassen. Da ich so häufig verreist war, ließ ich mich in Liebesaffären nur so weit ein, als es mir behagte. Es gibt wenige Männer, die sich eines solchen Glücks rühmen dürfen. Ans Heiraten dachte ich schon gar nicht, obwohl ich in viele Familien nur deshalb eingeladen wurde.

Dagegen verkehrte ich viel und gern in einem Haus, dessen Herrin seit einiger Zeit meine Freundin war. Eine sehr schöne und sehr leichtlebige Frau, verheiratet mit einem Abgeordneten, der gleich nach dem Krieg ein beträchtliches Vermögen angehäuft hatte und – wie auch seine Frau – in eine Reihe von skandalösen Geldaffären verwickelt gewesen war. Das war 1924, als Luxus und Sittenverfall in Bukarest einen noch nie dagewesenen Höhepunkt erreicht hatten.

Meine Freundin besaß eines der ersten neugebauten Häuser der Hauptstadt, und ihre Tee- und Cocktailparties waren berühmt. Ich fand Vergnügen an diesen Festen, weil ich da mit zügellosen, ja zynischen jungen Leuten zusammenkam, mit denen ich mich sehr gut verstand. Ich weiß nicht, ob Sie sich an diese Glanzzeit des Jazz und der Cocktails erinnern können, als bei den Frauen der Bubikopf und die kurzen, nicht einmal bis zum Knie reichenden Röcke in Mode kamen. Noch nie hatte die Jugend eine so schrankenlose Freiheit gekannt, glaube ich. In jenen Jahren und in gewissen Kreisen konnte man mit jedem Mädchen schlafen, wenn man nur eine Nacht miteinander durchgetanzt hatte. Es war übrigens im Stil der Epoche, daß die Mädchen ihre Bettpartner ebenso frei wählten wie ihre Tennispartner. Über Jungfräulichkeit wurde nur mit Spott gesprochen, und je verdorbener ein Mädchen war, um so charmanter fand man sie. In jenem Haus habe ich des öfteren junge Mädchen um die Wette saufen gesehen; je schneller und gründlicher man betrunken war, desto besser.

Zwar hatte ich meine erste Jugend bereits hinter mir, aber ich amüsierte mich unsäglich bei diesen nicht enden wollenden Festen, wo bis in die Morgenstunden und bis zur Erschöpfung wie verrückt getanzt wurde. Die Mehrheit der Gäste war jünger als ich, denn die Frau des Abgeordneten wählte sich ihre Freundschaften ausschließlich unter jungen Leuten aus. Unsere Liaison war bekannt, wie übrigens alle Verhältnisse zwischen den Leuten aus diesen Kreisen von Neureichen, Kriegsgewinnlern, Politikern und Jobbern. Das Verhältnis entzückte mich, ohne mich zu belasten, und mußte gelegentlich mit kleinen Gefälligkeiten bezahlt werden, die ich den Freunden des Abgeordneten erwies.

Eines Nachts stand ich an die Bar gelehnt und ruhte mich bis zum nächsten Tanz aus, als meine Freundin in der Tür erschien, Arm in Arm mit einem jungen Mädchen. Ich war ein wenig beschwipst, aber nicht so betrunken, daß mir entgangen wäre, daß mir diese feinen Züge, dieser große, gut gezeichnete Mund bekannt waren.

›Ich möchte dir einen seltenen Vogel vorstellen‹, sagte

meine Freundin auf französisch (übrigens wurde in ihrem Haus fast nie anders gesprochen). ›Ich stelle dir Lena vor, die letzte Jungfrau des 19. Jahrhunderts!‹

Ihrem brüchigen Lachen entnahm ich, daß sie viele Cocktails geschluckt hatte.

›Sollte ich wirklich so alt sein?‹ fragte das Mädchen lächelnd.

›Und das hier ist mein Flirt‹, stellte mich meine Freundin ihr vor. ›C'est un type épatant!‹ flüsterte sie ihr dann ins Ohr.

Ich betrachtete Lena aufmerksam. Sie schien mir mit ihrer dezenten und ernsthaften Art ganz fehl am Platz in diesem Haus, besonders zu dieser Stunde. Wie alle Mädchen trug sie ihr Haar jungenhaft kurz gestutzt, ihr aber verlieh diese Frisur ein Flair, das an die Studentinnen russischer Romane erinnerte, etwas Frisches und Reines, denn sie ließ die Stirn fast wie künstlich erhellt hervortreten.

›Mir scheint, wir sind uns schon irgendwo begegnet‹, sagte ich und versuchte mich zu erinnern, wann ich diese Lippen und diese Augen bereits einmal gesehen hatte.

Lächelnd schüttelte sie den Kopf.

›Ich nehme nur sehr wenige Einladungen an‹, sagte sie nun rumänisch. Und fügte betont ironisch hinzu: ›... dans le monde ...‹

›Trotzdem ist mir sogar Ihr Name geläufig‹, ließ ich nicht locker.

Im gleichen Augenblick fiel mir die Szene im Zug, vor sieben, acht Jahren wieder ein. Ich erzählte sie ihr, und bei den letzten Worten errötete sie plötzlich verlegen. Ich hatte den Eindruck, daß auch sie mich erkannt hatte, gleich beim ersten Blick, es aber nicht verraten wollte. Möglicherweise hoffte sie, daß es mir nicht gelingen würde, mich zu erinnern. Dann tat sie, als strenge sie sich an, betrachtete mich mit zusammengekniffenen Augen, als ob sie sich Mühe gäbe, sich mein Aussehen in Offiziersuniform zu vergegenwärtigen. Endlich stellte sich die Erinnerung ein.

›Was hat sich nach meiner Abreise noch ereignet?‹ fragte ich.

›Nichts Besonderes‹, antwortete sie lächelnd. ›Am nächsten Tag, so gegen Mittag, kam Tante Emilie ganz entsetzt an ...‹

Ich fuhr zusammen und sah ihr in die Augen. Sie hielt meinem Blick stand, ohne auch nur mit der Wimper zu zukken. Sie hatte übrigens mit der größten Gelassenheit gesprochen.

›Sind Sie sicher, daß Ihre Tante Sie abgeholt hat?‹ fragte ich.

›Ganz sicher. Warum?‹

›Ich habe mir sagen lassen, daß Sie mit einem jungen Offizier weggefahren sind. Mit einem Cousin.‹

Diese Worte fügte ich lächelnd hinzu und sah ihr wieder in die Augen, konnte aber nicht die leiseste Unsicherheit bemerken. Nur ihr Gesicht war ein wenig blasser geworden, ich war mir dessen aber nicht ganz sicher. Ich hatte ziemlich viel getrunken, und das Licht an der Bar war ziemlich schummrig.

›Ich habe keinen Cousin‹, sagte sie, ›schon gar keinen, der Offizier ist‹, fügte sie hinzu, das vorletzte Wort ironisch unterstreichend.

Da mußte ich lachen. Ich merkte, daß mein Lachen sie irritierte. Sie fragte mich, nun doch leicht beunruhigt:

›Was veranlaßt Sie, mir nicht zu glauben?‹

›Nun, mein Freund, der Bahnhofsbeamte, hat mir erzählt, wie Sie am nächsten Tag Arm in Arm mit einem jungen Offizier hereinkamen, wie dieser Ihr Gepäck in seinem Wagen verstaute, wie Sie mit ihm weggefahren sind und wie sie sich, sobald der Wagen losfuhr, zu küssen anfingen.«

Sie wurde sehr blaß. Diesmal konnte ich es deutlich sehen, und das Gespräch fing an, mich wirklich zu amüsieren.

›Ihr Freund ist frech‹, sagte sie und wollte sich entfernen.

Ich hielt sie am Arm zurück.

›Er war es höchstens, der Arme. Er ist längst tot.‹

›Dann – möge Gott ihm verzeihen!‹ *

---

* Beiläufiger Wunsch für einen Verstorbenen, wie »Gott hab' ihn selig«.

Sie schien sich inzwischen wieder beruhigt zu haben, denn sie wandte sich mir zu, doch sie wechselte das Thema und fragte mich, wie es mir nach dem Krieg ergangen sei. Ganz offensichtlich erinnerte sie sich an alles, was ich ihr damals im Zug erzählt hatte, sogar an die Schlachten, die ich an der französischen Front mitgemacht hatte.

›Und Sie?‹ fragte ich. ›Was haben Sie seither gemacht?‹

›Ich bin aufgewachsen‹, sagte sie einfach.

›Und schön geworden‹, ergänzte ich und musterte sie mit der Unverfrorenheit, die mir gegenüber jeder Frau, die mir gefiel, zur Gewohnheit geworden war. (Sie verzeihen mir doch diese etwas peinlichen Details, für die ich mich schäme, aber ich möchte Ihnen wenigstens einigermaßen einen Eindruck davon vermitteln, was für ein oberflächliches und triviales Leben ich damals geführt habe.)

Sie schwieg eine Weile und ertrug weiterhin meinen prüfenden Blick, ohne aus der Fassung zu geraten. Mit einem ironischen Lächeln sagte sie leise.

›Hoffentlich hat Clody das nicht gehört.‹

Clody war der Name meiner Freundin. Mich überraschte ihre Reaktion. Ich zog die Brauen zusammen, als hätte ich ihre Anspielung nicht verstanden. (Hier muß ich von neuem darauf hinweisen, daß ich mir in der Pose eines Weiberhelden gefiel, als Mann, der seiner Erfolge überdrüssig ist.) Es machte mich stutzig, daß ein Mädchen, das so anders war als alle übrigen in diesen Kreisen, so gut über die Klatschgeschichten der Hauptstadt unterrichtet war.

›Was wollen Sie damit sagen?‹ fragte ich.

›Sie wissen doch sehr gut, daß unsere Freundin schöne Mädchen nicht mag‹, sagte sie lachend. ›Übrigens, ich auch nicht.‹

Dann ging sie in ein anderes Zimmer. Ich blieb an der Bar. Als Clody zu mir trat, fragte ich sie:

›Wer ist dieses Mädchen?‹

›Ein Rätsel‹, rief sie beschwipst, ›ein ungeheures Rätsel!‹

›Du übertreibst!‹ meinte ich lächelnd.

Die Unselige hatte sich einen gewaltigen Rausch angetrunken. Ich fand ihre Ungeniertheit allmählich abstoßend, sie wollte partout, daß ich sie mitten unter den vielen Leuten küßte. Ich lehnte es gelangweilt ab. Clody verlegte sich aufs Betteln, aufs Lamentieren. Die jungen Leute rundherum amüsierten sich königlich. Sie fanden diese peinliche Szene überaus witzig und originell. Und je mehr Clody darauf beharrte, um so starrsinniger weigerte ich mich. Innerhalb weniger Minuten war der Barraum gestopft voll, alle drängten sich herbei, um uns zuzusehen. Ich gab mich gelassen, obwohl mich all das irritierte und anekelte. Ich zündete mir eine Zigarette an und lehnte mich in einer zynischen Pose an die Bar. Da brach Clody in Tränen aus. Erst jetzt wurde der Auftritt auch für die anderen peinlich. Viele lachten noch immer, einfach weil sie in Schwung gekommen waren, wechselten aber erstaunte Blicke.

›Küssen Sie sie doch endlich!‹ rief eine Frauenstimme mit empörter Härte.

In der Tür stand Lena. Ihre Augen blitzten, ihr Gesicht war leichenblaß.

›Lena, ma bonne amie, ma seule amie!‹ rief Clody und seufzte tief auf.

(Sie können sich vorstellen, was für ein fürchterliches Spektakel das war.)

›Wenn Sie es befehlen ...‹, sagte ich lächelnd.

Ich umarmte Clody und küßte sie lange, mit einiger Selbstüberwindung, auf den abscheulich nach Alkohol riechenden Mund. Unsere Zuschauer klatschten Beifall. Dann weinte Clody wieder, laut schluchzend. Ich warf einen Blick zur Tür. Lena stand regungslos beharrlich auf demselben Fleck.

›Jetzt lassen Sie mich auch Sie küssen!‹ sagte ich und trat auf sie zu. ›Als Belohnung‹, fügte ich leise hinzu, damit Clody es nicht hörte.

Aber ich wagte es nicht, Lena zu umarmen, nicht einmal zu nahe an sie heranzutreten. Ihr verachtungsvoller, eisiger Blick war vernichtend. Sie biß sich auf die Lippen und kehrte mir mit einer brüsken Bewegung den Rücken. Die Jazzband setzte zu einem modischen Tango an. Im nächsten Augenblick sah ich sie in den Armen eines Unbekannten tanzen.

Ich rührte mich nicht von der Stelle und verlor sie nicht aus den Augen. Einige Male begegneten sich unsere Blicke, sie tat aber, als sähe sie mich nicht. Ich fragte den neben mir Stehenden:

›Wer ist das?‹

›Eine Freundin von Clody‹, war die Antwort.«

XI

»Ich hätte diesem Vorfall wohl keine weitere Aufmerksamkeit geschenkt, wenn mir nicht am nächsten Tag die Begegnung im Zug wieder eingefallen wäre. Seither waren sieben bis acht Jahre vergangen, und die Erinnerung an viele Episoden, die sich damals in der Moldau abgespielt hatten, an Menschen, die ich dort kennengelernt hatte, begann zu verblassen. Es war doch merkwürdig, wie genau ich mich an jede Einzelheit der Begegnung im Zug erinnerte. Dieser Mädchenkopf, der Duft ihres Haars, der Buchdeckel mit dem Titel des Romans, den sie las, ihr korrektes Französisch und ihre tadellose Aussprache – all diese Eindrücke hatten sich mir eingeprägt und brachen nun lückenlos aus meinem Gedächtnis hervor. Ich müßte lügen, wenn ich behaupten wollte, daß ich mich zu der jungen Person, die ich im Hause meiner Freundin angetroffen hatte, unwiderstehlich hingezogen gefühlt hätte. Sie war sehr schön, ihre Schönheit war aber von der Art, daß man sie erst später entdeckt. Frappierend bei Lena waren hauptsächlich ihre in gewisser Weise aristokratischen Züge und die Reinheit der Augen. Es war nicht das hübsche, aber alltägliche Gesicht der vielen reizenden Frauen, die man in allen Bukarester Salons findet. Ihr distinguiertes Aussehen allein hätte mich jedoch nicht allzusehr gefesselt. Ich war damals von vielfältigen Beziehungen in Anspruch genommen und hatte im allgemeinen für distinguierte Frauen nicht viel übrig. Ich hatte sie alle im Verdacht, sie seien entweder schulmeisterlich oder würdevoll feierlich, und ich war kein Freund dieser Tugenden.

Einmal fragte ich Clody, wer die Freundin sei, die sie mir als ›seltenen Vogel‹ vorgestellt hatte.

›Ein sehr intelligentes Mädchen‹, sagte sie.

Dann erzählte sie mir, daß Lena bis vor einiger Zeit bei

zwei schrulligen alten Tanten gewohnt hatte und vor kurzem den Mut aufgebracht hatte, sie zu verlassen und mit einer Freundin, einer Architektin, zusammenzuziehen. Sie berichtete mir eine Menge vergnüglicher Dinge über die Tanten, die Lena auf Schritt und Tritt begleiteten, auch wenn sie ins Ausland reiste. Lena hatte eine Zeitlang in Zürich studiert, Clody wußte mir nicht zu sagen, was: Musik, Tanz, Eurhythmie, etwas in der Art. Jedenfalls sei sie sehr originell und gescheit.

›Warum fragst du mich eigentlich danach?‹ wunderte sich Clody, nachdem sie sich fast eine halbe Stunde lang über Lena ausgelassen hatte.

›Mir schien sie ziemlich frech‹, antwortete ich.

Ihre Frage brachte mich trotzdem etwas in Verlegenheit. Normalerweise interessierte ich mich nicht für ihre Gäste. Ich begann sofort über etwas anderes zu reden, obwohl Lenas Bild immer noch vor mir schwebte, wie es war, als sie mir sagte:

›Ich habe keinen Cousin …‹

Sollte mir mein Freund, der Bahnhofsbeamte, etwas vorgelogen haben? Aber wozu? Warum hätte er das tun sollen? Nach einer Weile merkte Clody, daß ich zerstreut war, und fragte mich, was ich hätte. Ich mußte mir irgendeine Erklärung einfallen lassen. Wenn ich mich recht erinnere, sagte ich, zwängen mich meine Geschäfte, Bukarest früher zu verlassen, als mir lieb sei.

Einige Tage später traf ich sie wieder bei Clody. Ich hatte den Eindruck, sie sei mir gegenüber äußerst reserviert, fast steif. Sie mied mich in der Tat, gab mir kurze, trockene, beinahe impertinente Antworten. Doch sie traute sich nicht, mir einen Tanz abzuschlagen. Es war, das weiß ich noch genau, der Tango *Always*, sehr in Mode damals, 1924. Sie tanzte gut, das konnte ich feststellen, trotzdem merkte ich, daß meine unmittelbare Nähe sie verunsicherte. Das schmeichelte mir. Nachdem ich geglaubt hatte, daß Lena mich verachtete, bereitete mir als ziemlich hochmütigem Mann diese Schüchternheit, die ihr meine körperliche Nähe verursachte, ungemeines Vergnügen. Dann führte ich sie zur Bar. Sie verlangte eine Limonade. Ich bestand darauf, daß sie etwas anderes trinke. Alle anderen Mädchen standen mit ihren Cocktailgläsern in der Hand herum.

›Ich trinke nie was Alkoholisches‹, sagte sie.

›Nicht einmal, wenn Sie verliebt sind?‹ fragte ich, recht töricht übrigens.

Sie sah mich voller Verachtung an und lächelte. (Wie genau ich mich an alles erinnere, was nun folgte!)

›Das ist wohl die erste Phase‹, sagte sie.

Ich begriff nicht, was sie meinte.

›Was für eine Phase?‹ fragte ich sie.

›Das sagen Sie, glaube ich, zu jeder Frau, wenn Sie ihr den Hof machen wollen.‹

›Erstens versuche ich überhaupt nicht, Ihnen den Hof zu machen‹, sagte ich mit dem teilnahmslos sanften Lächeln, auf das ich mir etwas einbildete. (Ich muß Sie nochmals um Verzeihung bitten, aber ich möchte Ihnen keine Nuance meiner ausgesuchten Gemeinheit verheimlichen.)

›Ich bin glücklich, es zu hören‹, sagte sie lächelnd. ›Zumal auch Sie nicht gerade mein Typ sind.‹

›Das habe ich mir fast gedacht‹, erwiderte ich. ›Ihre Vorliebe gilt wohl eher jungen Cousins, die Offiziere sind.‹

Sie schwieg eine Weile, nippte an der Limonade, ohne mich anzublicken, und schien nachzudenken. Da tauchte Clody neben uns auf und überraschte uns dabei, wie wir schweigend nebeneinanderstanden. Offenbar beunruhigte sie das, denn sie nahm mich beim Arm und zwang mich, mit ihr zu tanzen. Es folgte eine kleine Eifersuchtsszene, die mich noch mehr langweilte. Als es mir gelang, wieder allein zu sein, stand Lena in einer Gruppe und diskutierte lebhaft. Ich tat, als ob ich ihr überhaupt keine Aufmerksamkeit schenkte, und begann, zerstreut durch die Zimmer zu wandern. Überall stieß ich auf die gleichen schamlosen Paare, und zum erstenmal fand ich diesen Anblick peinlich. Alle diese jungen Leute glichen sich, die Mädchen lachten alle ihr obszönes Lachen, die jungen Männer machten alle die gleichen marionettenhaften Gebärden. Etwa eine Stunde lang ließ ich mich weiter von all dem anöden, dann verabschiedete ich mich unter dem Vorwand, noch zu einer geschäftlichen Verabredung in den Club zu müssen, und ging. Als ich Lena guten Abend sagte, sah sie mich erstaunt an, und ein ganz leises ironisches Lächeln erblühte auf ihrem Gesicht. Nun schien sie mir außerordentlich schön zu sein.

›Es ödet mich an‹, flüsterte ich, mich zu ihrem Ohr beugend.

›Das ist das erste gescheite Wort, das ich von Ihnen höre‹, sagte sie lächelnd. ›Auf Wiedersehen‹, fügte sie hinzu und reichte mir freimütig die Hand.

Mir fiel auf, daß diese Hand ungewöhnlich bleich war, mit langen, feinen Fingern und einem Ring mit einem großen blauen Stein, der vortrefflich zu ihr paßte.

›Ich glaube kaum, daß wir uns bald wiedersehen‹, sagte ich, als ich ihr die Hand küßte. ›In einigen Tagen fahre ich wieder nach Frankreich.‹

›Und was sagt Clody dazu?‹

Ich lächelte mit der überlegenen Miene, die Männer gewöhnlich aufsetzen, wenn auf ihren Erfolg in Liebesaffären angespielt wird.

›Sie findet sich damit ab‹, antwortete ich wieder im Flüsterton.

›Das sollte sie aber nicht!‹

Das war wieder eine Frechheit, fand ich. Doch ihr breiter, sehr roter Mund war umwerfend. Wieso hatte ich ihn bis dahin nicht bemerkt, fragte ich mich …

Etwa zehn Tage später befand ich mich im Zug Richtung Mailand. Alle die Zwischenfälle waren vergessen, und ich vertrieb mir die Zeit im Abteil mit Lesen. Wir erreichten die Grenze gegen Abend. Es waren nur wenige Fahrgäste im Zug geblieben. Wir warteten gelangweilt auf die Erledigung der Formalitäten und die Weiterfahrt nach Jugoslawien. Als der Zug sich wieder in Bewegung setzte und zum Abendessen gerufen wurde, nahm ich mein Buch, einen Roman von Georges Duhamel, und ging in den Speisewagen. Ich setzte mich an einen freien Tisch und begann zu lesen. Kaum waren einige Minuten vergangen, da fühlte ich, daß mich jemand anschaut. Es war Lena.

Sie näherte sich in einem einfachen Reisemantel, ein Buch unterm Arm. Als sie mich erkannte, erblaßte sie und zwang sich mit Mühe ein Lächeln ab. Merkwürdigerweise war auch ich von dieser Begegnung verwirrt. Ich erhob mich, begrüßte sie mit einem Handkuß und forderte sie auf, an meinem Tisch Platz zu nehmen. Im Nu hatte sie sich wieder unter Kontrolle. Sie drehte das Buch, das ich auf den Tisch gelegt hatte, um, warf einen Blick auf den Titel und gab sich übermäßig erstaunt.

›Ihre geistigen Interessen sind ja außergewöhnlich!‹ rief sie.

Ich lachte hell auf. Mit dieser übertriebenen Ironie hatte sie sich verraten. Dieses Mädchen, das sich in den Kopf gesetzt hatte, mich wie einen gewöhnlichen Schürzenjäger oder einen beschränkten Geschäftemacher zu behandeln, begann mich nun sehr zu amüsieren. Ich bestellte das Abendessen und sah ihr, das Kinn in die Hand gestützt, unverwandt ins Gesicht.

›Das ist wohl die zweite Phase‹, bemerkte sie lächelnd. ›Das Chloroformieren des Opfers ...‹

›Sie haben wahrscheinlich zu viele schlechte Romane gelesen‹, sagte ich lächelnd, ohne den Blick abzuwenden. ›Ist dieser Band etwa ein Roman von Dekobra?‹

Dabei streckte ich die Hand nach dem Buch aus. Im selben Augenblick wollte Lena es hervorholen, denn sie hatte ihre Handtasche darauf gelegt, und unsere Hände berührten sich. Sie zog ihre Hand ebenso schnell zurück, wie sie sie ausgestreckt hatte.

Ich muß gestehen, daß auch mich bei der unerwarteten Berührung eine vage Gefühlsregung durchzuckte. Trotzdem nahm ich das Buch und sah es mir an. Es war ein deutscher Gedichtband.

›Ich hätte nicht vermutet, daß Sie Gedichte mögen‹, sagte ich erstaunt.

›Und wenn Sie aufrichtig sind, auch nicht, daß ich Deutsch kann, nicht wahr? Sie mögen die Deutschen sicher nicht.‹

›Das ist wahr, ich kann sie nicht leiden.‹

›Ich habe eine Zeitlang in Zürich gelebt‹, sagte sie und nahm ihr Buch zurück.

›Warum gerade in Zürich?‹ fragte ich.

›Ich wollte dort studieren, habe es aber aufgegeben ...‹

›Warum?‹ fragte ich neugierig weiter.

›Ich besitze keinerlei Talent. In einem gewissen Alter träumen alle Mädchen davon, Künstlerinnen zu werden‹, fügte sie lachend hinzu. ›Auch ich habe davon geträumt. Aber ich merkte, daß ich nicht vorwärtskomme, und gab es auf.‹

›Mieux vaut tard ...‹, begann ich, aber sie schaute mich so ironisch an, daß ich mich schämte, ein so banales Sprichwort anzuführen. Ich war so eingeschüchtert wie ehedem vor einem Lehrer, wenn ich irgendeine Dummheit gesagt hatte.

›Und was haben Sie jetzt vor?‹ versuchte ich, die Rede auf etwas anderes bringen.

›Einstweilen kehre ich nach Zürich zurück, für ein paar Monate. Vielleicht entdecke ich doch irgendein Talent in mir oder den Hang zu einem Beruf ...‹

›Aber Sie sind doch eine Frau‹, sagte ich. ›Warum wollen Sie unbedingt einen Beruf ergreifen? Sie brauchen doch nur zu heiraten‹, fügte ich hinzu.

›Ja, und Kinder zu kriegen‹, ergänzte sie lächelnd. ›Das ist auch ein Beruf, ich gebe es zu. Vermutlich bin ich aber ganz und gar nicht dazu berufen. Ich will frei bleiben. Es hat mich einiges gekostet, glauben Sie mir, meine Freiheit zu erobern. Ich mußte viele Jahre meines Lebens begraben ...‹

Ich mußte lachen, und meine Heiterkeit wuchs in dem Maße › wie sich das Staunen auf ihrem Gesicht abmalte.

›Was müßte ich da sagen, nachdem ich fünf Jahre mit der Vorbereitung auf einen Beruf, den ich nicht mochte, und vier Jahre im Krieg verloren habe? Jetzt halten Sie mich bestimmt für sehr alt ...‹

›Darum handelt es sich nicht‹, sagte sie ruhig. ›Der Krieg ist Schicksalssache, zumindest für Männer. Die Ehe und was dazugehört – ein Brauch. Den befolgt nur, wer nichts Besseres vorhat ...‹

Wir beendeten unsere Mahlzeit recht angeregt diskutierend, und zwar über eine Menge frivoler und zugleich ernsthafter Dinge. Das Glas Wein, das ich ihr eingeschenkt hatte, blieb unberührt.

›Ich sehe, Sie sind noch immer nicht verliebt‹, sagte ich zum Scherz, indem ich auf das Glas zeigte.

Sie antwortete nicht sofort, sah mich nur verwundert an, und ich merkte, wie der ironische Funken wieder in ihren Augen aufleuchtete.

›Es ist doch merkwürdig, daß Ihre Berufung zum Hofmacher Sie einfach nicht losläßt‹, bemerkte sie nach einer Pause. ›Wie ich feststellen konnte, sind Sie dennoch imstande, ziemlich ernst zu sein. Wahrscheinlich sind Sie aber darauf versessen, sich zu unterschätzen ... Schade!‹

Lachend erhoben wir uns vom Tisch. Sie fuhr zweiter Klasse, ich hatte meinen Platz im Schlafwagen. Wir unterhielten uns aber noch lange auf dem Gang. Es war spät, als sie mir gute Nacht sagte und schlafen ging. Sie war allein in ihrem Abteil.

Am nächsten Tag trafen wir uns wieder im Speisewagen. Sie sah gar nicht müde aus, obwohl sie die Nacht auf einer Sitzbank verbracht hatte.

Wir setzten uns an denselben Tisch. Ich fragte sie, ob sie sich einige Zeit in Venedig aufzuhalten gedenke. Ich selbst war noch unentschlossen und wollte erst erfahren, was sie vorhatte.

›Im Winter ist Venedig nur trist‹, sagte sie.

Dann unterhielten wir uns über dies und jenes. Als wir in unsere Waggons zurückkehrten, bat ich sie, noch eine Weile mit ihr in ihrem Abteil bleiben zu dürfen. Sie willigte ein, aber ich fühlte, daß sie darüber nicht besonders erfreut war. Wollte sie allein sein, um traumverloren zum Fenster hinausschauen oder lesen zu können? Ich weiß es nicht. Im Abteil saßen mehrere Personen, es waren Serben zugestiegen. Ihre Gegenwart störte sie vielleicht. Ich zog mich so bald wie möglich zurück.

An der italienischen Grenze waren wir wieder fast die einzigen Passagiere. Wir trafen uns auf dem Gang. Sie sprach mich lächelnd an.

›Ich wollte Sie schon gestern abend etwas fragen‹, sagte

sie, ›aber bitte, nehmen Sie es mir nicht übel ... Ich wollte Sie fragen‹, fuhr sie fort, ohne sich von meinem Ausruf der Überraschung stören zu lassen, ›wieso Sie es mit Clody aushalten.‹

Ich fühlte, daß ich errötete. Zwar hatte ich in Zusammenhang mit diesem Verhältnis, von dem alle Welt wußte, keinerlei Skrupel, doch diese Frage überrumpelte mich.

›Sie ist doch ein lieber Kerl‹, stammelte ich.

›Das weiß ich‹, unterbrach sie mich etwas nervös. ›Wieso akzeptieren Sie es aber, die Liebe mit anderen zu teilen?‹

›Es handelt sich nicht eigentlich um Liebe‹, sagte ich mit wiedergewonnener Ruhe, ›es ist eher eine Kameradschaft und ... das übrige.‹

›Auch wenn es so ist, haben Sie doch etwas mit anderen zu teilen, nicht? Fühlen Sie sich dadurch nicht erniedrigt? Ich denke, die Rolle des Liebhabers muß doch etwas ziemlich Peinliches haben ...‹

Ich lächelte, ohne auszusprechen, was ich gern entgegnet hätte: ... jedenfalls nicht etwas so Peinliches wie die des Ehemannes ...‹

›Ich weiß, woran Sie denken‹, meinte sie, da sie glaubte, mein Lächeln deuten zu können. ›Das entschuldigt aber nichts. Freilich, es entschuldigt keinen *Mann.*‹ fügte sie hinzu, das letzte Wort betonend, ›es entschuldigt höchstens einen Don Juan der billigsten Sorte.‹

›Und wie handelt einer von der feineren Sorte unter diesen Umständen?‹ fragte ich, mir Mühe gebend, möglichst ironisch zu sein.

›Er treibt seine Geliebte zum Selbstmord oder in die Verzweiflung, wenn nicht ins Kloster, aber er teilt sie mit niemandem. Übrigens wurde der wahre Don Juan nicht durch die Anzahl seiner Eroberungen berühmt, sondern durch die Anzahl der Geliebten, die seinetwegen gestorben sind ...‹

›Diese Ihre Theorie kommt mir recht seltsam vor‹, unterbrach ich sie lachend. ›Mit anderen Worten: Die Männer, die sich damit begnügen, eine Frau mit anderen zu teilen, sind verachtungswürdig, während die Liebhaber Lob verdienen, die eine Frau ausschließlich für sich in Beschlag nehmen, und zwar für einige Wochen, um sie dann in den Tod zu treiben.‹

›In die Klauen des Todes‹, diese Formel hätte besser in Ihre empörte Phrase hineingepaßt‹, bemerkte Lena. ›Das habe ich aber nicht gemeint. Ich habe mit keinem Wort angedeutet, daß ein Don Juan Lob oder Tadel verdient. Ich habe Sie nur darauf hingewiesen, daß die Liebe eines Don Juan immerhin etwas Absolutes an sich hat.‹

›Mag sein‹, gab ich zu. ›Sie endet aber, wie Sie eben erklärten, mit dem Tod ...‹

›Das ist völlig unwichtig‹, fiel sie mir schonungslos ins Wort. ›Das eine geht nicht ohne das andere. Und wie stellen Sie sich das überhaupt vor? Don Juan kennenlernen – und dann weiterleben, Kinder zeugen ... Nein, das geht nicht. Es sei denn ... man begnügt sich mit weniger ...‹

Sie ließ den Satz unvollendet, richtete aber den Blick unwillkürlich mit einem leisen Lächeln auf mich. Ich fand dieses Gespräch äußerst unterhaltsam. Gewöhnlich sprach ich mit Frauen nicht über die Liebe, jedenfalls nicht ernsthaft. Dieses strenge Mädchen hatte es sich offenbar in den Kopf gesetzt, mich zu belehren. Das fand ich höchst amüsant.

›Mit weniger, das heißt, mit Leuten meiner Sorte‹, versuchte ich, der Sache eine scherzhafte Wendung zu geben.

›Ja‹, sagte sie einfach.

Es verstrichen einige Minuten des Schweigens. Unterdessen sahen wir uns lächelnd an. Dann fuhr sie fort:

›Clody kann ich verstehen, sie braucht keinen Don Juan. Sie braucht nur Liebhaber.‹

Meines Erachtens betonte sie dieses letzte Wort gar zu rücksichtslos. Wollte sie etwa Eifersucht in mir erwecken oder mich demütigen?

›Wissen Sie überhaupt, daß sie nicht der einzige sind?‹ fragte sie mich in aller Seelenruhe. ›Clody benützt Sie‹, fuhr sie recht durchtrieben maliziös fort. ›Übrigens war sie es, die Sie erobert hat, nicht umgekehrt, nicht wahr?‹ Sie brach in Lachen aus. ›Verzeihen Sie, daß ich Ihnen all das sage‹, versuchte sie, es wiedergutzumachen, das Lachen unterdrükkend und wieder eine beherrschte Miene aufsetzend. ›Aber ich bin überzeugt, daß Sie ebensowenig an die Erfolge der Männer glauben wie ich. Den echten Don Juan ausgenommen, selbstverständlich. Die anderen werden benützt, je nach Temperament. Wie gesagt, verstehe ich Clody recht gut. Sie will sich amüsieren. Und sie ist wirklich eine reizende Frau. Aber Sie, Sie kann ich nicht so recht verstehen ...‹

›Was wollen Sie mit alldem eigentlich sagen?‹ fragte ich irritiert. ›Ewige Liebe, Exklusivität, tödliche Leidenschaften, das sind Worte, die seit der Vorkriegszeit nicht mehr zu hören waren.‹

Im selben Augenblick fiel mir ein, was Clody über ihre Freundin gesagt hatte: die letzte Jungfrau des 19. Jahrhunderts. In der Tat paßten diese mittelalterlichen Vorstellungen so ganz und gar nicht zu dem Leben, das wir führten, zu dem Milieu, in dem ich Lena kennengelernt hatte. Sie ließen sich auch nicht mit dem Freiheitsdrang und dem Wunsch nach Selbständigkeit vereinbaren.

›Ich glaube, Sie haben sie auch damals nicht wirklich gehört‹, sagte Lena lächelnd.

Danach verabschiedete sie sich unter irgendeinem Vorwand und zog sich in ihr Abteil zurück.

Abends, bei der Ankunft in Venedig, trafen wir uns auf dem Bahnsteig. Mein Eindruck war, daß sie mich inzwischen gemieden hatte. Vielleicht, damit ich nicht erfahre, ob sie in Venedig aussteigt. Als ich sie ihr Gepäck herunterholen sah, tat ich erstaunt.

›Sie sagten doch, Venedig sei so trist im Winter‹, bemerkte ich lächelnd.

›Das stimmt im allgemeinen‹, erwiderte sie.

Ich fragte sie, in welches Hotel sie zu gehen gedenke. Sie kannte ein bescheidenes in der Nähe des Bahnhofs, worauf ich ihr vorschlug, mit mir in eins am Canal Grande zu ziehen. Sie lachte auf, und mir wurde bewußt, was für einen Schnitzer ich gemacht hatte. Merkwürdig war nur, daß ich mir bis dahin nicht viel daraus gemacht hatte, wenn es mir passierte, daß ich jemanden unwillkürlich verletzte. Diesbezüglich war ich nicht sonderlich sensibel. Diesmal errötete ich und bat sie, mir zu erlauben, in ihrem Hotel abzusteigen. Ich kannte das Venedig der Nachkriegszeit ziemlich gut und wollte es ihr zeigen.

Wir machten uns schweigend auf den Weg. Es war nicht kalt, aber der Himmel war bedeckt, und es wehte ein frischer Wind. Als wir den Bahnhof verlassen hatten, zog sie ihren Mantel an. Es war nicht weit bis zum Hotel. Wir gingen nebeneinander her, ohne ein Wort zu wechseln, ohne uns anzusehen. Den Wünschen, die sie dem Portier gegenüber äußerte, entnahm ich, daß sie es vermeiden wollte, Tür an Tür mit mir zu wohnen. Also verlangte ich ein großes Zimmer für mich, und wir trennten uns. Als ich in meinem Zimmer allein war, ärgerte ich mich, in diesem Hotel abgestiegen zu sein. Es war recht mittelmäßig, und das Alleinsein machte es noch deprimierender. Zugleich ärgerte es mich, weil ich eigentlich sehr gern neben Lena Quartier genommen hätte. Ich machte mir keine Sorgen, daß etwas zwischen uns sein würde, wünschte es auch nicht herbei. Ich suchte kein neues Abenteuer, kein neues Verhältnis. Ich argwöhnte, daß eine solche Frau kein bequemer Partner sein würde. Und dann ihr überlegenes Gehabe ...

Ich kleidete mich um und ging zum Abendessen in ein Restaurant der Innenstadt. Damit bewies ich ihr zugleich, daß mir nicht viel daran gelegen war, mit ihr beisammen zu sein, daß ich nur, um einer Landsmännin behilflich sein zu können, dasselbe Hotel gewählt hatte und daß darüber hinaus nichts weiter sich ereignen würde.

Nach dem Essen verließ ich das Restaurant, um bei ›Florian‹ Kaffee zu trinken. Spät, gegen elf Uhr, machte ich mich auf den Weg ins Hotel. Als ich den im Winter zu dieser Stunde völlig menschenleeren Platz San Marco überquerte, erblickte ich Lena. Sie schlenderte gemächlich dahin, unbekümmert umherblickend. Mich überkam eine unerwartete Freude, so als ob sie mir während der ganzen allein verbrachten Zeit gefehlt hätte. Ich drückte ihr die Hand mit mehr Wärme, als erlaubt gewesen wäre, und sie sah mich erstaunt an.

›Gehen wir nach Hause?‹ fragte ich sie.

Sie schüttelte den Kopf und sagte, sie möchte noch ein wenig umherspazieren, sie liebe die Piazza zu dieser Nachtstunde. Ich bat sie, sie begleiten zu dürfen, und nahm ihren Arm. Wir zuckten beide zusammen. Sie fragte mich, wann ich Venedig zum erstenmal gesehen hätte. Ich mußte lachen, denn es waren seitdem an die fünfzehn Jahre vergangen. Sie wandte mir das Gesicht mit einer raschen Bewegung zu, um mich in Augenschein zu nehmen.

›Ja‹, beteuerte ich, ›es war 1909. Ich war unterwegs nach Frankreich, um mein Studium zu beginnen.‹

›Phantastisch‹, rief sie aus.

›Warum?‹

›Es kommt mir so merkwürdig vor … Sie sind jung, jedenfalls jung genug, um sich von mir verbieten zu lassen, mir den Hof zu machen, ohne mir deswegen böse zu sein, und trotzdem haben Sie eine Welt gekannt, von der uns, wie mir scheint, der tiefste Abgrund trennt. Erinnern Sie sich noch, wie sich die Frauen damals kleideten?‹

›Gewiß, daran erinnere ich mich ganz genau‹, sagte ich lächelnd.

›Ich glaube, sie trugen lange Röcke mit Falten und riesige, mit Blumen überladene Hüte, und schwarze Handschuhe, die bis zum Ellbogen reichten … Und sie lasen Paul Bourget …‹

›Haben Sie eine dieser Frauen geliebt?‹

›Geliebt habe ich keine, aber viele gekannt. Wer weiß, was aus ihnen geworden ist. Auf einmal waren sie alle verschwunden. Ich frage mich, wohin.‹

›Sie sind alt geworden‹, meinte sie melancholisch.

›Das glaube ich nicht‹, entgegnete ich wie zu meiner Verteidigung, denn ich wollte mit meinen fünfunddreißig Jahren selbst nicht alt erscheinen. ›Gewiß haben sich mittlerweile alle verändert, viele von ihnen sind bestimmt während des Krieges umgekommen … Ich kann mir nicht vorstellen, daß der Tod nur an der Front, unter Männern gewütet haben soll. Außerdem haben sich wahrscheinlich Tausende von Frauen lebendig begraben …‹

Schweigend sah sie mir erneut ins Gesicht. Dann flanierten wir weiter, in Richtung Landeplatz.

›Mir ist kalt‹, sagte sie plötzlich.

Dabei schmiegte sie sich instinktiv an mich. Ich hatte das Gefühl, daß diese Frau mir nicht mehr widerstehen konnte. Ob ich darüber besonders froh war, weiß ich nicht. Ich war daran gewöhnt, in Gesellschaft einer Frau den Augenblick der Bereitschaft zu erraten, und wußte, daß es dann nur einer Geste bedurfte, damit sie sich hingab. Immer noch schweigend beschleunigten wir den Schritt. Auf ein Vaporetto hätten wir warten müssen, dazu fehlte mir die Geduld, und ich winkte ein Motorboot herbei. Dann saßen wir still nebeneinander, ohne uns auch nur anzusehen, jeder mit sich selbst beschäftigt. Ich war ihr beim Aussteigen behilflich, nahm sie am Arm, und wir erreichten das Hotel, ohne ein Wort gewechselt zu haben. Während ich an der Rezeption die Schlüssel verlangte, sah sie wie geistesabwesend vor sich hin. Mir war völlig klar, daß sie nicht wußte, was in ihr vorging, daß es über ihre Kräfte ging, sich zu wehren, auch nur aus diesem Zustand zu erwachen. Jede Frau kennt zuweilen solche Zustände der Betäubung, wenn der erstbeste sie fast ohne Mühe haben kann. Lena stieg, leicht auf meinen Arm gestützt, die Treppe hinauf. Unterdessen überlegte ich in aller Ruhe und Nüchternheit, in welches Zimmer ich sie führen sollte: in ihres oder in meines. Ich sagte mir, es sei besser bei ihr, denn dann würde ich mich zurückziehen können, wenn ich wollte.

Die Szene ist mir mit aller Deutlichkeit im Gedächtnis geblieben. Ich knipste das Licht an und half ihr aus dem Mantel. Sie schien verwirrt und sah mir tief in die Augen. Begriff sie immer noch nicht? Eher von Neugierde getrieben, um zu sehen, wie sie reagieren würde, näherte ich mich ihr, legte langsam die Arme um sie und küßte sie auf den Mund. Sie wußte nicht, wie man küßt, oder wollte es nicht. Ich glaube, ich hätte nichts anderes dabei empfunden, wenn ich sie damals vor sieben Jahren auf den Mund geküßt hätte. Sie war noch immer ein Kind. Diese Entdeckung forderte meinen Ehrgeiz heraus. Mir fielen ihre Ansichten über die Liebe, über Don Juan ein. Ich war genauso ruhig und nüchtern wie in dem Augenblick, als ich sie ›Mir ist kalt‹ sagen hörte, und wußte, daß sie nun mein sein würde. Ich war sogar versucht, ironisch zu sein, ihr zu sagen, daß sie nicht küssen könne oder eine ähnliche Dummheit. Das konnte ich mir aber verbeißen; ich begnügte mich damit, sie zu küssen und sie dabei langsam auszuziehen. Es gelang ihr nicht, aus ihrem ohnmachtähnlichen Zustand zu erwachen. Ihr einziger Widerstand war ihre völlige Passivität.

Nach etwa einer Stunde machte ich das Licht an und begann, mich wieder anzuziehen. Ich war verdutzt: Sie war tatsächlich noch Jungfrau gewesen. Keine Liebkosung hatte vermocht, sie aus ihrer eisigen Mattigkeit zu reißen. Sie sah mich weiterhin staunend, mit großen, brennenden, ausdruckslosen Augen an. Ich wußte nicht, wie mich zurückziehen, ohne sie zu verletzen. Aber ich begann, schläfrig zu werden, und ihre Gegenwart war nicht leicht zu ertragen. Ich mußte irgend etwas sagen, um das Schweigen zu brechen. Ich ergriff ihre Hand und küßte sie.

›Woran denkst du?‹ fragte ich.

Sie kämpfte eine Weile mit sich, bevor sie ein Wort hervorbrachte.

›Ich habe das Gefühl, daß es schon einmal passiert ist‹, flüsterte sie, mit Mühe Atem schöpfend, ›nur kann ich mich nicht daran erinnern ...‹

›Sei unbesorgt‹, fiel ich ihr derb ins Wort, ›es konnte dir noch nicht passiert sein ...‹

Wieder sah sie mir sehr konzentriert in die Augen. Sie schien sich anzustrengen, um zu begreifen, was mit ihr geschehen war, wo sie sich befand. Plötzlich errötete sie heftig und blickte erschrocken um sich. Was war ihr zu Bewußtsein gekommen, oder was hatte sie vielmehr erahnt? Ich weiß es nicht recht. Ich empfand Mitleid mit ihr, und da ich dieses Gefühl nicht ertragen kann, küßte ich sie auf die Stirn und verließ auf Zehenspitzen das Zimmer.«

XII

»Am nächsten Morgen erwachte ich ziemlich mißmutig. Draußen war es trübe, das Wetter hatte sich anscheinend verschlechtert. Der Wind blies heftiger. Ich begann, den nächtlichen Vorfall zu bereuen. Er schien mir völlig sinnlos, und ich dachte an die unvorhergesehenen Scherereien, die er mir einbringen konnte. Vielleicht würde ich mich länger in Venedig aufhalten müssen, und das hätte mir einen Strich durch meine Rechnung gemacht. Natürlich hätte ich einfach weiterreisen können, das brachte ich aber nicht übers Herz. Ich hatte dieses Mädchen genommen, es hatte aber in meinen Armen die Liebe nicht kennengelernt, kaum etwas wahrgenommen. Mein Selbstgefühl war verletzt. Ich wollte sie nicht verlassen, ehe sie mich richtig kennengelernt hatte. Es gefiel mir, eine Frau erst dann zu verlassen, wenn ich sicher war, daß sie mich vermissen würde. Ich versuchte stets, sie im konkreten, physischen Sinne des Wortes glücklich zu machen, um meinen Ehrgeiz zu befriedigen, und ich empfand eine stupide Genugtuung, wenn ich später erfuhr, daß die Frau, die ich geliebt und verlassen hatte, unglücklich gewesen war ... Und schließlich gab es ja Clody. Zwar hätte ich auf das Verhältnis mit ihr leicht verzichten können. Aber ein Bruch jetzt, aufgrund der Begegnung mit Lena, wäre mir unangenehm gewesen. Ich hätte nicht mehr in ihrem Haus verkehren können, wo ich mich gut unterhielt und viele Freunde hatte. Ich pflegte die Trennungen so herbeizuführen, daß die Beziehungen nicht völlig abgebrochen wurden. Ich war vor allem ein bequemer Mensch, muß ich gestehen.

Irgendein Entschluß mußte jedoch gefaßt werden. Ich kleidete mich mit einiger Sorgfalt an und klopfte an Lenas Tür. Ich hörte sie mit müder Stimme fragen, wer da sei.

Dann öffnete sie. Ich fragte sie, ob ich mich auf einen Stuhl setzen und eine Zigarette rauchen dürfe.

›Hast du etwas vor für heute?‹ fragte ich.

›Eigentlich nicht‹, sagte sie ziemlich unbeteiligt.

Ich sah sie an. Offensichtlich hatte sie nicht geschlafen. Die dunklen Ringe der Schlaflosigkeit berührten mich wie Vorwürfe und lähmten jede Initiative in mir. Ich rauchte. Mir schien, als suche sie angestrengt ihren Hut.

›Darf ich dich begleiten?‹ fragte ich.

›Warum nicht?‹

Ihr Ton war alles andere als ermutigend. Ich lächelte trotzdem, nicht wissend, was ich sonst hätte tun können. Dann verließen wir schweigend das Zimmer, gaben die Schlüssel an der Rezeption ab, als wären wir uns fremd, und gingen auf die Hauptstraße hinaus, Richtung San Marco.

›Venedig ist in der Tat düster im Winter‹, sagte ich.

Sie nickte nur. Dann blieb sie vor einem Schaufenster mit Korallen und billigen Kunstgegenständen stehen.

›Das ist alles unecht‹, sagte ich.

Diesmal sah sie mir erstaunt in die Augen. Ich glaubte ein sehr trauriges leises Lächeln um ihre Lippen zu bemerken. Und ich wurde mir der außerordentlichen Schönheit bewußt, die ihr dieses traurige Lächeln verlieh.

›Ja, es ist alles unecht‹, sagte sie leise.

Ob sie dabei auch an etwas anderes dachte, weiß ich nicht. Aber ihre Worte verwirrten mich: Konnten sie sich auf mich beziehen? Ich faßte sie am Arm, um sie zum Weitergehen zu bewegen.

›Komm, du könntest dich erkälten. Dieser Wind ist ja fürchterlich‹, sagte ich zu ihr.

Wir gingen wieder eine Weile schweigend nebeneinander her. Auf einer Brücke blieben wir stehen. Die Mauern um uns waren düster, die Kanäle öde und verlassen. Ich hätte ihr so gern etwas Nettes gesagt, doch die eisige Trostlosigkeit der Stadt schnürte mir das Herz zusammen. So schauten wir lange auf das Bild, das sich uns bot, und keiner von uns beiden sagte ein Wort.

Nachdem wir lange auf der Piazza umhergeschlendert

waren, fragte ich sie, ob wir nicht in ein Restaurant gehen sollten. Sie nickte. Ich wählte aufs Geratewohl eine Trattoria, und wir setzten uns an einen Tisch wie ein zerstrittenes Ehepaar, beide zum Fenster gewandt. Draußen eilten Passanten vorbei, dann und wann erklang das Geschrei von Kindern, die sich von der Kälte nichts anhaben ließen. Einige Male versuchte ich, ein Gespräch in Gang zu bringen, Lena antwortete aber nur einsilbig und zerstreut.

›Was hast du nur?‹ fragte ich schließlich gereizt.

›Nichts Bestimmtes‹, antwortete sie und senkte den Blick. ›Das ist es ja gerade, was mich deprimiert: daß ich nicht weiß, was mir fehlt ...‹

Ich schenkte ihr ein Glas Wein ein, und sie trank es aus. Ich sah ihr dabei zu: Sie tat es nicht aus Langeweile oder Verdruß, sondern wie jemand, der großen Durst hat, als hätte sie schon lange auf diesen Trunk gewartet.

›Das ist wohl dein erstes Glas Wein‹, bemerkte ich.

›Er schmeckt mir‹, sagte sie nur.

Dann blickte sie auf und sah mich an. Ich hielt ihrem Blick mit demselben unsicheren Lächeln stand.

›Und all das nur deinetwegen‹, begann sie unvermittelt.

(Es berührte mich seltsam, daß sie mich duzte, und ich errötete.) ›All das, weil du keine Ahnung hast ...‹

Ich war überrascht, verblüfft und wartete darauf, daß sie weiterredete, um verstehen zu können, was sie meinte. Nun bedrückte mich ihr Blick, der auf mir lastete. Sie seufzte leise auf und fuhr fort:

›Es hätte anders sein können. Wie oft habe ich mir diese Begegnung ausgemalt! Jahrelang habe ich davon geträumt!‹

Ich fuhr zusammen. Sollte sie wirklich an mich gedacht haben? Ich griff nach ihrer Hand. Sie ließ sie schlaff in der meinen ruhen. Ihre von verhaltener Traurigkeit nachdenklichen Augen wurden feucht.

›Du hast zuweilen an mich gedacht?‹ fragte ich. Meine Stimme klang für mein Gefühl falsch und schrill. Sie merkte es wohl nicht, denn sie antwortete so schlicht wie zuvor:

›Ja. Jetzt hat es keinen Sinn mehr, es dir zu verheimlichen. Ich weiß, es ist absurd, aber ich sage es dir trotzdem: Ich bin in dich verliebt.‹

Ich war nahe daran, über den Tisch zu rufen: Lena! Aber das wäre entsetzlich gewesen. Ich beherrschte mich, nahm wieder ihre Hand und küßte sie.

›Ich habe genug dagegen angekämpft‹, sagte sie und begann still zu weinen. ›Gib zu, daß ich mich dagegen gewehrt habe, daß ich dich gemieden habe ... Ich hatte Angst ...‹

Sie holte rasch ihr Taschentuch hervor und preßte es gegen den Mund. Ich saß ganz benommen neben ihr und wußte nicht, was ich tun, was ich sagen sollte.

›Es ist peinlich‹, flüsterte sie nach einer Weile etwas ruhiger. ›Du kannst nichts dafür. Verzeih mir bitte. Wir können jederzeit auseinandergehen ...‹

Stotternd brachte ich einige Worte hervor. Aber ich war doch einigermaßen gerührt, muß ich gestehen. Ich weiß nicht, ob sie es gefühlt hat. Jedenfalls lag mehr Wärme, ja sogar eine gewisse Sympathie in ihrem Blick. Dann lächelte sie und drückte mir die Hand.

›Ich kann mir vorstellen, in welch peinliche Situation ich dich gebracht habe‹, sprach sie weiter. ›Wenn sich einem jemand so unvermutet an den Hals wirft ... Das muß doch lästig sein ...‹

Das tat mir weh. Bis dahin hatte ich mich in dem Glauben gewiegt, ich hätte sie erobert, sie durch meinen Willen und meinen Mut an mich gerissen. Und jetzt bemitleidete sie mich ironisch. Ich versuchte, mich zu verteidigen.

›Protestiere nur nicht!‹ fiel sie mir ins Wort. ›Ich weiß doch, daß dich in dieser ganzen Sache keine Schuld trifft. Du bist vollkommen unschuldig. Verzeih, daß ich dir das sage, aber ich möchte nicht, daß du dir ein Gewissensproblem daraus machst.‹

Jetzt legte ich aber los, denn ihre letzten Worte hatten mich wirklich beleidigt. Sie hörte mir lächelnd zu, nickte einige Male, und fuhr dann fort, das Gesagte zu ergänzen und abzuschließen.

›Trotz allem hatte ich gehofft, daß du weißt, was Liebe ist. Ich glaube aber, daß du nicht imstande bist, dich zu verlieben.‹

Dabei lächelte sie so zart, ihr ganzes Wesen erschien mir so entzückend, daß ich nichts anderes tun konnte, als ihr wieder die Hand zu küssen.

›Ich werde es versuchen‹, sagte ich mit wiedergewonnener Ruhe. ›Wie viele Tage gibst du mir?‹

Sie sah mir tief in die Augen, dann lachte sie heiter auf. Sie war jetzt ein völlig anderes Wesen. Ihre Wangen hatten Farbe bekommen, ihre Augen glänzten feucht, mit außerordentlicher Wärme. Diese Veränderung verwirrte mich vollends.

›Werden fünf Tage genügen?‹ scherzte sie.

›Das ist weit mehr als genug.‹

Ich wollte den Kellner herbeiwinken und zahlen, aber Lena griff nach meinem Arm, um noch hinzuzufügen:

›Unter einer Bedingung allerdings: Du darfst nicht mogeln!‹

Was sich dann ereignet hat, kann ich Ihnen nur schwer schildern. Ich habe es selbst nie verstanden. Wir kehrten überaus glücklich ins Hotel zurück, doch ich bin sicher, daß jeder von uns beiden eine andere Art von Freude empfand, eine völlig verschiedene. Ich für mein Teil fühlte mich, wie man so sagt, einfach wohl. Ein schönes, intelligentes junges Mädchen liebte mich, und ich hatte sie besessen. Das war alles. Darüber hinaus dachte ich an nichts, ahnte nichts. Das Abenteuer begann, richtig angenehm zu werden, das war es. In fünf Tagen mußte ich mich in sie verliebt haben: das heißt, es mußte mir gelingen, es sie glauben zu lassen. Danach würden sich die Dinge auf die natürlichste Art und Weise weiterentwickeln: Wir würden uns in Bukarest wiedersehen, weiterhin miteinander schlafen, Theater- und andere Vorstellungen besuchen ...

In der folgenden Nacht begann ich ihren Körper zu entdecken. Ich weiß nicht, wie ich Ihnen so heikle Dinge beschreiben soll, dazu habe ich keinerlei Talent. Jedenfalls ging etwas Seltsames vor sich, das ich nicht genau bestimmen kann. Ich glaube, ich begann, mich tatsächlich in sie zu verlieben. Die Phantasie hatte nichts mit dieser Leidenschaft zu tun, die nach und nach aufflammte. Manchmal, wenn ich mir einbildete, nüchtern zu sein, sagte ich mir, es sei nur ein Spiel, eine Illusion: Es erscheine mir nur so, als hätte ich mich verliebt, weil ich es ihr versprochen hatte und mir Mühe gab, ihr die Freude zu machen, um sie glücklich zu wissen. Ich weiß nicht, wie ich besser ausdrücken könnte, was sich in diesen wenigen Tagen in mir abgespielt hat. Eines Tages aber, als ich allein in meinem Zimmer war, wurde mir plötzlich bewußt, daß ich das Alleinsein nicht mehr ertrug, daß es absurd war, in meinem Zimmer auszuharren, wenn es doch so einfach war, hinunterzugehen und wieder mit Lena zusammen zu sein. Ich versuchte, diesem Impuls zu widerstehen, ging eine Weile rauchend im Zimmer auf und ab. Bald aber sah ich ein, wie töricht das war – und ging zu ihr hinunter. Ich fand sie am Fenster, die Stirn an die Scheibe gedrückt, als ob sie auf jemanden wartete. Als sie die Tür gehen hörte, zuckte sie zusammen. Es war keine halbe Stunde vergangen, seit wir uns getrennt hatten. Ich legte den Arm um ihre Schultern und zog sie langsam an mich.

›Weißt du‹, sagte ich, ›es geht nicht mehr anders ... Ich kann nicht mehr ohne dich sein.‹

›Ich auch nicht‹, gestand sie schlicht.

›Ich glaube, ich bin wirklich verliebt.‹

Das sagte ich, als würde es einen anderen betreffen, nicht mich. Wir setzten uns auf das Sofa. Ich war verwirrt, eingeschüchtert, und doch stieg in mir ein vages Gefühl von Glückseligkeit auf. Am liebsten hätte ich mich gedemütigt, ihr gestanden, wie niederträchtig und lächerlich ich mich ihr gegenüber benommen hatte. Doch selbst dieses Geständnis kam mir kindisch und albern vor. Mir war so wohl in diesem Zustand: gequält und glücklich zugleich. Lena betrachtete mich gespannt, als erwartete sie von mir gewichtige, entscheidende Worte.

›Was hast du, mein Liebster?‹ fragte sie schließlich.

›Ich weiß nicht, wie ich es dir sagen soll ...‹, stammelte ich.

Ganz unerwartet schloß sie mich fest in die Arme, und ich konnte nicht weiterreden. Ihr Mund raubte mir den Atem.

Eine Woche darauf verließen wir Venedig. In Mailand mußte ich mir Zwang antun, um meinen geschäftlichen Besprechungen einiges Interesse abzugewinnen. Alles erschien mir völlig unwichtig. Aber ich wußte noch nicht weshalb, begriff nicht, was sich in mir verändert hatte. Jedenfalls kümmerten mich meine Geschäfte jetzt ebensowenig, wie mich vor Jahren, als ich an der Front war, die Prüfungen an der technischen Hochschule gekümmert hatten. Und noch etwas Eigentümliches: Diese Liebe veränderte mich um so mehr, je besser ich Lena kennenlernte, körperlich, versteht sich. Was mich berauschte und verwandelte, war ihre physische, ich möchte sagen, ihre fleischliche Gegenwart. Von hier, von ihrem Körper, gingen unbekannte Kräfte aus, die ich in mich eindringen fühlte. Ich weiß nicht, wie ich dieses sonderbare Empfinden näher bestimmen soll: Was ich meine Erhöhung und Läuterung – oder, wie Sie es ausdrückten, Vervollkommnung – nennen könnte, hatte seinen Ursprung und fand seine Kraft einzig und allein in der fleischlichen Vereinigung. Es war mir nicht gegeben, so zu lieben, wie man es von manchen Menschen hört: in engelsgleicher Weise, entsagungsvoll und stets opferbereit. Im Gegenteil, je länger sie an meiner Seite lebte, je mehr ich sie als die meine empfand, um so mehr ging meine Seele in einer reinen, mir bis dahin unbekannten Leidenschaft auf.

Nachdem wir Mailand verlassen hatten, sagte Lena einmal beiläufig:

›Ich wollte dich um etwas bitten, habe mich aber bis jetzt nicht getraut ... Ich möchte dich bitten, zwing mich nicht, mit jemandem zu teilen.‹

Ich begriff nicht recht, was sie sagen wollte.

›Clody ...‹, sagte sie nur und lehnte den Kopf an das Waggonfenster.

Es ging über ihre Kräfte, mich mit ihr oder irgendeiner anderen Frau zu teilen.

›Das war einmal‹, beruhigte ich sie.

›Wirst du den Mut aufbringen, es ihr zu sagen?‹ fragte sie mich.

Natürlich zauderte ich eine Weile. Ich griff nach ihrer Hand, wie um bei ihr Rat und Hilfe zu suchen.

›Wenn nicht, so werde ich es ihr sagen‹, fuhr sie fort. ›Wie peinlich, wenn sie erfährt, daß wir sie beide belogen haben.‹

Schon allein der Gedanke an Clody hatte sie um ihre Ruhe gebracht.

›Wenn ich manche Dinge vergessen könnte ...‹, sagte sie niedergeschlagen. ›Wenn ich nur den Kuß damals, vor meinen Augen, vergessen könnte ...‹

Sie erschauerte und versuchte, mir ihre Hand zu entziehen. Da sagte ich:

›Ich für mein Teil gebe mir Mühe, deine Vergangenheit zu vergessen.‹

›Ich habe keine Vergangenheit‹, erwiderte sie und sah unbekümmert zum Fenster hinaus.

›Und die Zärtlichkeiten damals auf dem Bahnhof? Dieser Cousin?‹

Sie drehte sich mit einer heftigen Bewegung zu mir um. Ihre Wangen waren flammend rot.

›Das ist nicht wahr! Ich habe gar keinen Cousin!‹

Ich mußte lachen. Trotzdem war ich von ihrer Panik beunruhigt. Warum litt sie so und regte sich so auf, sooft ich sie an diesen nichtigen Vorfall erinnerte? Später, als ich vor Eifersucht fast krank war, dachte ich schaudernd an das Leben in der Moldau zur Zeit der Massenflucht, an die Impertinenz der Offiziere und die Großherzigkeit der Frauen zurück. Wie war Lena jenem Inferno entgangen? War sie ihm wirklich entgangen?

›Und warst du nie verliebt?‹ fragte ich sie.

Rasch, wie jemand, der sich verteidigt, warf sie mir ein Nein zu. Ich sah ein, daß es keinen Sinn hatte, mit weiteren Fragen in sie zu dringen, und brachte die Rede auf etwas anderes. Vielleicht hätte es mir weniger weh getan, wenn sie mir offen gestanden hätte, sie habe diesen oder jenen Flirt gehabt. Das war doch ganz natürlich in ihrem Alter. Auch wußte ich nur zu gut, daß nichts von dem, was vorher geschehen sein mochte, von irgendeiner Bedeutung für Lena gewesen war. Zum erstenmal hatte sie sich doch mir hingegeben. Ich fühlte, daß sie mich liebte, daß sie mir gehörte. Aber diese starrsinnige Weigerung, mir etwas anzuvertrauen, beunruhigte mich in höchstem Maße.

Ein paar Tage später waren wir in Nizza. Dort traf ich viele Bekannte, zum großen Teil Bukarester Freunde. Wir beide wohnten im selben Hotel, aber jeder in einem Zimmer für sich. Jemand beglückwünschte mich lächelnd:

›Sie ist recht hübsch, Ihre Verlobte.‹

›Wir sind nicht verlobt‹, entgegnete ich.

Doch der Gedanke setzte sich in meinem Kopf fest. Es hätte doch sein können. Es war mir bislang nicht eingefallen, aber es wäre doch denkbar, erwog ich ... Beim Abendessen schaute ich offenbar versonnen drein, denn Lena fragte mich:

›Wo bist du?‹

Ich zuckte die Schultern. Es lag mir daran, den Anschein zu erwecken, als sei ich höchst gelangweilt. Ich liebte Lena sehr, das stand für mich außer Zweifel, dennoch wollte ich gleichgültig und blasiert erscheinen, um ihr weh zu tun. Ich dachte, ich werde ihr den Ärger oder Kummer vom Gesicht ablesen, aber Lena wandte sich mir glückstrahlend zu und legte die Hand auf meinen Arm.

›Du siehst jetzt ganz genauso aus wie mein Geliebter am ersten Abend‹, flüsterte sie und schloß für einige Minuten die Augen. ›So warst du damals, als ich dich an die Bar gelehnt erblickt habe. Genau wie jetzt: mürrisch und reizend ... Wie hätte ich es anstellen sollen, mich nicht in dich zu verlieben?‹

Natürlich mußte ich lächeln, und ich sah ihr in die Augen. Und wenn ich so den Blick in ihre Augen senkte, war mein eigenstes Ich alsbald für mich verloren, mein nüchterner Verstand schmolz dahin. Lena sprach nun, als wäre ich nicht da:

›Den Ellbogen auf die Bar gestützt, stand er höchst gelangweilt da. Er war nicht wirklich schön, aber hochgewachsen, an die fünfunddreißig, und seine Augen entkleideten alle Frauen. Und es war der Mann von damals, im Zug. Daran erinnerte er sich aber nicht …‹

›Doch‹, protestierte ich sehr ernsthaft.

›Er erinnerte sich nicht‹, fuhr Lena fort, als hätte sie meinen Einwurf nicht gehört. ›Er fragte sich freilich, warum ich ihm bekannt vorkam. Ich fürchtete mich vor ihm und lief weg …‹

›Das ist nicht wahr!‹ sagte ich nun scherzend. ›Das stimmt nicht, daß du davongelaufen bist! Im Gegenteil, du hast herausbekommen, daß ich an einem bestimmten Tag nach Mailand fahre, und bist in denselben Zug gestiegen.‹

Plötzlich wurde ihr Gesicht sehr ernst. Etwas traurig war es, aber trotzdem von tiefem Glück überflutet.

›Du hast recht‹, sagte sie. ›Ich kann dich nicht belügen. Ich fürchtete mich vor dir, wollte fliehen, wollte dich aber auch nicht verlieren. So war es. Als wir uns im Speisewagen trafen, wäre ich fast in Ohnmacht gefallen. Ich hatte dich lange vorher erblickt. Am liebsten wäre ich dir gleich nachgelaufen, beherrschte mich aber … Warum hast du mich nicht gleich geküßt?‹ fragte sie brüsk.

›Du gefielst mir nicht‹, antwortete ich einfach.

›Das habe ich gefühlt. Ich ging auf meinen Platz zurück und preßte die Stirn an die Fensterscheibe, um nicht zu weinen. Wie du also sehen konntest, habe ich mich ziemlich tapfer gewehrt. Ich habe versucht, dich zu beleidigen, dich fortzujagen … Anfangs hatte ich es nicht leicht …‹

Da unterbrach ich sie. Ich fühlte das Bedürfnis, ihr ein freudiges Ereignis anzukündigen, sie glücklich zu machen. Es war ein neues Gefühl, etwas anderes als Liebe. Ich wollte großzügig sein, mein Leben für ein Lächeln aufs Spiel setzen.

Ich weiß nicht recht, wie mir geschah. Jedenfalls fragte ich sie in vollem Ernst:

›Du willst doch meine Frau werden, nicht wahr?‹

Ich glaubte, sie würde vor Freude aufspringen oder in

Tränen ausbrechen, doch sie sah mir nur erschrocken in die Augen.

›Willst du nicht?‹ fragte ich verblüfft, voller Angst, ich könnte abgewiesen werden.

›Überlege dir gut, was du tust‹, sagte sie.

Ich griff nach ihrer Hand und küßte sie.«

XIII

»Als ich in der folgenden Nacht allein in meinem Zimmer war, sagte ich mir: Ich heirate! Bis dahin hatte ich geglaubt, ich müßte entweder furchtbar erschrecken oder in schallendes Gelächter ausbrechen, sollte ich je diese Worte aussprechen. Früher war das für mich etwas Unvorstellbares. In jener Nacht wiederholte ich die Worte mehrmals mit lauter Stimme: ›Sieh mal an, auch das kann passieren ... Ich heirate.‹ Eigentlich empfand ich nichts Besonderes. Jedenfalls nicht den Schrecken, den ich einst erwartet hatte. Und ich hatte auch keine Lust zu lachen. Es war mir sonderbar zumute. Sosehr ich mich auch bemühte, es gelang mir nicht, den Ernst meiner Entscheidung zu fassen. Ich empfand nur etwas wie Stolz, weil ich es wagte, einer noch unbekannten Gefahr die Stirn zu bieten. Außerdem beseelte mich noch immer die Freude, die man empfindet, wenn man eine großherzige Tat vollbringt. Vielleicht spielte dabei auch wieder mein Hochmut mit: Sieh, zu welch einer mutigen, noblen Geste ich fähig bin ...! Was weiß ich. Jedenfalls sagte ich mir ohne Unterlaß: ›Also, alter Junge, du heiratetest!‹ – und nichts Fürchterliches passierte mit mir.

Am nächsten Morgen erwachte ich jedoch in nachdenklicher Stimmung. Ich zündete mir eine Zigarette an und versuchte zu überlegen, was da zu machen war. Freilich wäre es nicht allzu schwer gewesen, mein Wort zurückzunehmen; ich hätte auch einen heftigen Streit mit Lena vom Zaun brechen können. Ich sah aber ein, daß die Sache nicht so einfach war. Andererseits hatte Lena die Nachricht ohne besondere Begeisterung aufgenommen. Sie wäre mir vielleicht nicht böse gewesen, wenn ich das Heiraten nicht mehr erwähnt hätte. Mit mir war aber auch noch etwas anderes geschehen: Ich war nicht mehr Herr über mich und meine

Entscheidungen. In Lenas Gegenwart war ich zu allem fähig; ohne sie wäre ich zutiefst unglücklich gewesen. Es ging jedoch wohl gar nicht um Glück oder Unglück: Ich konnte mir das Leben ohne sie einfach nicht mehr vorstellen. Eine andere Zukunft als eine gemeinsame war für mich undenkbar. Mit diesen Gedanken plagte ich mich eine geraume Weile.

Als ich zum Tee hinunterging, fand ich Lena dabei, in Illustrierten zu blättern. Wahrscheinlich hatte auch sie sich Gedanken gemacht, denn sie sah müde und unruhig aus. Ihre Miene hellte sich auf, als ich näher trat. Ich begrüßte sie mit einem Handkuß und setzte mich zu ihr. Ich weiß nicht, warum ich nun meine Worte abwägen, mit meinen Äußerungen vorsichtig sein wollte. Mir war anscheinend eine gewisse Würde zugewachsen, die mich berauschte und zugleich traurig stimmte.

›Findest du es nicht seltsam?‹ fragte ich endlich.

›Was meinst du?‹ fragte sie, als hätte sie vergessen, worüber wir am Abend zuvor gesprochen hatten.

›Daß wir Mann und Frau werden könnten, daß wir es eigentlich schon sind ...‹

Sie sah mir lächelnd ins Gesicht.

›Ja‹, sagte sie versonnen, ›ich glaube, das ist eine sehr ernste Sache. Es ist so erschreckend ...‹

Sie hielt plötzlich inne, und ich fing schon an zu befürchten, daß dieses Schweigen zwischen uns allmählich peinlich und verwirrend werden könnte. Zum Glück kam der Kellner mit dem Frühstückstablett.

›Nimmst du Butter?‹ fragte ich sie.

›Nein danke‹, sagte sie recht formell. ›Aber wie ist dir das auf einmal eingefallen?‹

›Ich dachte, es wäre besser. Ich habe es mir gründlich überlegt, ehe ich mich dazu entschlossen habe.‹

In Wirklichkeit hatte ich, wie die meisten Männer, gar nicht darüber nachgedacht und nichts vorher beschlossen. In jenem Moment hatte ich nur gefühlt, daß ich diese Worte einfach sagen *mußte.*

›Ich‹, sagte sie, ›ich habe überhaupt nicht daran gedacht.

Und, was noch schlimmer ist, ich kann auch jetzt nicht daran denken.‹

Ihr Schwanken gab mir sofort das Gefühl einer großen Überlegenheit. Und ich ahnte, daß dieses Gefühl der Überlegenheit mich immer weiter treiben und mich veranlassen würde, mich immer fester zu binden. Aber diese Regung war viel zu schön, als daß ich hätte widerstehen und mich unter Kontrolle halten können.

›Trotzdem mußt du mir eine Antwort geben‹, fuhr ich beharrlich fort. ›Du mußt dich entscheiden.‹

›Ich habe nichts zu entscheiden‹, sagte sie leise. ›Ich bin dein, das ist alles.‹

Sonderbar! Je länger ich ihr zuhörte, um so stärker empfand ich, daß ich den Kopf verlor, daß ihre Liebe das einzig Wertvolle war, ihr Glück allein das war, was meinem Leben einen Sinn verleihen konnte. Ich sah ihren Körper neben mir und konnte es nicht fassen, daß er für immer mir gehören sollte.

›Hast du dir für den heutigen Tag schon etwas ausgedacht?‹ fragte ich sie.

Sie warf mir einen glühenden, überaus sinnlichen Blick zu.

›Ich wage es nicht, es dir zu gestehen ...‹

Wir erhoben uns vom Tisch, und ich sagte mir: Von nun an ist all das von keinerlei Bedeutung mehr. ›All das‹ war für mich: Freiheit, Geld, mein Stolz, Geschäfte und alles andere ...

Einen Monat später haben wir in Paris geheiratet. Ich hätte dieses Ereignis gern äußerst feierlich begangen, aber Lena bat mich, nur wenige Freunde, in der Mehrzahl Ausländer, einzuladen. Nach der Hochzeit fuhren wir nach Spanien, wo wir blieben, bis es Frühling wurde.

Es wäre wirklich sehr schwierig, wollte ich Ihnen schildern, was sich danach zugetragen hat. Sie sind nie verheiratet gewesen, Sie werden es nicht verstehen können. Jedenfalls war es so, daß die Zeit anders zu verstreichen begann. Solange wir im Ausland waren, beschäftigte uns, was wir sahen, was um uns herum geschah. Sobald wir aber in die Heimat zurückgekehrt waren, veränderte sich alles innerhalb von wenigen Tagen. Nur ein paar von unseren Bekannten wußten von unserer Heirat. Manche wollten es gar nicht glauben, daß wir wirklich verheiratet waren, bis wir ein Luxusappartement mieteten, es einrichteten und anfingen, Besuche zu empfangen. Unter den ersten Gästen erschien Clody. Sie kam mit ihrem Mann. Ich war ein wenig nervös, als ich die beiden eintreten sah, doch die Begrüßung fiel recht herzlich aus. Sie küßte Lena sehr liebevoll. Ihr Mann umarmte mich. Anfangs hatten sie es auch nicht glauben wollen, dann aber fanden sie es ganz natürlich, und alles schien in bester Ordnung. Sie baten uns für den nächsten Tag zu Tisch, und wir nahmen die Einladung an. Es wurde über tausend dumme Dinge geplappert, und ich fand Gelegenheit, von Zeit zu Zeit ›meine Frau‹ zu sagen. Jedesmal mußte Clody laut auflachen. Lena lächelte verlegen, aber auch sie schien alles um uns herum allmählich als normal zu empfinden.

Am nächsten Tag folgten wir also der Einladung. Clody versuchte, mir in sehr gewandter Weise den Hof zu machen, was mir unerträglich war, trotzdem bemühte ich mich, am Reden, Lachen und Scherzen teilzunehmen. Nur Lena schwieg. Zuletzt ging mir dieses Schweigen auf die Nerven.

›Du hast kein Taktgefühl‹, sagte ich zu ihr, als wir zu Hause angekommen waren.

›Ich werde versuchen, es mir anzueignen‹, antwortete sie.

Doch es war ihr anzusehen, wie traurig sie war. Nachdem wir uns in unser Zimmer zurückgezogen hatten, saß sie lange, ohne sich zu rühren, den Kopf in beide Hände gestützt, und schwieg beharrlich. Erst tat ich, als merkte ich es nicht, allmählich aber machte mich dieses absurde Schweigen rasend.

›Was hast du?‹ fragte ich grob.

›Ich bin müde‹, sagte sie.

›Ich kann mir schon denken, was du hast. Es verdrießt dich, daß wir bei Clody waren … Schließlich können wir doch nicht wie Hinterwäldler leben! Man muß eine gemeinsame Formel finden, um mit den Leuten auszukommen! Ich habe so viele Freunde in ihrem Bekanntenkreis. Außerdem können wir unmöglich so ohne jeden Grund auf alle Welt verzichten.‹

Das hatte ich aufgeregt und im Ton tiefster Überzeugung hervorgebracht, aber im Grunde war mir all das völlig gleichgültig. Es war mir einerlei, ob wir in Clodys Bekanntenkreis verkehrten oder nicht, mit ihr und ihren Freunden oder ohne sie, das war mir ganz egal. Ich fühlte nur das Bedürfnis, mich für Lenas vorwurfsvolles Schweigen zu rächen.

›An Clody habe ich überhaupt nicht gedacht‹, sagte Lena leise. ›Sie trifft keine Schuld an dieser ganzen Sache ...‹

›Das heißt, du beschuldigst *mich*‹, erwiderte ich, hocherfreut, einen Zankapfel gefunden zu haben.

Freilich hatte ich keine Ahnung, warum ich mit ihr zanken wollte. Es war irgendwie verlockend, ihr weh zu tun und dabei selbst zu leiden. Ich wollte sie um jeden Preis demütigen und beleidigen. Jedes grobe Wort, das ich ihr an den Kopf warf, verletzte vor allem mich selbst, aber das verschaffte mir eine seltsame Genugtuung und beruhigte mich einigermaßen.

›Natürlich bin ich an allem schuld!‹ fuhr ich mit erhobener Stimme fort. ›Ich bin es, der dir nichts als Leid zufügt. Gib es doch zu, du bist unglücklich mit mir ...‹

Ich konnte mir über den Sinn meiner Worte keine Rechenschaft ablegen. Meine ganze Liebe war auf einmal vergessen. Wie glücklich ich mit Lena war, war vergessen. Ich wollte scharfe Entgegnungen von ihr hören, um sie bis aufs Blut verletzen zu können. Wollte ich etwa im Unterbewußten einen Bruch zwischen uns herbeiführen, war es der heimliche Wunsch, nach so kurzer Zeit schon wieder auseinanderzugehen? Ich weiß es nicht. In jenem Moment war ich nur von der Lust besessen, sie zu quälen.

Sie hüllte sich weiterhin in Schweigen und verharrte regungslos in derselben Stellung wie zuvor. Sie weinte nicht einmal. Zuletzt sah ich ein, daß ich es zu weit getrieben hatte, und verließ das Zimmer. Sobald ich allein war, bereute ich mein Benehmen bitter. Die heftigsten Gewissensbisse marterten mich, und zugleich stellte sich das Bedürfnis ein, mich vor ihr zu demütigen, ihr zu sagen, wie sehr ich sie liebte, wie sehr ich ihretwegen litt. Trotzdem wollte ich nicht sofort zu ihr zurückkehren. Ich hörte sie im Zimmer umhergehen und sich langsam für die Nacht bereit machen. Dann trat ich ein, um ebenfalls zu Bett zu gehen. Sie sah mich nicht an. Sie hatte geweint, ihre Augen waren noch voller Tränen. Einige Augenblicke lang wußte ich nicht, wozu ich mich entschließen sollte: sie umarmen und dem leidenschaftlichen Verlangen nach ihr nachgeben oder sie mit Schimpfworten überschütten, außer mir vor Wut über ihr Leid, für das ich mich verantwortlich fühlte. Ich zauderte. Dann, ohne mir dessen ganz bewußt zu sein, ging ich zu ihr und nahm sie in die Arme ...

Derlei Auftritte wiederholten sich unzählige Male in den drei Jahren unserer Ehe. Mit der Zeit liebte und brauchte ich Lena immer mehr. Eigentlich weiß ich nicht, ob ich tatsächlich so verliebt war, ob das wirkliche Liebe war, was ich empfand. Was mich an Lena band, war schwerwiegender, tragischer. Ich brauchte sie unbedingt, sie war mir unentbehrlich, so wie man Luft, Wasser und Licht nötig hat. Sicherlich drücke ich mich schlecht aus, aber so war es. Ich ertrug es nicht, fern von ihr zu sein, waren wir aber längere Zeit beisammen, so verspürte ich die unwiderstehliche Lust, mich zu befreien, ihr Kummer zu bereiten, sie zu demütigen. Meistens gelang es mir, mich zu beherrschen, sonst wäre unser Alltag zur Hölle geworden. Nach einiger Zeit beobachtete ich, daß es mir nicht besonders schwer fiel, ihre Abwesenheit stunden-, ja tagelang zu ertragen, wenn ich es fertigbrachte, mich in meine Beschäftigungen zu vertiefen, mich in die Arbeit und in meine Geschäfte zu stürzen. Kehrte ich dann zu ihr zurück, war ich verliebter als je. Auch wurde sie immer schöner, zumindest schien es mir so.

Wie jeder wohlhabende Mann, der eine schöne Frau besitzt, fühlte ich mich geschmeichelt, wenn man sie bewunderte oder wenn Frauen neidische Blicke auf sie warfen.

Wenn wir zusammen ausgingen, war mir, als ob alle Welt ringsum mich beglückwünschte. Sie war wirklich sehr schön und auch ausnehmend elegant. Sie hatte sich schon immer äußerst geschmackvoll gekleidet, ich aber hatte ihr beigebracht, mit ihrer Garderobe Luxus zu treiben und fast verschwenderisch zu sein. Es machte mich glücklich, sie viel Geld ausgeben zu sehen. Sie tat es nur mir zuliebe, weil ich es wollte und weil sie wußte, daß es mir schmeichelte. Nun, diese Einzelheiten sind eigentlich unwichtig ...

Was ich Ihnen noch sagen möchte, ist, daß ich noch immer nicht recht begriff, was mit mir los war. Eins war mir völlig klar, nämlich daß ich ohne sie nicht mehr leben konnte. Ich war ihr verfallen, wie man so sagt ... Die Liebe machte mich nicht immer glücklich. Ich brauchte Lena, wie man bei einer bestimmten Krankheit bestimmte Arzneimittel braucht. Sehnte ich mich nach ihr und war sie da, so beruhigte mich ihre Anwesenheit. Doch schon im ersten Jahr unserer Ehe entfremdete ich mich ihr oft durch eine maßlose Gereiztheit, ja sogar Anwandlungen von Haß. Wie soll ich es erklären? Tatsache ist, ich ertappte mich mehr als einmal dabei, daß ich gegen sie rebellierte, mich auflehnte gegen diese Ehe, die mich bedrückte und zu ersticken drohte. Ohne Unterlaß wiederholte ich meine Vorwürfe wegen jenes Offiziers damals auf dem Bahnhof. Zwar glaubte ich selbst nicht mehr an seine Existenz, ich konnte aber nicht auf ihn verzichten, weil er Eifersucht und Wut in mir anstachelte und mir half, Lena zu hassen.

Ich weiß nicht, ob Lena mir gegenüber Ähnliches empfunden hat. Auch sie hatte sich seit unserer Heirat ziemlich stark verändert. Auf ihre geistigen Interessen von damals wie Musik und Malerei hatte sie mit größter Leichtigkeit verzichtet. Mit dem mondänen Leben konnte sie sich trotzdem nicht anfreunden. Sie mochte es nicht, jeden Abend auszugehen, wie ich das von ihr verlangte. Anfangs dachte ich, es sei wegen Clody, mit der wir die besten Beziehungen unterhielten, und sie fürchte vielleicht, ich käme zu oft mit ihr zusammen. Später erkannte ich, daß die gesamte mondäne Welt sie anödete. Sie war stets geistesabwesend, obschon sie überall äußerst elegant, nach dem letzten Modejournal gekleidet erschien und sich Mühe gab, so zu tun, als sei sie eigens gekommen, um dummes Zeug zu reden und anzuhören.

Davon abgesehen, begriff ich nicht recht, was in ihr vorging. Wenn ich nach Hause kam, fühlte ich, daß sie auf mich gewartet hatte, sich nach mir sehnte, meine Umarmung begehrte. Wir vergaßen uns in der Liebe wie zwei Kranke, die ihren Schmerz stillen. Dieses beiderseitige Verlangen machte sich auch unter fremden Leuten bemerkbar. Lenas besorgte Blicke verfolgten mich ständig. Sonst schien sie nichts zu interessieren, wenn wir in Gesellschaft waren. So kam es dazu, daß die Leute uns um unsere Liebe, unser Glück beneideten. Scheinbar waren wir ja wirklich ein vollkommenes Paar: sie eine schöne, intelligente und anständige Frau, ich ein gutaussehender Mann, reich, unternehmungslustig. Darüber hinaus bis zum Wahnsinn ineinander verliebt. Das entging niemandem. In der Promiskuität der Bukarester Tee- und Abendgesellschaften, unter den vielen in Ehebruch lebenden Paaren und den zügellosen jungen Leuten, fielen unsere Liebesheirat, unser Glück auf und standen in Kontrast zu dem uns umgebenden Milieu.

Oft fand ich selbst, daß wir jeden Grund hatten, glücklich zu sein, daß uns alles dazu Nötige gegeben war; unabhängig von uns und jenseits unserer Liebe gab es aber etwas, das Leid über uns brachte und uns zwang, das Leid zu suchen.

Einmal, etwa sechs Monate, nachdem wir uns in unserer Bukarester Wohnung eingerichtet hatten, traf ich in der Halle einer Bank einen etwas jüngeren Freund. Ich war dabei, Devisen für eine bevorstehende Auslandsreise zu besorgen. An jenem Morgen hatte ich Lena wieder einmal mit heftigen Vorwürfen überschüttet, und die quälende Erinnerung an meinen brutalen Ausfall ließ mich nicht los. Meinem Freund fielen offenbar meine müden Züge auf, denn er fragte:

›Bist du krank? Wie siehst du nur aus!‹

Ein andermal hätte ich ihn vielleicht belogen und vorgegeben, ich leide an irgendeiner Unpäßlichkeit; ich hätte mich geschämt, ihm meine Verzweiflung zu gestehen. Ich weiß nicht, was ich diesmal angesichts seiner unbekümmerten Jugend überkam, was ich mir von seiner gesunden, beneidenswerten Ausgewogenheit versprach, jedenfalls empfand ich für ihn plötzlich eine überaus warme Zuneigung und wollte ihm unbedingt mitteilen, wie es um mich stand, um ihn zu warnen, damit er sich gegebenenfalls zur Wehr setzen und ein ähnliches Los vermeiden konnte.

›Ich bin zutiefst unglücklich, das ist alles‹, sagte ich.

Er war sichtlich überrascht, traute sich aber nicht, weiterzufragen. Das war auch nicht nötig, denn ohne darauf zu warten, schilderte ich ihm alle Einzelheiten, übertrieb manches sogar, als ob diese ausführliche Beichte Balsam für meine Seele wäre. Er hörte mir anfangs etwas verlegen zu, offensichtlich befürchtete er jeden Augenblick, von Lenas Untreue zu hören.

›Lena liebt mich ebenso, wie ich sie liebe‹, sagte ich, seine Gedanken erratend. ›Davon bin ich felsenfest überzeugt. Im Vergleich zu anderen Ehefrauen, wie ich sie kenne, ist Lena eine Heilige. Und wie ich sie liebe ... Eigentlich ist es meine erste wirkliche Liebe.‹

›Na wunderbar!‹ unterbrach mich mein Freund und lächelte verwirrt. ›Dann handelt es sich also nur um vorübergehende Unstimmigkeiten.‹

Schweigend schüttelte ich den Kopf, denn mir kam zum Bewußtsein, wie einsam ich dastand. Beim besten Willen würde er meinen Zustand nicht begreifen und nachfühlen können, das war mir klar.

›Nein, es sind keine Unstimmigkeiten‹, fuhr ich nach einer Pause fort. ›Eine so fügsame, so verständnisvolle Frau wie Lena ist eine Seltenheit. Und sollten irgendwelche Mißhelligkeiten zwischen uns aufkommen, ist sie klug genug, um sie sofort beizulegen ... Es ist etwas anderes, etwas gänzlich anderes. Ich weiß nicht, ob es einfach nur der Tatsache zuzuschreiben ist, daß wir geheiratet haben. Nein, ich glaube, wir wären genauso unglücklich gewesen, wenn wir einfach nur miteinander gelebt hätten.‹

›Aber warum?‹ fragte er staunend.

›Ich weiß es nicht, ich verstehe es nicht. So ist es eben und kann nicht anders sein. Das ist alles.‹

›Dann solltet ihr euch trennen‹, sagte er unsicher.

›Das geht nicht. Für mich wäre es furchtbar, ohne sie zu leben. Es ist zu spät. Da wir uns einmal kennengelernt und ineinander verliebt haben, kann man nichts mehr machen. Wir müssen beisammen bleiben ... bis zum letzten Atemzug‹, fügte ich noch mit zitternder Stimme hinzu.

Ich weiß nicht, ob auch Sie empfunden haben, wie schwerwiegend, wie endgültig eine solche Liebe ist, ob Sie sich dessen bewußt waren, daß Sie das geliebte Wesen nie würden verlassen können, was auch immer geschehen würde, daß Sie mit ihm verbunden sind bis zum Tod im konkretesten Sinne des Wortes, das heißt, daß nur der Tod der Geliebten Ihnen die Freiheit würde wiedergeben können. Man fühlt sich als der ihre, ob man nun immer noch verliebt ist oder nicht, man ist an sie gekettet, für sie bestimmt ... Diese Dinge können aber junge Leute nicht verstehen, und auch diejenigen nicht, die nie für längere Zeit mit einer Frau verbunden waren. Denn nur dann kann es vorkommen, daß man zuweilen, von zu viel Liebe in einem gewissen Sinn erdrückt, an den Tod der Geliebten denkt. Man weiß nur zu gut, daß man sich, auch getrennt von ihr, nie wieder würde frei fühlen können, solange sie, und sei es auch in noch so großer Entfernung, irgendwo auf dieser Erde lebt. Man würde sich nicht frei fühlen, nicht unbedingt, weil man Gewissensbisse hätte, sondern einfach deshalb, weil ihre Existenz einen weiterhin beschäftigen und noch aus der Ferne bedrücken würde ...‹

Damals konnte mein junger Freund all das freilich nicht verstehen. Später hat er es begriffen, und zwar vor kurzem, das ist aber eine andere Geschichte, es würde zu weit führen, sie zu erzählen. Wir trennten uns ziemlich traurig. Immerhin hatte mir das Gespräch dazu verholfen, manche Dinge klarer zu sehen, und ich dachte noch lange über einige Einzelheiten, einige Worte nach, die ich zu ihm gesagt hatte. ›Noch lange‹ ist vielleicht übertrieben. Denn ein paar Tage später waren wir bereits verreist und so leidenschaftlich verliebt wie in den ersten Wochen. Wir verbrachten mehrere Monate im Ausland. Erst dort ging mir richtig auf, wie wunderbar Lena auch als Frau von Welt war, wie groß ihre Menschenkenntnis, was für eine angenehme Gefährtin sie mir war in den Kreisen der Neureichen, Kriegsgewinnler und Bankiers, in denen ich notgedrungen verkehrte.

In diesem Zeitraum war das Gefühl, daß Lenas Gegenwart mich aufreibe und zermürbe, fast völlig verschwunden. So scheint es mir zumindest heute. Denn eines Tages kam mir plötzlich zum Bewußtsein, daß ich nicht mehr litt, mich nicht mehr gegen Lena wehrte, nicht mehr gegen sie ankämpfte. Ich weiß nicht, wie ich es besser ausdrücken könnte. Es leuchtete mir eines Tages ein, daß ich an sie gebunden war und ihr gehörte, so wie sie mir, aber diese Empfindung der Endgültigkeit war nicht mehr quälend. Im Gegenteil, ich hätte mir das Leben ohne sie nicht mehr vorstellen wollen. Ich glaube, es ist damals tatsächlich eine einschneidende Veränderung in unserer Beziehung eingetreten. In welchem Sinne sie anders wurde, könnte ich nicht näher definieren. Es ist einfach so, daß ich bestimmte Ereignisse und Begegnungen vollkommen im Gedächtnis behalten habe, meine damaligen seelischen Zustände aber nicht mehr wachrufen kann.

Als wir im Herbst nach Bukarest zurückkehrten, waren die Stürme der Liebe vorbei. Lena und das gemeinsame Leben waren zur Gewohnheit geworden. Ich ging meinen Geschäften nach und kam voll Sehnsucht in mein Heim, zu meiner Frau und zu unserer Liebe zurück. Sollte das die wahre Glückseligkeit gewesen sein, die einzige, die einem Sterblichen gewährt ist? Wer weiß! In meiner Liebe habe ich viele beglückende Momente gekannt. Ich habe sie erlebt und dann vergessen – durch eigenes Verschulden, wie das wohl immer der Fall ist.

Zufällig traf ich wieder mit dem Freund zusammen, dem ich einige Monate zuvor meine Betrübnis und Ratlosigkeit anvertraut hatte. Ich schämte mich, als ich ihn erblickte. Mir war, als hätte ich ihn belogen, und diesmal wollte ich ihm die ganze Wahrheit sagen; außerdem hatte ich Lena einen

Schimpf angetan, indem ich mich über sie beklagt und darüber unsere Liebe und unser Glück vergessen hatte.

›Weißt du‹, begann ich lächelnd, ›du hattest recht damals. Es war etwas Vorübergehendes. Ein einfaches Mißverständnis. Das kommt anfangs oft vor ...‹

Es lag mir wirklich fern, ihm etwas vorzumachen. Man sagt, manche Ehemänner überreden gern andere junge Leute zum Heiraten, weil sie sie um ihre Freiheit beneiden und sich für ihre eigene verlorene Freiheit rächen möchten. Das war ganz und gar nicht mein Fall. Ich verfolgte keinerlei Absicht, als ich behauptete, daß ich mich geirrt habe und nun glücklich sei.

›Du kannst das nicht verstehen, nein, du kannst diese Dinge nicht verstehen‹, sagte ich ihm ein ums andere Mal.«

XIV

»Ich habe des öfteren versucht, die Erinnerung an die nachfolgenden Ereignisse wachzurufen. Es ist doch seltsam, daß ich so wenige Einzelheiten behalten habe. Die Zeit verging, fast ohne daß ich es merkte. Genau weiß ich nur, daß kurz nach dem dritten Jahrestag unserer Hochzeit sich etwas sehr Sonderbares zugetragen hat. Ich kam etwas früher als gewöhnlich nach Hause und fand Lena am Fenster, die Stirn an die Scheibe gelehnt. Sie schien auf jemanden zu warten, aber nicht auf mich, denn sie fuhr überrascht zusammen, als ich eintrat und sie umarmte. Sie sah mich erstaunt und ein wenig verwirrt an.

›Ich habe den Stein von meinem Ring verloren‹, sagte sie, indem sie mir ihre Hand zeigte.

Es war ein Ring mit einem sehr schönen großen Smaragd, den ich ihr kurz nach der Hochzeit geschenkt hatte. Ich versuchte sie zu beruhigen; der Stein sei bestimmt in der Wohnung abgefallen und werde sich beim Aufräumen wieder finden. Sie schüttelte traurig den Kopf.

›Macht nichts, ich kaufe dir einen anderen‹, tröstete ich sie.

Sie gab keine Antwort, ich merkte aber, daß sie diesen Verlust als unersetzbar betrachtete. Von den Ringen, die ich ihr nachher noch schenkte, gefiel ihr keiner mehr. Sie trug sie mir zu Gefallen, nahm sie aber ab, sobald sie allein war. Manchmal überraschte ich sie dabei, daß sie ihre Hände vor mir versteckte, und dieses kindische Spiel betrübte mich, ich weiß nicht warum.

›Ich mag keinen‹, sagte sie, als ich sie fragte, warum sie sich keinen anderen auswähle.

Ich nahm mir vor, ihr bei nächster Gelegenheit im Ausland einen Ring mit einem ebenso schönen Smaragd zu kaufen. An unserer Lebensweise hatte sich scheinbar nichts geändert. Wir fuhren mindestens zweimal im Jahr ins Ausland, und in den Kreisen, in denen wir verkehrten, galten wir noch immer als glückliches Paar. Übrigens wüßte ich wirklich nicht zu sagen, ob wir glücklich waren oder nicht. Wir ließen uns mehr oder weniger gedankenlos treiben. Ich weiß auch nicht, ob Lena irgendeine Veränderung an unserer Lebensweise wahrnahm. Seit ich mich ›beruhigt‹ und mit meiner neuen Daseinsform ausgesöhnt hatte, schien mir alles nicht nur natürlich, sondern geradezu notwendig. Es konnte nicht anders sein: Ich glaube, diese Formulierung drückt meine Einstellung nach der eingetretenen Aufheiterung sehr gut aus. Später, als ich wieder von selbstquälerischen Zweifeln geplagt wurde, wunderte ich mich über die Unfruchtbarkeit dieser Zeitspanne von über zwei Jahren, die wir miteinander verbracht hatten. Nachträglich fragte ich mich, was aus dem überaus klugen, selbständig denkenden, so vitalen und gebildeten Mädchen geworden war, das ich damals bei Clody kennengelernt und dem ich in Italien, in den Wochen vor unserer offiziellen Verbindung nähergekommen war. Erst dann wurde mir bewußt, welch einschneidende Veränderung sich in Lenas Wesen vollzogen hatte, ein allmählicher Wandel, zu dem ich, ohne ihn wahrzunehmen, zweifellos entscheidend beigetragen hatte. Ich könnte nicht behaupten, daß das, was ich unsere Liebe nannte, erkaltet oder ermattet war. Meine Einfühlung brachte mir die Gewißheit, daß Lenas Liebe zu mir nicht nachgelassen hatte. Und ihr Benehmen anderen gegenüber war ebenso stark von ihrer persönlichen Art und Weise geprägt wie früher. Was sie nach und nach eingebüßt hatte, so stellte ich nun fest, war der ihr eigene Hauch von Geheimnis, Spontaneität und Phantasie. Wie war diese Entwicklung zu erklären? Wie mir schien, begann sie ein wenig Fett anzusetzen. Das schlimmste aber war, daß Lena sich dieser Veränderungen bewußt war. Das deprimierte sie, und deshalb war sie recht schweigsam, wenn wir unter uns waren, und hing oft ihren eigenen Gedanken nach. All dies wurde mir erst etliche Wochen später klar.

Es war im Frühling. Zufällig blieb ich vor dem Schaufenster eines Reisebüros stehen. Da war ein großes buntes Reklameplakat, das ich, ich weiß nicht warum, wie gebannt anstarrte. Auf dem Bild waren ein schneebedeckter Berghang und ein Skiläuferpaar zu sehen, das barhäuptig talwärts sauste. Ich konnte nicht darauf kommen, was mich an diesem konventionell gezeichneten Bild fesselte, es war aber bestimmt nicht die Verlockung zu einer Reise oder einem Ferienaufenthalt in irgendeinem berühmten Wintersportgebiet. Mir gefielen die beiden jungen Leuten; ihr vor Gesundheit strotzendes Aussehen, ihr knalliges Lächeln, die grellen Farben, die primitive Linienführung, das alles war dazu angetan, mich nachdenklich zu stimmen. Da hörte ich hinter mir jugendliche Stimmen. Zwei Mädchen, gefolgt von zwei jungen Männern, waren im Begriff, die Calea Victoriei zu überqueren. Ich sah ihnen lange nach, und es überkam mich eine sonderbare Wehmut. Genauer könnte ich nicht sagen, wie mir zumute war. Seither sind ja so viele Jahre vergangen. Und wenn Sie mir Ihre Liebesgeschichte nicht so offen erzählt hätten, so hätte ich gewiß nicht den Mut aufgebracht, Ihnen solche Vorfälle zu berichten. Bisher habe ich sie niemandem anvertraut. Wirkliche Freunde, die mir mit Interesse zugehört hätten, habe ich nie gehabt. Außerdem gilt unter Männern meiner Generation eine merkwürdige Verhaltensnorm, Diskretion genannt, eine Art stillschweigender Vereinbarung, in die Sie nicht eingeweiht sein können, die es verbietet, offen über intime Erlebnisse zu sprechen.

Was ich gegenüber den lärmenden jungen Leuten empfand, war keineswegs Neid, das muß ich sofort klarstellen. Ich beneidete sie nicht um ihre Jugend und ihre Gesundheit. Bedrückend war einzig und allein meine Trauer um Versäumtes. Es war, als käme mir erst jetzt zum Bewußtsein, daß so manches vergangen war, daß mir gewisse Dinge, gewisse Stimmungen fortan versagt sein würden, was immer ich auch täte, wie sehr mich das Schicksal auch weiterhin begünstigen würde.

Es will mir nicht gelingen, genau das zu sagen, was ich sagen möchte. Meine Worte fügen sich viel schneller aneinander, als ich sie aussprechen will. Mir fehlen wohl die passenden Ausdrücke. Außerdem bin ich nicht gewohnt, mich selbst zu analysieren, obschon ›analysieren‹ nicht das richtige Wort ist; es ist vielleicht zu hoch gegriffen. Ich habe mich nämlich immer damit begnügt, für den Fall eines intellektuellen Gesprächs einige allgemeine Ideen sozusagen griffbereit zu haben. Obwohl ich nach den Geschehnissen, die ich Ihnen erzähle, etwas weniger oberflächlich zu denken begann. Sie erraten aber sicher, was ich sagen will. Während ich Ihnen zuhörte, ist mir aufgefallen, wie leicht Sie sich in andere Menschen einfühlen können. Natürlich sind Ihre geistigen Interessen von Anfang an ganz andere gewesen …

Wie dem auch sei, Sie dürfen nicht glauben, daß mich an jenem Morgen der Neid verstimmt hat. Es gab für mich keinen Grund, irgend jemanden zu beneiden. Es war auch nicht so, daß ich mich alt gefühlt hätte – ich war noch nicht ganz neununddreißig –, aber immerhin ein wenig verbraucht. Das ist wieder etwas schwer Verständliches für Sie. Es gibt Dinge, die man nur dann versteht, wenn man sie erlebt hat, und auch dann nicht immer. Wer sich einer Beschäftigung hingibt, hat, glaube ich, keine Zeit, das Altern wahrzunehmen. Obwohl, wie gesagt, nicht vom Altern die Rede ist. Wenn ein Mann Geld hat und nicht schüchtern ist, fühlt er sich niemals alt. Nein, an jenem Frühlingsmorgen ging mir etwas anderes durch den Kopf. All dies habe ich so genau behalten, weil es eine wichtige Rolle in meinem Leben gespielt, weil es entscheidend in mein Leben eingegriffen hat. Sonst hätte ich diese Einzelheiten wahrscheinlich vergessen. Ich habe ja so viele wichtige Dinge vergessen, zum Beispiel den Krieg …

Also, wie gesagt, ich war mir bewußt, daß sich in mir etwas geändert hatte. Es wäre falsch zu behaupten, daß ich mich nicht mehr jung fühlte. Doch ich fühlte, daß etwas unwiederbringlich verloren war, daß eine Zeit, vielleicht der schönste Teil meiner Jugend, verstrichen war. Es gab Dinge, die ich nicht mehr tun konnte. Welche, das war mir nicht klar, nur die Tatsache, daß mir nun manches versagt war.

Dabei ist das Wort *versagt* viel zu vage. Denn man hofft meistens, man würde auch das Untersagte noch tun können. Durch die Kraft irgendeiner Torheit oder dank einem glücklichen Zufall kann man zuweilen die Schranken der Verbote durchbrechen. Das war es also nicht, was ich fühlte, sondern daß manche Dinge, obwohl ich sie nicht zu nennen vermocht hätte, für mich tot waren. Ich mochte tun, was ich wollte, mein Glück, mein Schicksal mochten es noch so gut mit mir meinen, sie würden nie wieder für mich dasein ...

Ich kehrte sehr aufgewühlt heim, war aber zugleich sehr begierig, Lena in meine Arme zu schließen. Jetzt brauchte ich sie mehr denn je. Ich weiß nicht, was ich von ihr erwartete. Vielleicht eine warmherzige Umarmung, vielleicht ein gutes Wort. Keinesfalls suchte ich bei ihr Trost. Obwohl noch sehr bewegt, brachte ich es nicht über mich, ihr meine Entdeckung mitzuteilen. Übrigens hätte ich gar nicht gewußt, was ich ihr hätte sagen sollen. Den Sinn dieser Dinge erfaßte ich erst später genau. Damals empfand ich nur eine seltsame Melancholie und einen Anflug von Angst. Ja, das war es, glaube ich, eine Art kindliche Angst: nur ja nicht allein bleiben, sie um jeden Preis behalten, sie immer in der Nähe haben, sie unzertrennlich an mich ketten ...

Als ich sie umarmte, sagte ich scherzend:

›Ich werde alt, Lena.‹

Sie sah mich verwundert und – das bildete ich mir aber vielleicht nur ein – etwas ironisch an. Ohne etwas zu erwidern, begann sie, mein Haar zu streicheln, sie war jedoch zerstreut.

›Und leider‹, fuhr ich immer noch in scherzhaftem Ton fort, ›werde nur ich alt. Du bleibst jung.‹

Sie lachte.

›Hast nicht du mich auserwählt, so wie ich bin?‹ fragte sie mit einem Schimmer von Stolz.

›Das stimmt‹, sagte ich nun ernst, ›trotzdem ist es schön, wenn zwei Menschen miteinander alt werden.‹

Ich weiß nicht, warum ich ihr das gesagt habe. Einen Augenblick zuvor war es mir noch nicht in den Sinn gekommen, ihr so etwas zu sagen. Nun sah sie mich noch erstaunter an.

›Natürlich werde auch ich alt‹, erwiderte sie, ›aber auf meine Weise ... Du merkst es nur nicht.‹

›Du bist so jung!‹ rief ich, sie fast neidisch betrachtend.

›Ich habe immer von einem Mann geträumt, bei dem ich geborgen bin und der mir schwierige, unbekannte Dinge beibringt‹, flüsterte sie.

Es war, als ob sie diese Worte nicht an mich richtete, als hätte sie sie zu sich selbst gesagt. Schon wollte ich darauf entgegnen: ›Auch ich habe von einer Frau geträumt, die mir eine gute Gefährtin ist und Geborgenheit schenkt‹, doch ich besann mich sofort. Es wäre eine Dummheit gewesen, wie man sie in einem Augenblick der Schwäche sagt, und so begnügte ich mich mit einem Lächeln.

›Was ist denn mit dir los?‹ fragte sie plötzlich und legte die Hände um meinen Kopf. ›So warst du noch nie ...‹

Wie war ich denn? Ich hatte keine Vorstellung davon. Vielleicht war ich nicht mehr derselbe, vielleicht war ich aus einer Lethargie erwacht, in die ich nach und nach durch die Liebe und die Ehe versunken war. Jedenfalls, wie verworren meine Gedanken an jenem Tag auch gewesen sein mögen, war mir völlig klar, daß ich nun ein anderer war. Mich wunderte nur Lenas Einfühlungsvermögen. Kannte sie mich so gut? Las sie in mir wie in einem offenen Buch? Das schüchterte mich ein wenig ein. Wenn sie nur nicht noch mehr mitbekam von den Zweifeln, die mich an diesem Tag befallen hatten! Zugleich aber fühlte ich mich geschmeichelt, so geliebt zu werden, daß nicht einmal die geheimste Regung meines Herzens dem Auge meiner Geliebten entging.

›Ich dachte nur‹, begann ich zögernd und sah ihr dabei fest in die Augen, ›ich dachte, es wäre an der Zeit, ein Kind zu haben.‹

Wieso hatte ich mich entschlossen, ihr das zu sagen? Doch sobald die Worte ausgesprochen waren, übermannte mich eine tiefe Rührung, mir wurde ganz weich ums Herz. Es fehlte nicht viel, und die Tränen wären mir in die Augen getreten ... Das sind Dinge, die Sie wohl nie verstehen werden. Ich maße mir nicht an, ein Urteil über Sie zu fällen, aber verstehen können Sie das nicht. Bis dahin hatte ich es auch nicht verstanden, ich glaubte, es handle sich um Liebe, Überdruß, Verlust der Jugend, aber all das, erkannte ich nun, waren nur vorübergehende, ja unwürdige Zustände. Jetzt entdeckte ich ganz zufällig, daß mir etwas anderes fehlte, daß mir in diesen letzten drei Jahren etwas ganz anderes gefehlt hatte.

›Es wäre an der Zeit‹, wiederholte ich mit inbrünstiger Eindringlichkeit.

Lena betrachtete mich lächelnd.

›Wieso denn so plötzlich?‹ fragte sie.

Ich zuckte die Achseln, unfähig, in Worte zu fassen, was mir selbstverständlich und vordringlich schien. Wohl hatte ich die Absicht, ihr noch vieles zu sagen, aber ich begegnete ihrem Blick und schämte mich plötzlich, da ich im Begriff war, pathetisch zu werden.

›Ich verstehe wirklich nicht, was in dich gefahren ist, so plötzlich!‹ sagte sie noch einmal.

Es schien sie mehr zu interessieren, dieses Rätsel zu lösen, als mir eine Antwort zu geben.

Diesmal war ich ihr ernstlich böse, ich weiß nicht warum. Es gibt so viele dunkle Gefühle, die ich nicht entwirren kann. Obwohl ich lange darüber nachgedacht und später oft versucht habe, diese Auseinandersetzung Augenblick für Augenblick zu rekonstruieren ... Ich betrachtete sie, die so jung, so frisch war, und aus allen Gedanken, die mir dabei durch den Kopf zuckten, hob sich, glaube ich, vor allem dieser heraus: Mal sehen, was du später einmal dazu sagen wirst.

›Wir sind doch noch jung‹, flüsterte sie. ›Und schließlich haben wir nicht deswegen geheiratet ...‹

Ihre Worte schienen mir allzu kalt und trivial zu sein. Meine ganze Freude war dahin, von ihrer völligen Verständnislosigkeit vergällt. Ich fühlte, daß sie etwas mir Unbekanntes schützen wollte und einen Egoismus verteidigte, von dem ich nichts geahnt hatte.

›Wir haben doch geheiratet, um miteinander glücklich zu

sein‹, sagte sie dann mit schwacher Stimme, als wäre sie der Sache müde.

Darauf gab ich keine Antwort. Ich lag neben ihr ausgestreckt, den Blick an die Decke geheftet. Ich fühlte mich gedemütigt, aufgewühlt, wütend. Das alles, weil ich anscheinend zu viele Dinge in wenigen Stunden entdeckt hatte. Die Idee, daß ich ein Kind haben müßte, ließ mich nicht los. Und sie sprach von Glück, als hätte sie nie eines gekannt.

Sie kam mir fremd und hart vor. Am liebsten hätte ich ihr etwas Beleidigendes gesagt, aber ich tat mir selber viel zu sehr leid. Außerdem war ich ein Feigling geworden, muß ich gestehen. Ich hatte Angst, daß etwas geschehen könnte, was nie wiedergutzumachen war.

Im nächsten Augenblick wurden wir zu Tisch gerufen, und wir erhoben uns, beide äußerst befangen.

Es war eine traurige Mahlzeit. Keiner von uns beiden aß etwas. Wir waren darauf bedacht, dem Blick des anderen auszuweichen, und sagten dann und wann ein paar belanglose Worte, wenn der Hausdiener gerade in der Nähe war. Unwillkürlich richtete ich die Augen auf Lenas Hand und verfolgte dann wie gebannt die Bewegungen ihrer Finger. Sie bemerkte es und versuchte rasch, sie mit ungeschickten kleinen Gesten zu verbergen. Übrigens errötete sie mehrmals. Offenbar war auch sie ergriffen, ich weiß nicht warum.

Als ich wieder allein war, überwältigte mich die Traurigkeit. Das war mir schon lange nicht mehr passiert. Ich konnte nicht darauf kommen, was ich hatte, was mir fehlte, was mich bedrückte, und saß in meinem Arbeitszimmer, ohne den Mut zu einem Entschluß aufzubringen. Allerlei Gedanken stürmten auf mich ein. Früher war es mir nie aufgefallen, daß ich bereits so viel erlebt hatte. Zehn, zwanzig, dreißig Jahre und noch weiter reichte meine Erinnerung zurück, und in dieser langen Vergangenheit stieß ich überall auf mich selber, sah mich in seltsamen Situationen, manche davon völlig unsinnig, unter Verwandten, Freunden und sonstigen Personen, die längst tot waren. Und allen diesen chaotischen Erinnerungen entstieg, vielleicht noch bedrükkender als zuvor, der sehnliche Wunsch, so bald wie möglich ein Kind zu haben.

Ich weiß nicht, wie ich Ihnen dieses Bedürfnis erklären soll. Allem, was Sie mir erzählt haben, entnehme ich, daß Sie dieses dunkle Verlangen, wiedergeboren zu werden, nie empfunden haben, und auch nicht das Bedürfnis nach einer Ergänzung durch ein anderes Wesen außer der Geliebten und Lebensgefährtin. Mich überkam damals eine Art wilde Verzweiflung bei dem Gedanken, daß ich so viel Zeit hatte verstreichen lassen, eine töricht vergeudete, unwiederbringliche Zeit, und außer Erinnerungen nichts bewahrt hatte, kein Lebewesen, nichts, das wirklich mein gewesen wäre … Hätten wir gleich im ersten Jahr unserer Ehe ein Kind gehabt, sagte ich mir, wäre ich jetzt ein anderer Mensch. Gleichzeitig mit ihm wäre auch ich gewachsen, hätte gefühlt, daß mein Leben einen Zweck hatte. Sie können sich nicht vorstellen, wie bedrückend es sein kann zu denken, daß einem die Zeit davongerannt ist, daß man wesentliche Dinge nicht rechtzeitig getan hat, daß man eines Tages allein und gealtert dastehen wird, außerstande, das Versäumte nachzuholen. Das war es, was mich an jenem Nachmittag am meisten bedrückte, das Gefühl des Unwiederbringlichen. Etwas war vergangen, und ich hatte es nicht bemerkt … Es ist grausam, das zu erkennen …

Da hörte ich sacht die Tür aufgehen, und plötzlich stand Lena vor mir. An ihren geröteten Augen und an ihrer Stimme merkte ich, daß sie geweint hatte.

›Du hast mich falsch verstanden‹, begann sie zögernd. ›Ich möchte es ja auch … Nur nicht so, von heut auf morgen, wie es sich gerade trifft … Warum hast du mir bisher nichts davon gesagt?‹

Ich antwortete nicht. Wie fern stand sie mir jetzt mit ihren Ideen, diesem Gehabe einer außergewöhnlichen Frau! Lena sprach weiter auf mich ein.

›Es ist doch eine ernste Sache, mein Lieber …‹ Nachdem sie eine Weile angestrengt nachgedacht hatte, fuhr sie fort: ›Vielleicht ist es unser Los, nur so, aufs Geratewohl zu leben …‹

Das klang, als ob sie es zu sich selber sagte. Danach sah sie noch trauriger aus, sie schien über den Sinn ihrer Worte nachzudenken. Woran mochte sie gedacht haben? An unsere Begegnung in Clodys Haus, an unsere erste Nacht in Venedig? ... Jedenfalls beschäftigten sie bohrende Gedanken, die aber, das fühlte ich, nicht mit den meinen übereinstimmten.

›Macht nichts‹, sagte ich derb, denn ich wollte sie demütigen. ›Dich werde ich für das Glücklichsein aufheben.‹

Als ich ihr ins Gesicht sah, tat es mir wohl, daß sich Leid in ihren Augen spiegelte. Wie gut kannte ich diese Freude an dem Leid, das ich ihr zufügte! Wie oft hatte ich sie schon gedemütigt, zu Tode gegrämt, zutiefst beleidigt, wie oft hatte ich sie mit einer verbissenen, blindwütigen Hartnäckigkeit, deren ich nicht Herr werden konnte, gequält, nur um ihre verzerrten Gesichtszüge, ihre brennenden Augen zu sehen! Das tun wir übrigens alle. Niemand kommt an gegen diesen Trieb ...

›Ich werde dich nur das tun lassen, wozu du imstande bist‹, fügte ich mit einem krampfhaften Lächeln hinzu. ›Für das übrige gibt es andere Frauen genug.‹

Ich dachte, sie würde in Tränen ausbrechen. Sie wurde zwar leichenblaß, erhob sich aber schweigend und ging langsam zur Tür.

›Ich denke, du hast dir alles gut überlegt‹, sagte sie, die Hand auf der Türklinke.

Ich sah sie verärgert an. Sie versucht, die Überlegene, die unverstandene Frau zu spielen, sagte ich mir. Meine Worte haben sie wohl nicht genügend verletzt. Mir stehen auch noch andere zur Verfügung!

›Du denkst vielleicht, ich habe gescherzt‹, sagte ich.

Es hätte mir behagt, sie unter der Wucht meiner Beschimpfungen wanken zu sehen. Das hätte mich vielleicht befriedigt und besänftigt. Ihre eisige Kälte brachte mich zur Raserei. Immer noch an der Tür stehend, die Hand auf der Klinke, ließ sie meine letzten Worte mit ruhigem Lächeln über sich ergehen.

›Ich bin sicher, daß du im Ernst gesprochen hast‹, erwiderte sie. ›Du hast immer im Ernst gesprochen. Deshalb habe ich dich so sehr geliebt‹, fügte sie leise hinzu.

Sie versuchte wieder zu lächeln, konnte aber die Tränen nicht länger zurückhalten und lehnte den Arm an die Tür. Ich stand nicht auf, um sie zu umarmen und um Verzeihung zu bitten. Noch hatte ich mich nicht ausgetobt.

›Mit solchen Dingen treibe ich keinen Scherz‹, sagte ich.

Sie schwieg eine Weile, dann öffnete sie rasch die Tür und eilte, ohne sich noch einmal nach mir umzudrehen, hinaus.

Früher, vor etwa zwei Jahren, als sich derartige Szenen häufiger abspielten, habe ich jedesmal, wenn sie das Zimmer weinend verließ, gedacht: Es wird ihr schon vergehen! Diesmal war ich apathisch, von keinem Gedanken, keinem Wunsch bewegt, und verharrte in der Stellung, in der mich Lena gefunden hatte: auf dem Kanapee meines Arbeitszimmers hingestreckt, die Augen an die Decke geheftet. Ich war traurig, vielleicht sogar verzweifelt, hauptsächlich aber verärgert, weil ich ihr nicht alles an den Kopf geworfen hatte, was ich ihr sagen wollte. Wenn wir uns schon einmal stritten, sollte sie doch wenigstens zu hören kriegen, was ich von ihr und von ihrer Überlegenheit als intelligente Frau hielt.«

XV

»An jenem Abend kam sie nicht ins Eßzimmer herunter. Der Hausdiener richtete mir aus, die gnädige Frau sei unpäßlich. Mehr wollte ich nicht wissen und zwang mich, ruhig zu essen, als ob nichts passiert wäre. Nach Tisch ging ich ins Herrenzimmer, ohne zu wissen, was ich anfangen sollte. Übrigens lebte ich in diesen Tagen einfach ins Blaue hinein. Meist wußte ich wenige Minuten vor einem Entschluß noch nicht, wozu ich mich entschließen würde. Meine Nerven und die Worte, die mir auf die Lippen kamen, ehe ich wußte, wie ich den Satz beenden würde, lenkten mich nach ihrer Willkür, und ich war außerstande, in irgendeiner Weise einzugreifen. Solche Zustände hatte ich früher nicht gekannt, zumindest nicht in diesem Ausmaß. An jenem Tag war ich jedoch völlig abgestumpft und starr, in meinem Herzen war nichts mehr lebendig außer Groll und Verbitterung.

Plötzlich faßte ich den Entschluß, in den Club zu gehen. Ich öffnete die Schlafzimmertür und sagte zu Lena:

›Diese Nacht werde ich im Club verbringen. Warte nicht auf mich.‹

Meine Worte schienen sie erschüttert zu haben, sie sah mich erschrocken an und wurde blaß. Sie kam auf mich zu, als wollte sie mich um etwas bitten, ich sagte aber ›Gute Nacht‹ und schloß die Tür, als sie fast vor mir stand. Recht zufrieden ging ich die Treppe hinunter. Ich hatte mich überzeugen können, daß Lena litt – das dämpfte meine Erregung und Bitternis ein wenig.

Im Club traf ich ein paar junge Leute, die ich bei Clody kennengelernt hatte. Sie luden mich zu einer Runde Poker ein. Doch ich hatte an jenem Abend keine Lust, Karten zu spielen. Ich hätte gern etwas wirklich Außergewöhnliches unternommen, etwas, wovon Lena erfahren mußte und das ihr weh tat. Ich schlug ihnen einen Bummel in der Stadt vor. Wir berieten gerade darüber, welches Lokal wir aufsuchen wollten, als mir gesagt wurde, Lena sei am Telefon und wolle mich sprechen. Ich ließ ausrichten, sie möge mich entschuldigen, ich sei gerade beschäftigt. Einer meiner Bekannten begann zu lächeln. Es war ein spöttisches Lächeln, das mich unsäglich ärgerte.

›Die Kontrolle!‹ murmelte er vor sich hin, laut genug, damit ich es hörte. ›Da geht einer einmal im Jahr allein aus, und schon wird ihm nachgespürt.‹

›Da irren Sie sich gewaltig, lieber Freund‹, unterbrach ich ihn. ›Meine Frau gewährt mir völlige Freiheit. Wir sind ein modernes Paar‹, fügte ich hinzu und zwang mich zu lächeln.

Ich muß aber gestehen, daß ich sehr nervös und von Lenas Anruf irritiert war.

›Ja, damit brüsten wir uns alle‹, sagte ein anderer.

Ich blickte in die Runde und bemühte mich, sehr erstaunt auszusehen.

›Ach, laßt doch die Witze‹, sagte ich. ›Gehen wir lieber! Wozu noch Zeit verlieren!‹

Ich kam am nächsten Morgen nach Hause. Seit unserer Hochzeit war es noch nicht vorgekommen, daß ich einer Unterhaltung zuliebe eine ganze Nacht außer Haus geblieben wäre. Und was für eine Lustbarkeit war es schon gewesen! Stumpfsinnig, erbärmlich, in einem Nachtlokal. Für die jämmerlichen Weiber, die uns umringten und sich betranken, empfand ich nichts als Abscheu.

Als ich ins Zimmer trat, war ich überrascht, Lena am Fenster zu finden. Die Lampe brannte. Mir wurde klar, daß sie die ganze Nacht aufgeblieben war. Ich muß mit schweren Schritten eingetreten sein, denn sie drehte sich erschrocken um. Fast hätte ich sie nicht erkannt. Wie kann eine Frau in einer einzigen Nacht derart altern? fragte ich mich betroffen. Trotzdem mußte ich lächeln. Lenas Gesichtsausdruck und Haltung waren so übertrieben pathetisch wie in einem Melodrama, was mich zugleich irritierte.

›Was ist mit dir?‹ fragte sie mit müder Stimme. ›Ich habe immer wieder im Club angerufen.‹

›Ich war mit ein paar Freunden auf Bummeltour, um mal wieder richtig zu lumpen.‹

Sie starrte mich verblüfft an, als könne sie es nicht begreifen, als könne sie ihren Augen und Ohren nicht trauen. Jemand hatte ein Glas Cointreau umgeworfen, es war auf meine Hose geflossen, und Lena roch nun wohl den ekelhaften Geruch von Alkohol.

›Kommst du nicht schlafen?‹ fragte ich grob.

Sie schüttelte den Kopf. Dann flüsterte sie:

›Ich bin nicht müde.‹

Warum ich den dummen Gedanken nicht loswerden konnte, daß sie mir eine Szene vorspielen wolle, ist mir unerfindlich. An jenem Morgen war ich einfach nicht geneigt, ihr Glauben zu schenken. Ich war wütend auf mich selber, und der Ekel, den ich vor meiner eigenen Verkommenheit empfand, zwang mich, Lena zu hassen. In einem gewissen Sinn, dachte ich, ist nur sie allein an diesem traurigen Vorfall schuld.

Ich wollte ruhig und gleichgültig erscheinen und ging zu Bett. Es gelang mir endlich einzuschlafen, indem ich mir das Kissen zum Ersticken fest aufs Gesicht drückte.

Der Abend brach schon herein, als ich, gehörig verkatert, aufwachte. Lena war nicht im Zimmer. Ihr Bett war unberührt. Nachdem ich geduscht hatte, rief ich das Stubenmädchen.

›Die gnädige Frau ist gleich nach Tisch ausgegangen‹, lautete ihre Auskunft.

Ich zuckte die Achseln. Sie will mich erpressen, sagte ich mir. Und wie in der Nacht zuvor empfand ich Haß gegen Lena, nur noch heftiger. Ich hatte einiges zu erledigen und ging aus. Es war schon dunkel. Allmählich überwältigten mich Traurigkeit und Reue. Im Grunde ist sie ein braves Mädel, sagte ich mir. Und ich bin ein Rüpel ... Diese Einsicht beruhigte mich. Wenn wir beim Abendessen zusammenkommen, werden wir uns versöhnen. Es hatte schon erbittertere Zänkereien zwischen uns gegeben, und jedesmal hatten wir uns danach wieder versöhnt, versuchte ich mich zu ermutigen. (Obwohl es noch nie vorgekommen war, daß ich die Nacht in einem verrufenen Lokal verbracht hatte. Auch hatte ich ihr noch nie zu verstehen gegeben, daß wir uns trennen könnten.) Ich ging in ein Blumengeschäft und schickte ihr einen ganzen Korb voll Veilchen. Dann spazierte ich ein wenig umher, um mich zu sammeln, und kehrte nach Hause zurück. Ich trat schnell, einigermaßen erregt, in ihr Zimmer. Ich wollte sie um Verzeihung bitten, sie umarmen, ihr sagen, wie blödsinnig ich selber mein Benehmen fand. Der Korb Veilchen mit den paar Worten, die ich ihr geschrieben hatte, stand auf ihrem Toilettentisch. Lena war noch nicht heimgekehrt. Ich wußte nicht, was ich denken sollte. Das Stubenmädchen wußte auch nichts. Ich wartete mit dem Abendessen bis elf Uhr nachts. Dann schloß ich mich in mein Arbeitszimmer ein und versuchte, mir klarzuwerden, was nun getan werden mußte. Es wäre lächerlich gewesen, jemanden zu verständigen. Und besonders lächerlich wäre es gewesen, sie bei Verwandten oder Freunden zu suchen. Alle hielten uns für glücklich, für das ideale Ehepaar. Noch vor zwei, drei Tagen galten wir überall als vorbildliche Ehegatten. Und jetzt sollte ich urplötzlich jemanden fragen, ob er wisse, wo meine Frau stecken könnte ...?

Kurz vor Mitternacht klingelte ein Laufbursche bei uns und brachte einen Brief. Es war in der Tat ein Brief von Lena. Ich wollte meinen eigenen Augen nicht trauen. Sie schrieb, sie verbringe die Nacht bei ihrer Tante, ein Rechtsanwalt werde mich morgen früh aufsuchen, um alles Nötige mit mir zu besprechen. Zuletzt dankte sie mir für die drei glücklichen Jahre, die ich ihr geschenkt hatte. Es war ein Abschiedsbrief, den sie, davon bin ich überzeugt, mehrmals von vorn begonnen hatte, um weder pathetisch zu werden noch allzu schroff zu erscheinen.

Ich verließ sofort die Wohnung, nahm ein Taxi und fuhr zu ihrer Tante. Lena war allein im Salon. Sie sah sehr müde aus und hatte einen harten, undurchdringlichen Gesichtsausdruck. Ich umarmte sie, doch sie stieß mich sacht zurück und zwang sich ein Lächeln ab.

›Was hat dich bloß gepackt?‹ fragte ich. ›Was sollen die Scherze?‹

Sie ließ sich auf den Rand eines Lehnstuhls sinken und stützte die Stirn auf die Hand. Ich glaubte zu bemerken, daß sie gerührt war. Ich dachte, sie bereue es, mir den Brief geschrieben zu haben, und wollte sie noch einmal umarmen. Sie versuchte sich zu wehren, doch ich war hartnäckig, und sie ließ es geschehen, jedoch mit geschlossenen Augen und fest zusammengepreßten Lippen. Sie war wie aus Eis.

›Laß mich bitte‹, flüsterte sie.

Ich forschte in ihrem Gesicht, gab mir Mühe zu verstehen, was in ihr vorging. Denn meiner Ansicht nach hatte sie überhaupt keinen Grund, sich von mir trennen zu wollen. Nicht einmal einen Grund, mir böse zu sein. Hatte ich ihr nicht einen ganzen Korb Veilchen geschickt? Und war ich ihr nicht mitten in der Nacht nachgeeilt, um sie zur Heimkehr zu bewegen? Auch wenn ich sie beleidigt hatte, die Tatsache, daß ich sie um Verzeihung bat, wusch mich in meinen Augen von jeder Schuld rein.

›Das ist mir völlig unverständlich!‹ rief ich schließlich aus.

›Du hast es doch so gewollt‹, sagte Lena mit fester, aber auch Bedauern verratender Stimme.

›Das scheint dir nur so!‹ entgegnete ich. ›Es war doch nicht Ernst.‹

Lena hob die Stirn und sah mich, meinen Blick suchend, bewegt an. Von einer heißen Gefühlsregung entflammt, näherte ich mich ihr erneut.

›Ich dachte, du würdest es verstehen, du, die alles versteht. Man macht doch eine dreijährige Ehe nicht wegen eines dummen Streites kaputt! Wir haben uns doch auch sonst mal gezankt, es ist aber immer gut ausgegangen, sehr gut sogar‹, fügte ich, den Doppelsinn unterstreichend, hinzu, ja ich zwang mich sogar, zweideutig zu lachen.

Lena blieb davon unberührt.

›Nun gut‹, sagte sie nach einer Pause, ›aber, mein lieber Freund ...‹

Ich weiß nicht, was sie sagen wollte, denn sie hielt inne, als wäre sie nach diesem halben Satz völlig erschöpft. Ich vermutete, sie wolle auf die verbummelte Nacht anspielen, und setzte von neuem zu einem Lachen an.

›Aber das sind doch ganz belanglose Dinge‹, wollte ich sie beruhigen. ›Abenteuer solcher Art haben andere Männer zu Hunderten, und keine Frau denkt je daran, sich deswegen scheiden zu lassen … Außerdem, ich sag's dir, wie es ist, haben mir die Weiber dort überhaupt nicht gefallen. Lauter armselige Huren, die sich Mühe gaben, wie Französinnen auszusehen. Arme Geschöpfe!‹ rief ich zuletzt, meine Rede mit dieser feierlichen Trivialität schließend.

Lena begann zu weinen. Die Schlacht ist gewonnen, dachte ich und schloß sie in meine Arme.

›Meine Liebste‹, murmelte ich, ›meine unschätzbare Geliebte!‹

Ohne daß ich das leiseste Anzeichen davon gespürt hätte, riß sich Lena plötzlich so heftig aus meiner Umarmung los, daß es mir erst dann zu Bewußtsein kam, als sie schon im Nebenzimmer verschwunden war. Ich lief ihr nach, aber sie hatte schnell die Tür verschlossen.

Ich klopfte an, hämmerte mit den Fäusten gegen die Tür, bekam aber keine Antwort mehr. Wieder stieg Wut in mir auf, so maßlose Wut, daß ich mit den Zähnen knirschte. Und ich rief durch die Tür:

›Von nun an kannst *du* mich anbetteln kommen, und *ich* werde nicht hören!‹

In diesem Augenblick erschien ihre Tante auf der Türschwelle. Ich bin sicher, daß sie von ihrem Zimmer aus alles gehört hatte.

›Was ist denn los?‹ fragte sie erschrocken.

Ich maß sie mit einem arroganten Blick von oben herab, machte mich zum Gehen bereit und sagte zu ihr, während ich meinen Mantel zurechtzerrte:

›Wir lassen uns scheiden! Es war sowieso schon höchste Zeit.‹

Ich verabschiedete mich höflich mit einem Handkuß und ging.

Am nächsten Morgen ließ ich einen befreundeten Rechtsanwalt kommen und bat ihn, die Scheidung einzuleiten. Ich erklärte, bei keiner Gegenüberstellung erscheinen zu wollen. In Wahrheit hatte ich mich entschlossen, in einigen Tagen eine Auslandsreise anzutreten.

›Ja, was ist denn, mein Lieber, warum?‹ fragte mich der Anwalt. (Er gehörte zu den Bewunderern unserer vollkommenen Ehe.)

›Lena will keine Kinder‹, verkündete ich mit feierlichem Ernst.

Übrigens glaubte ich selber daran, daß das der wahre Anlaß sei. Doch im Grunde war er längst von vielen anderen Vorfällen überlagert, von Gift und Galle verfälscht, was seinen Sinn und seine Folgen völlig verändert hatte.

›Während ich es für eine Pflicht halte, die mir heilig ist‹, fuhr ich fort, selbst erstaunt über meine Sittenstrenge. ›Ich habe nichts für die moderne Ehe übrig, die nur auf Egoismus gründet.‹

Ich hörte mich reden und berauschte mich an meinen eigenen Worten. Als ich wieder allein war, begann ich, im Zimmer auf und ab gehend, ernsthaft nachzudenken, wie es sich für einen reifen, mit moralischen Problemen beschäftigten Mann ziemt. Es erübrigt sich zu bemerken, daß ich diese Probleme gerade erst für mich entdeckt und mir eigens zurechtgelegt hatte, in der Bemühung, die Scheidungsklage vor meinem Freund, dem Anwalt, zu rechtfertigen. Das Drama, in das ich mich verwickelt fand, schmeichelte irgendwie meiner Eitelkeit. Ich sah mich in der Rolle eines Mannes, der wegen seiner Prinzipien zu leiden hat, eines Ehemannes, der lieber Hausstand und Heim aufgibt, als auf seine hohe Gesinnung und seine moralische Einstellung zu verzichten. Wieviel Leid haben meine Eitelkeit und meine Überheblichkeit mich später gekostet! Damals aber wurde mein Schmerz, oder besser gesagt: mein Ärger von einer Vielzahl falscher Vorstellungen gelindert, denen ich dieses Leiden zuschrieb. Dazu kam natürlich auch die Neuheit der Situation, die vielen noch nie erlebten Einzelheiten, die meine Aufmerksamkeit fesselten. Mehrmals täglich sagte ich mir: ›Nun lasse ich mich also scheiden!‹ ... Und das verlieh meinem vorschnell, im Affekt gefaßten Entschluß, mich so schnell wie möglich von Lena scheiden zu lassen, eine Art würdevoller Ernsthaftigkeit.

Wie furchtbar aber war mein Erwachen eine Woche später in meiner Einsamkeit! Da kam ich zu mir, diesmal in der Tat gealtert, und meine Sehnsucht nach Lena war wieder so groß wie in den ersten Monaten unserer Liebe. Trotzdem brachte ich es nicht über mich, eine einzige Geste der Versöhnung zu unternehmen. Diese Art Lähmung kann ich mir nicht erklären. Wenn ich mir ausmalte, wie ich sie sehen, sie um Verzeihung bitten und versuchen würde, sie zur Rückkehr zu bewegen, schwand meine Energie, und meine Entschlossenheit war dahin. Ich hoffte törichterweise, Lena würde aus eigenem Antrieb zurückkehren, es würde nicht nötig sein, sie anzuflehen. Zudem erfuhr ich, daß auch sie sich furchtbar grämte. Einer meiner Freunde war ihr begegnet und sagte mir, sie sei kaum wiederzuerkennen, so stark habe sie sich verändert. Dessenungeachtet nahm der Scheidungsprozeß seinen üblichen Verlauf. Eines Tages, als ich wegen ihres Schweigens außer mir war, schrieb ich ein paar Zeilen, mit der Bitte, mir zu verzeihen und heimzukehren. Erst nach mehreren Tagen kam die Antwort: ›Ich habe dir verziehen.‹ Das war alles. Kein Wort mehr. Ich fühlte mich durch diese Antwort so furchtbar gedemütigt, daß ich dem gesamten Hauspersonal kündigte, das Haus verschloß und für drei Monate ins Ausland fuhr.

Die Nachricht vom Tode ihrer Tante erreichte mich in Paris. Ich schickte ihr ein Beileidstelegramm. Sie dankte mir auf einer Visitenkarte, die ihren Mädchennamen trug. Daraus schloß ich, daß die Scheidung ausgesprochen und rechtsgültig geworden war.

Erst als mir klar wurde, daß ich Lena verloren hatte, erkannte ich, daß mein Leben elend Schiffbruch erlitten hatte und gescheitert war. Das ist ein Gefühl, das Sie nicht werden nachempfinden können, dieses Bewußtsein der gescheiterten Existenz. Das entdeckt man erst in reiferen Jahren, um die Vierzig, wenn man sich nicht mehr vormachen kann, man sei noch jung und werde schon irgendeinen Ausweg finden. Aber gerade die Illusion, daß man noch Zeit habe, etwas Neues zu beginnen, daß es einem noch möglich sei, dem moralischen Elend und der inneren Leere zu entkommen, gerade diese Illusion nährt das Gefühl des Scheiterns und des Schiffbruchs. Wäre man wirklich alt, so würde man vielleicht sein Schicksal hinnehmen und es nicht beklagen. Man glaubt eher, noch etwas retten zu können, und die Unfähigkeit, tatsächlich irgend etwas zu retten, lähmt jede Initiative und wirkt verheerend.

Es waren fast zwei Monate vergangen, seitdem ich Lena zuletzt gesehen hatte. Zuweilen hatte ich den Eindruck, daß die Ereignisse der letzten Zeit nichts weiter gewesen waren als ein böser Traum. Es gab keinen Grund, daß sie der Wirklichkeit angehörten, sie waren durch keinerlei zwingende Umstände herbeigeführt worden. Wie glatt und selbstverständlich wäre alles weitergelaufen, wie ruhig und zufrieden hätten wir weiter miteinander leben können, wenn gewisse Dinge nicht geschehen wären! Aber welche Dinge, fragte ich mich. Ich konnte nicht annehmen, daß mein Wunsch, Kinder zu haben, Lena dazu veranlaßt hatte, mir so unnachgiebig den Rücken zu kehren. Es mußte etwas anderes vor oder nach unserer Aussprache dazwischengekommen sein, es mußte sich etwas an unserer Liebe geändert haben – was es war, konnte ich mir aber nicht erklären.

Nach einiger Zeit ertrug ich meine verzweifelte Einsamkeit nicht mehr und kehrte Anfang des Sommers nach Bukarest zurück. Zufällig war Clody noch nicht verreist. Ich hoffte, sie würde mir ausführlich berichten, wie es Lena seit der Scheidung ging. Doch sie wußte so gut wie nichts, sie hatte Lena nur ein einziges Mal getroffen, und zwar bei der Beerdigung der alten Tante, und auch da hatten sie nur wenige Worte gewechselt. Lena empfing niemanden, besuchte niemanden. Später ging mir auf, daß sie während dieser Wochen der Zurückgezogenheit die sorgfältigsten Vorbereitungen für ihr Verschwinden getroffen hatte. Dieses versetzte dann die Kreise, in denen sie jahrelang verkehrt hatte, in die größte Verwunderung. Inzwischen hatte sie den Umgang mit unserer ganzen Welt – der meinen und der ihren – abgebrochen. Übrigens hatte sie nur Bekannte und sehr wenige wirkliche Freunde, und da sie nach ihrem Unglück für niemanden als angenehme oder gar unersetzliche Person gelten konnte, fiel es ihr nicht besonders schwer, sich zu verkriechen und schließlich spurlos zu verschwinden …

Sie brachte es aber nicht fertig, auch mich abzuweisen. Ich besuchte sie an einem Vormittag. Sie hatte das von der Tante geerbte Haus noch nicht verkauft. Etwa fünf Minuten mußte ich im Salon warten, dann trat sie ein. Mir wurde sofort klar, daß sie mich nicht vergessen hatte. Sie war sehr ergriffen. Vielleicht hatte sie mich warten lassen, bis ihr Herz wieder ruhiger schlug und ihre Augen wieder trocken und klar geworden waren.

Zunächst drückte ich mein Bedauern über den Verlust aus, der sie getroffen hatte. Sie senkte den Blick zu Boden.

›In der Tat‹, sagte sie, ›jetzt bin ich ganz allein zurück geblieben.‹

›Ich habe dich so oft gebeten …‹, warf ich ein, insgeheim hoffend, auch sie warte darauf, daß wir das Gespräch auf dieses Thema lenkten.

›Es ist nicht mehr möglich‹, flüsterte sie.

›Aber warum denn?‹ rief ich aus. ›Dieser ganze Vorfall bleibt mir unverständlich. Sollte ich mich von Anfang an geirrt haben, von dem Augenblick an, als ich glaubte, daß du mich liebst?‹

›Ich habe dich sehr geliebt‹, sagte sie und hob den Blick. ›Du hast kein Recht, daran zu zweifeln …‹

›Und da hat ein einziges Vergehen, eine einzige Narrheit genügt, damit diese ganze Liebe zusammenbricht?‹ rief ich pathetisch.

Sie antwortete nicht sofort, stand händeringend da, und ihre Blässe verriet mir, wie sehr sie das Geheimnis bedrückte, das ich ihr um jeden Preis entreißen wollte.

› … und alles, was zwischen uns war, konnte wegen einer einzigen fern von dir verbrachten Nacht zunichte werden?‹ fragte ich beharrlich.

›Es ist nicht das allein‹, gestand sie nun leise. ›Ich bin immer aufrichtig dir gegenüber gewesen. Also konnte ich dir nicht gerade da etwas vormachen ... Gerade als du etwas von mir verlangtest, was im Leben einer Frau so wichtig ist ... Ich wollte nur diesen neuen Lebensabschnitt retten. Ihn davor bewahren, auch nur etwas so Beiläufiges, durch Zufall Herbeigeführtes zu sein wie die anderen ... Denn wir haben ja alles nur getan, wie es sich gerade traf‹, fügte sie hinzu und senkte den Blick. ›Es war wirklich nicht nötig, einander zu begegnen, wenn die Dinge zu diesem Ende führen sollten.‹

›Ich verstehe kein Wort von alldem‹, sagte ich entmutigt und aufrichtig betrübt. ›Ich begreife nur eins: daß deine Liebe zu Ende ist ...‹

›Das ist wahr ...‹

Wir sahen uns in die Augen. Später wunderte ich mich, wie ich diesen nachdenklichen, melancholischen und trotzdem hellen, fast glasklaren Blick hatte ertragen können, wie ich die Kraft aufgebracht hatte, ihm so lange standzuhalten.

›Ich wollte dich noch einmal sehen‹, sprach sie mit fester Stimme weiter. ›Ich wollte nicht, daß du eine Tote im Herzen bewahrst, ein falsches Bild von mir behältst ... ein falsches Bild von unserem ganzen gemeinsamen Leben während der letzten Jahre.‹

›Warum hast du mir nichts davon gesagt?‹ rief ich in hellster Auflehnung. ›Warum hast du mir nicht die Augen geöffnet?‹

›Wozu? Was hätte es geholfen?‹ entgegnete sie lächelnd.

Nachdenklich schwieg ich eine Weile.

›Und doch hätten wir so glücklich sein können ...‹

›Sind wir es denn nicht gewesen?‹ fragte Lena. ›Solltest du das so schnell vergessen haben?‹

›Ich will sagen, glücklich bis zuletzt, bis ans Ende unseres Lebens‹, sagte ich niedergeschlagen.

Lena schloß die Augen und verstummte. Es war, als gäbe sie mir zu verstehen, daß sie alles gesagt hatte, was sie mir hatte sagen wollen, und erwarte nun, daß ich mich entferne. Ich erhob mich.

›Erlaubst du mir, dich dann und wann zu besuchen?‹ fragte ich nach dem Handkuß.

›Nein, ich bitte dich, das nicht zu tun‹, antwortete sie. ... Ich habe diese ihre Bitte erfüllt ...«

XVI

»Was sich dann noch ereignet hat, ist selbstverständlich ohne Belang. Seither sind acht Jahre vergangen. Ich habe mich viel im Ausland aufgehalten, und wenn ich nach Bukarest zurückkehrte, kaum noch etwas von Lena gehört. Sie war hinter dem Horizont der mondänen Gesellschaft verschwunden. Eine Zeitlang trug ich meine Schwermut in der Stadt mit mir herum, wo mir Lenas Liebe die Zeiten des größten Glücks beschert hatte. Dann begann ich mit der altgewohnten Leichtigkeit, fast ohne es zu merken, alles zu vergessen. Erst vergaß ich, daß ich unglücklich war, dann vergaß ich, daß ich verliebt gewesen war und so weiter. Ein gutes Gedächtnis für Empfindungen zu haben ist keine männliche Eigenschaft. Um die Wahrheit zu sagen: Es kam mir immer wieder in den Sinn, daß ich geliebt habe, daß die einzige Frau, die ich wirklich geliebt habe, Lena gewesen ist. Diese Tatsache konnte ich nie ganz vergessen, nämlich daß ich wahre Liebe erlebt habe und daß alle anderen Abenteuer dagegen nur vorübergehende Episoden waren. Es war aber keine wirkliche *Erinnerung* an die Liebe, genauso wie es unsinnig wäre zu sagen, ich *erinnere* mich, daß ich Barbu Hasnas heiße.

Natürlich habe ich wieder geheiratet, ich habe zwei stramme Söhne, die zur Zeit ihre Ferien mit ihrer Mutter in der Schweiz verbringen. Ich beschäftige mich eingehend mit der Erziehung der Jungen, darauf bin ich stolz. Aber das ist nun wirklich eine andere Geschichte.

Was ich Ihnen sagen wollte, nachdem ich Ihren Bekenntnissen zugehört hatte, ist, daß man alle diese Dinge vergißt, und zwar sehr leicht und ohne große Schmerzen. Einer solchen Liebe begegnet man nur einmal im Leben. Wie Sie sehr richtig bemerkt haben, gehört dergleichen zum Bereich des

Wunderbaren – und tritt vielleicht deswegen so unverhofft in Erscheinung, durch Zufall, mitten in einer Reihe von ganz frivolen und belanglosen Umständen ... Wohl steht es in unserer Macht, das Wunder als solches zu erkennen, aber wir erkennen es zu spät, immer erkennen wir es zu spät ...«

Hasnas hielt plötzlich inne und ging zum Fenster. Die Nacht erstarb auf geheimnisvolle Weise. Soweit das Auge reichte, spannte sich über den Tannenwipfeln der gleichsam erstarrte, sternenlose, verwaschene Himmel des Morgengrauens.

»Mir scheint, der Oberst kommt, um uns zu wecken«, sagte Hasnas lächelnd. »Es ist fast vier Uhr.«

Sein Gefährte schien ihn nicht gehört zu haben. Er lag auf dem Bett, den Kopf auf den Händen, anscheinend bemüht, die Gedanken, denen er nachhing, klar zu erfassen, doch die Schritte auf dem Korridor verwirrten sie noch mehr.

»Er ist es«, sagte Hasnas wieder. »Ob wir jetzt noch dazu taugen, auf die Jagd zu gehen?«

Er trat zum Tisch und blies die Lampe aus. Im Zimmer schwebte ein bläulich schmutziges Licht. Der Oberst blieb erstaunt auf der Schwelle stehen. Ihm schlug kalter Zigarettenrauch und der Geruch der Petroleumlampe entgegen.

»Wir haben die ganze Nacht im Gespräch verbracht«, wandte sich Hasnas an ihn. »Jeder hat die Liebesgeschichte seiner Jugend erzählt«, fügte er mit bitterem Lächeln hinzu.

Der Oberst zögerte einen Augenblick und rieb sich nachdenklich das Kinn.

»Das macht aber nichts«, fuhr Hasnas fort, »wir gehen trotzdem auf die Jagd. Das Hargita-Gebirge ist ja nicht besonders steil ...«

»Trinken wir erst mal einen Kaffee«, sagte Mavrodin, indem er sich vom Bett erhob.

»Aber schnell«, sagte der Oberst im Befehlston, »bevor es Tag wird.«

»Während Sie ihn kochen, geh' ich mich waschen und umziehen«, sagte Hasnas.

Der Oberst ließ ihn gehen, dann trat er ins Zimmer und setzte sich neben der Tür auf einen Stuhl. Als hätte er ihn nicht bemerkt, öffnete Mavrodin den Schrank, kramte darin nach einem Hemd und wählte ein wollenes mit offenem Kragen. Dann setzte er das Wasser für den Kaffee auf. Der Oberst folgte seinen Bewegungen mit neugierigen Blicken.

»Was hat Ihnen Herr Barbu da die ganze Nacht erzählt?« fragte er dann.

»Erinnerungen aus seiner Jugend«, war Mavrodins summarische Antwort.

Der Oberst zeigte ein breites Lächeln und rieb sich wieder das frisch rasierte Kinn.

»Was der alles auf dem Kerbholz hat, der alte Spitzbube. Er hat es schon toll getrieben zu seiner Zeit ...«, sagte er vergnügt. »Sie sollten ihm ein oder zwei Wochen lang zuhören, dann wollen wir mal sehen, ob Sie nicht ein tolles Buch darüber schreiben ...«

Als Hasnas wieder eintrat, wartete sein Kaffee schon auf dem Tablett auf ihn. Mittlerweile hatte sich auch Mavrodin fertiggemacht. Im fahlen Licht der Morgendämmerung sahen beide übernächtigt und recht mitgenommen aus.

»Trinken Sie schnell Ihren Kaffee, damit uns die Tauben nicht entgehen«, sagte der Oberst. Dann ging er die Jagdhunde losbinden.

Die beiden Männer schwiegen eine Zeitlang, während Mavrodin seine Sachen in den Schrank räumte und Hasnas nachdenklich seinen Kaffee schlürfte. Dann sagte er:

»Gut, daß unsere Nachbarn einen gesunden Schlaf haben. Sonst hätten wir uns nicht erlauben können, die ganze Nacht im Gespräch zu verbringen.«

Mavrodin zog jetzt seine Windjacke an, anscheinend nur mit den Vorbereitungen für die Jagd beschäftigt.

»Und haben Sie sie nie wiedergesehen?« fragte er dann plötzlich, ohne sich umzuwenden.

»Nein«, antwortete der andere. »Übrigens habe ich es seither auch nie mehr versucht. Für mich sind diese Dinge endgültig vorbei.«

»Und haben Sie auch nichts mehr über sie erfahren in all den Jahren?« fragte Mavrodin weiter, sichtlich bewegt.

Hasnas zauderte ein wenig, dann begann er mit neutraler Stimme, als wäre das, was er zu sagen hatte, völlig belanglos.

»Nur einmal, etwa sechs oder sieben Monate nach der Scheidung, im Herbst. Da kam ein junger Bursche zu mir und behauptete, ihr Stiefbruder zu sein, der von irgendwelchen Verwandten in einer Provinzstadt aufgezogen worden sei. Er kam, um sich bei mir ein paar Tausend Lei zu pumpen, die er angeblich für sein Examen brauchte. Ich habe es ihm nicht abgenommen, ihm das Geld aber gegeben. Er traute sich nicht einmal, mir in die Augen zu sehen. Er war ein Vagabund, glaube ich, wahrscheinlich ein entfernter Verwandter von Lena, denn sie hatte mir nie etwas von einem Stiefbruder erzählt ...«

Mavrodin hatte ihm aufmerksam zugehört, ohne sich zu rühren. Dann nahm er zwei Packungen Zigaretten aus der Tischschublade und steckte sie in die Tasche. Im nächsten Augenblick stürmten die Hunde ins Zimmer, sprangen an den beiden hoch, leckten ihnen die Hände und rieben sich schwanzwedelnd und jaulend an ihren Beinen. Hasnas streichelte sie.

»Brav! ... Schön brav!« befahl er.

»Machen wir uns schnell auf den Weg«, sagte Mavrodin, »bevor wir alle Leute ringsum aufwecken.«

Sie traten in den Flur hinaus, von dessen anderem Ende her der Oberst sich mit den Gewehren im Arm näherte.

»Ich habe sie überprüft«, sagte er mit offensichtlicher Genugtuung.

Sie stiegen die Treppe zum Hof hinunter, behutsam, um keinen Lärm zu verursachen, durchquerten den Hof und gingen dem Walde zu. Der Mond war wieder sichtbar, ein bleicher, erfrorener Mond. Das Rieseln des Baches war immer deutlicher zu hören. Je weiter sie sich von der Schutzhütte entfernten, um so mehr beschleunigte der Oberst seinen Schritt. Er wollte die Hunde möglichst nahe bei sich halten und pfiff sie immer wieder zurück. Es war ein schriller, wie nicht von einem Menschen stammender Pfiff, den beide gut kannten.

»Luky! Luky!« rief der Oberst und trat in den Wald.

Die beiden blieben ein wenig zurück. Sie gingen nachdenklich und schweigend einher. Auf dem Steg über dem Bach blieb Mavrodin stehen.

»Ich möchte Sie noch etwas fragen«, sagte er mit gepreßter Stimme.

Sein Gefährte machte ebenfalls halt und setzte sich auf das Holzgeländer des Stegs.

»Glauben Sie, daß Ileana noch lebt?« fragte Mavrodin und sah ihm ins Gesicht.

»Nein«, sagte der andere leise, »sie lebt nicht mehr ...«

Mavrodin führte die Hand an die Stirn, ließ sie dann sinken und kraftlos herabhängen.

»Das denke ich auch«, sagte er ebenfalls sehr leise, »meine Ahnung sagt es mir ...«

Dann verstummte er und starrte ins spärliche Wasser des Gebirgsbaches. Da ertönte in der Ferne der dumpfe Knall eines Schusses. Hasnas wandte den Kopf nach dem anderen Rande des Waldes, wo das Stoppelfeld lag.

»Ein Flug Wildtauben«, sagte er zerstreut. »Der Oberst hat heute Glück ... Gehen wir, machen wir uns ans Werk«, fügte er nach einer Pause hinzu und schulterte sein Gewehr.

Die beiden machten sich mit schnellen Schritten auf den Weg und hasteten durch den Wald, als hätten sie es eilig, ihren Jagdgefährten einzuholen. Unter den Bäumen ließ sich immer deutlicher die Stimme des Obersten vernehmen, der seine Hunde zurückrief.

Nachwort

Von frühester Jugend an bis zum letzten Atemzug war Mircea Eliade produktiv. Wissenschaftliche und belletristische Schriften erschienen in rascher Folge, dazu kamen die Lehrtätigkeit, unzählige Vorträge weltweit, und dabei hat er Goethes Mahnung: *Gedenke zu leben!* wohl nicht gänzlich außer acht gelassen.

Ein Blick auf eines der unvermeidlich inkompletten Verzeichnisse seiner Beiträge zur Religionswissenschaft belehrt bereits über den Umfang seines Lebenswerkes und die Vielfalt der behandelten Themen; allein schon seine Yoga-Abhandlung und die vierbändige *Geschichte der religiösen Ideen* sind eine Leistung, die manches Wissenschaftlerleben ausgefüllt hätte. Ein Gelehrter also, aber kein Spezialist. Das Ansammeln eines riesigen Informationsmaterials war ihm nur Mittel zum Zweck: Einsicht zu gewinnen in die größtenteils versunkene Welt der archaischen Denk- und Verhaltensweise mit ihren Mythen und Riten und sie dem modernen Menschen zugänglich zu machen. Die philosophische Ausrichtung seines auf Ganzheit zielenden, an Rudolf Otto und C. G. Jung anschließenden, vorwiegend an indischem Gedankengut geschulten Denkens zeigt sich nicht zuletzt darin, daß er die gewonnenen Erkenntnisse in umfassenden Gesamtdeutungen der erforschten Phänomene miteinander verbindet und den geistigen Grundfragen der Menschheit zugewandt bleibt.

Ist es bei solch intensiver Forschung nicht befremdlich, daß Eliade auch in Phantasieprodukte so viel investierte? War es einfach Liebhaberei? Jedenfalls ist sein dichterischer Gestaltungswille ebenso ursprünglich wie sein Wissensdurst; beide bekunden sich kräftig bereits bei dem Halbwüchsigen. Und was immer Eliade anpackte, handhabte er nicht dilettantisch. Allerdings liegt der Schwerpunkt seiner literarischen Bemühungen nicht in der sprachlichen Gestaltung; er bevorzugte eine direkte, ungekünstelte, flüssige, ja flüchtige Schreibweise, die ihm am besten geeignet schien, Erlebtes unverfälscht zu vermitteln. Und gerade das war das Hauptanliegen des jungen, am Anfang der dreißiger Jahre als »Haupt seiner Generation« gefeierten Autors: Für Erlebnisdichtung brach er damals mehr als eine Lanze.

Wieviel Wert Eliade darauf legte, sich auch schriftstellerisch zu behaupten, ist schon daraus ersichtlich, daß er, kaum von seinem dreijährigen Studienaufenthalt in Indien heimgekehrt, als erste Frucht dieses einschneidenden, seine Laufbahn weitgehend bestimmenden Erlebnisses die stark autobiographisch gefärbte Erzählung *Maitreyi* veröffentlichte und die publizistische Arbeit sofort wiederaufnahm, zufällig mit einem etwas belanglosen Thema. Das fand Freund und Rivale Cioran geradezu frivol und sprach ihm in einem vehementen Artikel jede Berufung ab. So gründlich die Fakten dieses Urteil auch widerlegen sollten, belassen sie die innerste Triebfeder des wohl exemplarisch erfüllten Auftrags im dunkeln. Es ist offensichtlich, daß Eliades lebenslange Hingabe an die Erforschung des Heiligen im Unterschied zum Profanen, der grenzüberschreitenden Erfahrungen der Psyche, seine Vertiefung in Heilslehren und nicht zuletzt der Ton unverkennbarer Teilnahme, der seine hermeneutischen Versuche zu einer aufregenden Lektüre macht, mehr verraten als rein wissenschaftliches Interesse, nämlich persönliches Engagement. Dennoch ist Eliades Einstellung zum Religiösen doppeldeutig. Wohl beklagt er, daß »alte theologische Ideen, Dogmen, Riten und Institutionen immer mehr des Sinns entleert werden«*, wohl möchte er dem heutigen, von seinen Wurzeln im Spirituellen abgeschnittenen Menschen zu neuer Ganzheit verhelfen, gegen die Säkularisierung des Geistigen ankämpfen. Aber eine Antwort auf die Gretchenfrage würde man vergeblich zwi-

---

* *M. Eliade,* Die Sehnsucht nach dem Ursprung (Frankfurt a. M. 1976) 15.

schen den Zeilen suchen. Kein Bekenner also – ein Mensch mit seinem Widerspruch. Einer, der sich, im Banne des prometheischen Geistes der Neuzeit, den humanistischen Idealen verschrieben hat. In seinen Jugenderinnerungen gesteht Eliade den Ehrgeiz des Gymnasiasten, sich ein enzyklopädisches Wissen anzueignen und nach dem Vorbild großer Renaissance-Menschen als Polyhistor aufzutreten. Dieser »weltlichen« Orientierung, zu der auch das Streben nach Selbstverwirklichung gehört, ist das faszinierende Bild zu verdanken, das er uns bietet: die Entfaltung seiner vielseitigen Persönlichkeit in einem bis an den Rand ausgefüllten Leben. Dazu war ihm seine dichterische Ader besonders wichtig.

»Authentizität vor allem!« verkündete der »Chef« der damals jungen Generation, trat für Spontaneität, experimentelle Prosa, den Romanessay ein, verfocht die Vorrangigkeit des Subjektiven und handelte auch in etwa danach, indem er Bekenntnis, Reflexion und Handlung in einer an Gide erinnernden Manier verflocht und den Hauptfiguren, meist Ich-Erzählern, seine geistigen Interessen, seine Daseinsform als Schriftsteller, seinen gesellschaftlichen Stellenwert verlieh oder sie als Sprachrohr eigener Ansichten und Standpunkte gebrauchte. Der Hang zur Selbstdarstellung hat jedoch Eliade nicht einmal in seinen Memoiren zur eigentlichen Bekenntnisliteratur verleitet. Auch ist er von dem Grundsatz, Literatur als Dokument zu bewerten und als Auseinandersetzung mit eigenen Problemen zu betreiben, allmählich abgekommen. Dennoch hat er auch weiterhin Bewußtseinsinhalte, die teils seiner Lebenswelt, teils dem erforschten Themenkreis entstammen, in seine Prosa eingebaut.

Dies trifft auch auf seine phantastischen Erzählungen zu, die weltweit Anklang fanden. Unserem Autor ist nichts daran gelegen, Schauermärchen zu erzählen, um das Gruseln zu lehren, vielmehr daran, den Glauben an eine Welt ohne Transzendenz zu erschüttern. Nicht märchenhaft und grauenerregend wie bei E.T.A. Hoffmann, oder als Änigma, das seiner Auflösung harrt, wie bei E. A. Poe, anders auch als bei Borges, dringt das Unerklärliche, Traumerlebnissen oder parapsychologischen Erfahrungen gleich, das als Wirkung okkulter Kräfte erscheinende »Wunderbare« in den Alltag ein. Besonders verführerisch ist es freilich, die von Raum und Zeit gesetzten Schranken aufheben zu können. Das Heraustreten aus der räumlich und zeitlich bestimmten Existenz, dieses heute bereits triviale Requisit der Science-fiction-Literatur, wird natürlich nicht mit irgendeiner »Zeitmaschine« bewerkstelligt, sondern durch Geisteskraft. Vertiefung in Geheimlehren bringt Phänomene wie Levitation, Unsichtbarwerden und Verschwinden – ein Verweilen »anderswo« – hervor. Magische Rituale, Yoga-Techniken und Volksglauben liefern dem Bewanderten auf den Randgebieten menschlichen Wissens die nötigen Elemente, um seine Phantasiebilder im Denkbaren zu verankern. Angelpunkt von Eliades Geschichten ist stets das Wunderbare, doch er versteht es, Phantastik und Realistik zu verbinden. In seinem Gesamtwerk, das auch durchaus realistische Romane umfaßt, halten sie sich die Waage. Besonders ansprechend wirkt in seinen besten Erzählungen die feine, kaum entwirrbare Mischung aus Realitätsbezogenem und Imaginärem. So auch im vorliegenden, scheinbar rein psychologischen Roman.

In der Tat läßt der Autor seine beiden Ich-Erzähler die bewußten und halbbewußten Beweggründe ihres Verhaltens mit nicht geringer Subtilität entfalten, jedesmal ein Eingeständnis eigener Schuld am betrüblichen Ende ihrer Verbindung mit der einmaligen Frau, ihrer großen Liebe. An Proust erinnert insbesondere in den Bekenntnissen des erfolgreichen jungen Schriftstellers Mavrodin das Heraufbeschwören gewisser Momente der Vergangenheit mit allen ihren sinnlichen Details und der Versuch, sie auf der gegenwärtigen Erinnerungsebene zu deuten oder umzudeuten. Im zweiten Bericht und Sündenbekenntnis ist ein dostojewskijscher Einschlag zu erkennen: Der Held vereinigt in sich Gut und Böse, Selbstzerfleischung und Zynismus, Zerknirschung und Beharren in eingefahrenen, als verdammenswert erkannten Handlungsweisen.

Sobald die zweite Erzählung in Gang kommt, merkt man bereits, daß die beiden ein und dieselbe Frau geliebt haben. Im Rumänischen sind übrigens Ileana und Lena zwei Koseformen des Namens Elena. Zu den besten Kunstgriffen dieser Komposition aus zwei symmetrischen Liebesgeschichten gehört, daß diese in umgekehrter Reihenfolge präsentiert werden – zumal chronologische Umstellungen damals, 1938, noch lange nicht in Mode waren. Auch eine gewisse Pikanterie der Situation kommt erst zur Geltung, wenn man weiß, daß der mysteriöse erste Geliebte der Ileana, der Mavrodins qualvolle Eifersucht erregte, eben dieser ältere Freund gewesen ist, dem er jetzt die geheimsten Regungen seines Herzens anvertraut hat.

Während die seelischen Mechanismen der Männer klar zutage treten, bleiben Wesensart der Frau und Motivation ihres Handelns im ungewissen. Nicht nur den beiden Verliebten, auch dem Leser ist ihr wahrer Charakter ein Rätsel. Die geheimnisvolle Frau, Klischee vieler Dutzendromane, erfährt hier eine ungewöhnliche Abwandlung. Gewiß trägt ihre Undurchschaubarkeit zu dem Zauber bei, dem die beiden erliegen, sie wird jedoch als aufrichtig Liebende, geradezu als das Gegenteil des männermordenden Vamps geschildert. Dennoch scheitern die beiden Beziehungen mehr noch als am Unverständnis und Egoismus der Männer an ihrer Rätselhaftigkeit. Unberechenbar erscheint sie in der Tat: Den einen verläßt sie, weil er unbedingt ein Kind haben will, den anderen, weil er es ablehnt. Da die billige Erklärung »Inkonsequenz einer launenhaften Natur« nicht herhalten kann, gäbe es die einfache Begründung, die ihr der Autor einmal in den Mund legte: Erst war sie zu jung, um die Mutterschaft zu akzeptieren, dann, als reife Frau, aber von dem Wunsch danach besessen. So vordergründig geht es jedoch bei Eliade nicht zu. Er läßt durchblicken, daß die Gründe ihres Verhaltens im mythischen Kern der Erzählung zu suchen sind.

In einem aus recht lebendigen Skizzen des Umfeldes zusammengefügten Rahmen für ganz normale Begebenheiten spielen sich unauffällig, als wären es unterschwellige Empfindungen, sonderliche, auf mythische Vorstellungen zurückführbare Vorgänge ab. Gewiß steht hier im Hintergrund der aus Platos *Gastmahl* bekannte Mythos der ursprünglich androgynen Menschen, die Zeus im Zorn über ihre himmelstürmende Dreistigkeit entzweischnitt: Seither streben die getrennten Teile danach, sich in der Liebe wiederzuvereinigen. Der Text gibt genug Anhaltspunkte dafür, daß die Suche nach der verlorenen Ganzheit, ein leitmotivisch wiederkehrendes Thema des Mythenforschers Eliade*, sehr wohl zu den Inspirationsmomenten dieses Romans gehört. Unter diesem Aspekt dürfte er dahingehend interpretiert werden, daß die »wundersame Begegnung« nur im Falle des ersten Paares, also des in der Zeitfolge späteren Geschehens stattfindet. Es wird darauf angespielt, daß der reife Mann von Welt, in den sich Ileana als ganz junges Mädchen verliebte, nicht der »Richtige« war, und nicht von ungefähr wird er oft als »der andere« bezeichnet. Auch tröstet er sich bald und findet, daß auch die schönste Episode vergessen werden will. Der sensible Mavrodin glaubt indes an die »vollkommene Liebe«, beruft sich auf Tristan und Isolde, Dante und Beatrice, hegt die Überzeugung, Ileana und er seien seit eh und je füreinander bestimmt – ewige Illusion der Liebenden und Gemeinplatz aller Liebesgeschichten, hier als geahnte Wahrheit geltend, so wie auch Wörter wie »Zauber« und »Wunder« sowohl im ursprünglichen als auch im abgeschwächten Sinn gebraucht werden. Er spricht sogar von einem »Sich-Wiedererkennen der Körper«. Zwar läßt der Autor seinen doch nüchternen Intellektuellen Betrachtungen über die Zufälligkeit der Begegnung anstellen, aber auch die Schicksalhaftigkeit der Beziehung zutiefst empfinden, die so schlagartig mit dem Erblicken der faszinierenden Frauenhand einsetzt. Die Erinnerung daran ruft der Protagonist des öfteren wach, als sei dieser erste Kontakt so etwas wie Urform

---

* Vgl. dazu vor allem: Mythen, Träume und Mysterien (Salzburg 1961); wie man im Kapitel »Androgynie und Ganzheit« nachlesen kann, versinnbildlicht Androgynie bei vielen archaischen Völkern nicht nur geschlechtliche Fülle, sondern auch eine ursprüngliche, vollkommene Seinsweise.

und Sinnbild des ganzen Liebeserlebnisses – eine *arché* würde Eliade es nennen –, ein Ereignis, das er vergegenwärtigt, so wie manche Riten ein mythisches Geschehen nachvollziehen und neubeleben sollen.

Magie ist also von Anfang an im Spiel. Erst meint der bisher auch in Liebschaften erfolgreiche Mavrodin, dessen Machogehabe nicht weit hinter dem des reifen Lebemannes zurücksteht, eine »geheimnisvolle Kraft« sei in ihn gefahren, etwas Erhabenes, denn bei der beglückenden »Umarmung der Hände« gab es weder Lustgefühl noch Begierde. Dann kommt die Sinnlichkeit zu ihren Rechten.

Die Erotik ist wohl neben der Phantastik ein Eckpfeiler des Eliadeschen Erzählwerks. Die damals für zu kühn befundenen Beschreibungen mancher aus heutiger Sicht recht unschuldiger Intimitäten brachten ihm 1938 sogar einen Prozeß wegen Pornographie ein, der allerdings mit Freispruch ausging. Was Eliade verfolgte, war aber, das Ineinandergreifen von Geist und Leib möglichst konkret ins Bild zu bringen. Im Brennpunkt seines Interesses steht, insbesondere bei der Schilderung dieser »himmlischen«, d. h. der vermeintlich auch in überirdischen Regionen vollzogenen »Hochzeit«, der vergeistigte Eros; nicht etwa die im sogenannten platonischen Sinn über die Sinnlichkeit erhabene Liebe, im Gegenteil, die Vergeistigung, die Eros statt durch asketischen Verzicht in seiner Fleischlichkeit selbst erfährt. In ihr erfolgt, nach der hinduistischen Mystik, die Entdekkung, daß es keine Dualität gibt, in ihren Tiefen offenbart sich die Einheit des Seienden. Für Mavrodin ist die Erfüllung im Liebesakt ein ekstatischer Zustand so vollkommener Art, daß ihm danach der Tod als begehrenswert erscheint. Erotik wird gleichsam zum mystischen Erlebnis. Dem Menschen sei »kein Weiterleben beschieden, wenn er so bleibt, wie er ist, nämlich in zwei geteilt«, sinniert er ganz im Sinne des Mythos und in Anlehnung an die Heilslehre des Tantra, wonach einer der Wege zur Befreiung von irdischen Banden über eigentümliche erotische Praktiken führt: Durch tiefe Konzentration in der Wollust und die Weigerung zu zeugen soll der Yogi sich wandeln und die Erlösung von der karmischen Kette erlangen*. Im Gefüge des wirklichkeitsnahen Geschehens rechtfertigt der Protagonist seinen Entschluß, kinderlos zu bleiben, pragmatisch und einleuchtend damit, daß er sich ausschließlich seiner Kunst widmen will. Sein mißbilligendes Staunen über die Erdgebundenheit der Geliebten und seine Verteidigung der »Liebe ohne Frucht« verweisen jedoch abermals auf Motive, die der Verfasser im Hintergrund auftauchen läßt. Es tut der geschlossenen, auf festem Fundament ruhenden Geschichte keinen Abbruch, wenn man die geschickt eingeblendeten Bilder aus der Welt mythischer Vorstellungen kaum erkennt, als wären sie vorbeihuschende Schatten. Eliades Phantasie entzündete sich daran, doch sein Gespür für das Wunderbare auch im Alltäglichsten ermöglichte ihm, eine vielschichtige Romandichtung, nicht etwa die Exemplifikation einer Fabel, zu schaffen. Völlig überzeugend und aussagekräftig schreibt er in erster Linie dann, wenn er seine ureigene Fragestellung einfließen läßt. »Eros hatte für mich eine metaphysische Funktion«, notiert er 1942 in seinem Tagebuch. Und so sind denn auch die von lyrischem Schwung getragenen Gedankengänge seines Alter ego über sein inneres Abenteuer, das Sichwiederfinden im Augenblick des Sichverlierens etwa, die die Handschrift des Autors verraten, wohl die schönsten Seiten dieses Romans.

Wie sehr Eliade trotz allem darauf besteht, das Verhüllte durchscheinen zu lassen, zeigt sich schon in der Wahl des Mottos; scheint er mit dem Zitat aus dem Korintherbrief nicht überzogene Ansprüche auf geistige Reichweite für eine Liebesgeschichte erheben zu wollen? Was gemeint ist mit dem, dessen Anblick uns »von Angesicht zu Angesicht« gewährt sein soll, ist aber nicht die Gottheit, sondern die »Wahrheit« über ungeahnte Zusammenhänge und die Beschaffenheit der uns hier unter dem Schleier der Maja verborgenen Dinge.

Marianne Sora

---

* Vgl. Das Maithuna in: *M. Eliade,* Yoga, Unsterblichkeit und Freiheit (Zürich/Stuttgart 1960), bes. 272.